KB267158

러/판
어드벤처

러/판 어드벤처 4
장민규 판타지 장편 소설

초판 1쇄 찍은 날 § 2003년 10월 29일
초판 1쇄 펴낸 날 § 2003년 11월 9일

지은이 § 장민규
펴낸이 § 서경석

편집장 § 문혜영
편집책임 § 유경화
편집 § 장상수 · 권민정 · 김민정
마케팅 § 정필 · 강양원 · 이선구 · 김규진 · 홍현경

펴낸곳 § 도서출판 청어람
등록번호 § 제1081-1-89호
등록일자 § 1999. 5. 31
어람번호 § 제1-0428호

주소 § 경기도 부천시 원미구 심곡1동 350-1 남성B/D 3F (우) 420-011
전화 § 032-656-4452 팩스 § 032-656-4453
E-mail § eoram99@chollian.net

ⓒ 장민규, 2003

값 8,000원

ISBN 89-5505-868-3 04810
ISBN 89-5505-778-4 (SET)

장민규 판타지 장편 소설

럭/판 어드벤처

습격 4

도서출판 청어람

❹ 습격

저녁 6시쯤 이라스의 서쪽에 위치한 어느 작은 폐건물 앞.

오렌지 빛 석양이 건물 사이에 숨어 기다란 땅거미를 만들어내고 있을 때, 하늘에선 까마귀들의 울음소리가 소름 끼치게 들려온다. 좁디좁게 뻗은 이라스의 거리에선 인파라고는 거의 눈에 띄지 않았다. 한 곳으로 걸음을 하는 세 명의 인영을 제외하면.

불협화음을 일으키는 각각의 발걸음 소리가 폐건물 앞에 모여 우뚝 멈춰 선다. 서로 6m씩 떨어진 거리에선 그들의 발서부터 이어진 5m 길이의 그림자가 서로를 대치하며 구부정하게 자세를 취한다. 공격 자세를 취한 것이리라. 그들은 서로가 적이란 사실을 알고 있었다. 과거에 단 한 번 마주친 적이 있었으니까.

메킨저 키스가 등 뒤의 '살인 무기'를 빼내려는 순간, 막 두 명의 목이 뎅그러니 떨어질 위기의 그때, 그들의 움직임을 막은 것은 하쯔미의 목소리였다.

"소란을 피우는 건 나중에 해주시지요, 여러분들."

"……."

지목당한 '여러분들'의 시선이 모두 하쯔미에게 돌아간다. 아무리 세 명이라도 그녀 앞에서 싸움질을 할 순 없었다. 무서운 것은 그녀가 아니지만 그녀의 배후 인물이 그들로 하여금 하쯔미를 따르게 했다.

그녀의 등장에 다들 경계를 푸는 눈치였으나 쉽게 방심하진 않았다. 조금의 낌새만 보여도 1초 만에 서로의 목을 날릴 수 있을 정도로 예민한 상태이다.

하쯔미를 제외한 세 명 중 볼이 입을 열었다.

"제대로 찾아오긴 했군. 이곳에 17대 길드 마스터가 있나?"

"그렇습니다. 이곳에서 마스터가 기다리고 계십니다."

"그런데 초대된 사람이 뭐 이렇게 많아?"

"어서 따라오시죠."

볼의 말을 가볍게 무시하며 하쯔미가 폐건물 안으로 들어섰다. 그러자 남은 세 명은 주춤하며 서로를 경계하다가 그녀의 뒤를 조심히 따랐다. 우선 볼이 앞장을 서고 그 뒤 3m 떨어진 거리에서 카와이가 뒤를 잇는다. 그리고 메킨저 키스는 카와이와 5m 거리를 두며 걸었다.

서로 소리없는 경계를 하며 폐건물 복도를 걸었다. 복도는 상당히 어두컴컴했지만, 이들은 시각이 아닌 다른 감각만으로도 서로가 어디로 향하는지 알 수 있을 정도로 게임 플레이에 능숙했다. 게다가 복도는 단 두 번의 꺾어짐이 있었을 뿐 전혀 복잡하지 않았기에 쉽게 걸을 수 있었다.

약 5분쯤 걸었을 때 그들은 50평 정도의 넓은 공간 안에 도착했다.

하얀 등불이 회색의 벽을 비추는 휑뎅그렁한 공간 안. 창문 하나 없이 막힌 그곳엔 이미 또 다른 세 명이 기다리고 있었다. 소더러 A는 사방이 막힌 공간 안 중앙의 파이프 의자에 앉아 있고 그 뒤를 와타나베 미카, 야마모토 타케루가 서 있다.

"왔군, 제 시간 내에."

소더러 A가 입을 열자 하쯔미를 따라온 일동의 표정이 굳는다. 그들 앞엔 공포의 고스티스터를 거느린 일본의 17대 길드를 통합시킨 인물이 있으니 당연 긴장할 수밖에 없었다. 그간 저자의 명성을 지독하게도 들어왔었으니 이러는 것도 무리가 아니다.

소더러 A가 가벼운 투로 내뱉었다.

"그렇게 굳을 필요 없어. 난 너흴 해하려고 부른 게 아니니까. 무서우면 당장 로그아웃을 해도 좋아."

하지만 로그아웃을 하는 이는 없었다.

잠시의 침묵.

서로 어색해진 분위기 속에서 볼이 쭈뼛쭈뼛 용기를 내어 물었다.

"우리를 이곳으로 부른 이유가 뭔지 물어도 되겠습니까?"

소더러 A가 그 질문이 나올 줄 예상했었다는 듯 웃음을 걸쳤다.

"그렇게 궁금하다니까 곧바로 본론으로 넘어가도록 하지. 이곳으로 너희를 부른 이유는 협상 때문이다."

"협상?"

"협상이요?"

"……."

메킨저 키스를 제외한 두 명이 그렇게 되묻자 소더러 A가 친절히 설명했다.

“지금 너희들은 17대 길드를 탈퇴하지 않았나? 그것은 우리 길드에선 두고 볼 수 없는 문제다. 특히 너희들같이 23대 베스트였던 자들은 더 더욱.”

“…….”

왜 그렇게 베스트 유저들에게 집착하는지 메킨저 키스를 포함한 세 명은 알지 못했다.

“하지만 이번 협상 조건만 잘 이행해 준다면 너희들에게 자유를 주겠다. 정식으로 길드 탈퇴가 인정되며, 앞으로의 게임 플레이에 전혀 관여를 안 하겠단 말이다.”

그러자 볼과 카와이가 조용히 생각에 잠겼다. 이번 조건만 잘 이행하면 자신들은 자유의 몸이 된다. 이건 기회다. 언제까지 길드에 쫓길 순 없잖은가? 특히 저 고스티스터들이 문제다. 저들이 자신들에게 칼을 들이댄다면…….

“자유를 준다면 무엇인들 못하겠어? 난 하겠어!”

볼이 먼저 그의 요구를 승낙했다. 소더러 A가 무슨 조건을 내걸든다 할 기세다.

“저도 하겠습니다. 그 약속은 분명히 지키는 거지요?”

“물론.”

카와이는 소더러 A에게 고개를 끄덕였다. 이로써 둘은 소더러 A와 협상을 하게 된 것이다. 그럼 마지막 메킨저 키스는? 메킨저 키스는 23대 베스트들 중 가장 우수한 실력을 지닌 자로서 이미 그 실력은 자타에 공인된 바 있다. 엘리트 급 일본 유저들을 열 명이나 해치웠으니 아마 볼이나 카와이보다 더 강할 것이다.

“메킨저 키스, 너는 나와 협상하지 않을 건가?”

"하지 않겠다면 나에게 칼을 들이댈 것인가?"

무미건조한 그의 목소리에 소더러 A가 기분 나쁜 미소를 입가에 걸쳤다. 그리곤 사람을 깔본다는 생각이 들 정도로 조소와 냉소가 가득한 한마디를 내뱉는다.

"물론."

스릉—

말이 끝나기 무섭게 메킨저 키스의 로브 자락이 공간에 펄럭이며 살인 무기 아코롬이 뻗어 나갔다. 50평 공간 안을 길게 가로지르는 은빛의 갈고리가 메킨저 키스의 허리서부터 소더러 A의 안면까지 일직선으로 날아가 떨어진다.

투우웅!

아코롬의 날이 소더러 A의 눈 사이에 대각선으로 떨어졌다. 그대로 머리통을 잘라내며 벽을 뚫고 나갈 위력이리라. 하지만 그걸로 끝. 아코롬은 소더러 A의 얼굴에 명중했으나 흠집 하나 내지 못하고 금세 주인의 손으로 되돌아오고 말았다. 이 갑작스런 상황은 소더러 A를 제외한 모든 이들이 대처하지 못할 정도로 빠르고 정교했다. 하지만 역시 묵과할 수 없는 것은 소더러 A가 버그 플레이어라는 점.

쳇 하고 불만을 토하는 메킨저 키스에게 소더러 A가 조롱 섞인 미소를 지었다.

"자, 어쩔 건가? 협상할 텐가?"

메킨저 키스는 소더러 A의 상대가 되지 못함을 빠르게 파악하곤 결국 꼬리를 내리고 말았다. 만약 조금이라도 상대가 되었다면 그를 죽이고 17대 길드의 마스터가 될 수 있었는데. 하지만 그것은 바람일 뿐이고.

"그 재수없는 웃음만 치워준다면 협상한다."

메킨저 키스가 그렇게 대답하자 옆에 기립해 있던 타케루가 발끈하며 앞으로 나섰지만 소더러 A의 손짓에 물러났다. 소더러 A는 별로 개의치 않고 만면에 미소를 띠며 곧바로 조건을 꺼냈다.

"그럼 협상 조건을 말하지. 내가 원하는 협상 조건은 세 가지다. 마듀라의 척살과 마계의 진입, 그리고……."

조건을 듣고 난 세 인물의 표정이 딱딱하게 굳었다.

＊　　　＊　　　＊

하빈 누나의 일에 관해서라면 최준 형이 입 단속 잘한다니까 외부로 누설될 일은 없을 것이다. 내가 세준 씨에게 상해를 입혔던 것은 세준 씨가 알아서 처리한다기에 문제는 없었고 하빈 누나의 일 때문에 학교를 무단결석한 것도 이미 대학교에 원서가 들어간 후라서 상관없었다. 아아~ 정말 어이가 없을 정도로 무식한 세상에 무식한 주인공이로다.

세희와 함께 교실에 들어설 때, 교실 문 앞에서 유리와 태민이 뭔가 얘기를 나누는 것을 목격할 수 있었다. '저것들은 아침부터 웬 연애질이야?' 라고 생각했지만 둘 다 표정이 고와 보이지 않았기에 연애질은 아닌가 보다. 나는 세희를 먼저 교실로 들여보낸 뒤 그들에게 다가갔다.

"어이~ 닭 커플들! 아침부터 왜들 그리 심각해? 미래 혼인 문제에 대해 심각한 토론을 벌이는 건 아닐 테고."

"아, 신성아, 왔어?"

"후우~ 안녕."

둘 다 어두운 표정으로 나를 마주했다. 둘의 분위기를 띄워주고자 했던 나의 가벼운 농담은 내가 뒷머리를 긁적이는 것으로 끝났다. 이렇게 보니 무슨 일이 있긴 있는 모양이다. 보통 때 둘은 이렇게 심각한 표정을 짓지 않는다. 맨날 붙어 있기만 하면 '자기야, 사랑해~' 따위 소리나 지껄이는 게 눈꼴 시릴 정도로 둘은 닭들이기 때문이다. 오죽하면 우리 학교 넘버원 닭들이겠냐?

남 일 끼어들기 좋아하는 나는 태민에게 물었다.

"무슨 일 있어? 표정이 왜들 그래?"

그러자 태민이 딱 잘라 대답한다.

"아무것도 아니야. 신경 꺼."

그러면 내가 신경 끌 줄 알았니?

"아무것도 아닌 게 아닌 것 같은데?"

"아무것도 아닌 게 아닌 것 같은데 아무것도 아니야."

"아무것도 아닌 게 아닌 것 같은데 아무것도 아닌 것도 아닌 것 같아 보여?"

"아, 글쎄! 아무것도 아닌 게 아닌 것 같은데 아무것도 아닌……."

강태민은 말할 필요성을 못 느끼겠는지 날 귀찮다는 듯이 쏘아보곤 자기 교실로 들어가 버렸다. 벌써 삐쳐 버리다니. 아무래도 태민은 말 안 해줄 것 같기에 유리에게 시선을 돌렸다.

"무슨 일인데 그래? 둘이 사이가 안 좋아?"

"아니, 그런 건 아니고……."

유리는 잠시 말해 줄까 말까 고심하더니 결국엔 고민거리를 털어놓았다.

"사실 어제 스틸을 당했어."

스틸? 뭐 스틸? 그 스틸이 이 Steal이라면, 털렸단 말인가?

"뭘 털렸는데?"

"폴로의 6검."

"뭣이?! 어쩌다가? 누구한테?!"

그런 중요한 물건을 빼앗겨 버리면 어쩌자는 거야?

"일본 유저였어. 키는 나 정도로 작은 남성 유저인데, 태민이를 한 방에 때려눕힐 정도로 강했어. 한 달에 걸쳐서 겨우 얻은 6검인데. 아~ 그거 현실상에서도 몇천만 원이나 가는 고가 아이템인데, 혼수 마련도 포기해야겠네. 아까워라."

"혼수… 마련?"

이것이 아침부터 귀신 씨나락 까먹는 소리를 하고 있네.

"그런 게 있어. 신성아, 언제라도 6검 찾으면 꼭 연락해 줘. 알겠지?"

"알았어."

그걸 왜 너한테 연락해 주니? 그건 나하고 세희 혼수 마련으로 쓸 건데.

집으로 돌아와 게임에 접속하자마자 하빈 누나가 있던 폴로를 지나쳐 마티리로 뱃머리를 돌렸다. 뱃머리를 돌리는 중에도 아쉬움 같은 건 없었다. 하빈 누나의 일은 잘 끝났으니까. 한동안 폴로에 눈길을 끊을 수 없었지만 우리는 새로운 섬, 카밀리베아 군도의 마티리를 맞이했다.

마티리는 그렌터를 중심으로 9시 방향에 있는 얼음 섬이다. 언제나 눈 덮인 산과 꽁꽁 얼은 빙판 길만 있는 곳으로 크기는 카밀리베아 군도 중 두 번째로 크다. 퀘스트가 있어 드나드는 유저가 많다는데……

우리의 문제는 던전이 아니라 마티리를 찾는 것이다. 그런데…

"이 넓은 땅에서 무슨 수로 6검을 찾아?"

세희의 말대로 6검이 어디에 짱박혀 있는지 모른다는 게 문제다. 유리에게 물어보니 자기네들도 6검 찾느라 한 달이 걸렸다더라. 이럴 때 최준 형이 나타나서 이벤트 공략법이나 알려주면 얼마나 좋아? 필요할 땐 꼭 안 나타난다니까.

나와 세희는 일단 배 아래를 내려다보며 눈 덮인 마티리를 돌아다녔다. 이 넓은 섬에 유저들은커녕 몬스터 하나 눈에 띄지 않아 조금 의아스러웠지만, 오히려 6검을 찾기엔 더 좋을 수 있다. 6검은 검이 되기 전에 인간 NPC의 모습으로 돌아다닌다고 했으니까, 혼자 돌아다니는 녀석을 찾으면 그 녀석이 6검의 정령이란 말이 된다.

한참 동안 배 아래를 주시한 결과 우리는 한 사람의 형상을 발견할 수 있었다. 둘도 아닌 단 한 명의 유저다. 이 넓디넓은 눈밭에 혼자 다니는 유저가 얼마나 있을까?

이런 경우는 두 가지다.

1. 몬스터하고 싸우다가 동료를 잃고 혼자 조난당했다.

2. 앞서 말한 대로 적이다.

전자의 경우 주위에 몬스터가 없으므로 무효가 성립된다. 그러므로 후자 쪽일 가능성이 높으므로 유효 확정!

"럭키! 3시간 만에 6검의 정령을 찾을 줄이야!"

다른 이들은 한 달이 걸려도 못 찾는다는 6검을 단 3시간 만에 찾아내다니! 이건 복권 당첨된 것보다 운이 좋은 건가? 아니면 주인공의 특권인가? 우리는 눈 덮인 산에서 보이는 한 사내를 6검의 정령이라 단정 지었다. 6검의 정령은 일반 유저와 흡사하게 생겼는데 망원경으로 보니 우리 쪽을 보며 양손을 휘휘 흔들고 있었다. 나 여기 있으니 죽여 달라고 손 흔드는 건가?

"실리, 배에 반동이 클 테니까 아무거나 꼭 붙잡고 있어! 큰 거 쏜다!"

"알았어."

세희가 배 난간을 꼭 움켜쥐는 것을 확인하자마자 나는 마스터 무기를 소환… 해야 하는데,

"허억!"

알트레탈리가 듀라실리스 초원에서 정령술사와 싸우다가 개박살 나 버렸다… 는 걸 이제야 깨달았다. 이런 낭패가 있나?! 마스터 무기가 없으면 소더러 로선 전력에 엄청난 타격인데.

10초간 경직.

"……."

"듀라야, 뭐 해?"

내가 아무런 행동이 없자 세희가 조용히 물었다. 나는 구겨진 표정을 애써 지우며 어떻게든 표정 관리를 했다. 여기서 세희에게 약한 모습을 보여줄 순 없지.

"아무것도 아니야. 간다!"

일단 검광진 20구를 띄워 하나로 겹치고, 기합과 함께 외쳤다.

"검뇌격화성!"

검뇌격화성의 검은빛 레이저가 일직선으로 뻗어 나간다. 저대로 맞는다면 몸이 녹아버리리라. 알트레탈리의 힘까지 펼쳤으면 산이 무너졌을 텐데.

“뭐, 설마 이 정도에 죽진 않겠……?!”

다음 공격을 준비하던 중 날아가던 검뇌격화성의 앞으로 푸른빛 레이저가 떨어졌다. 맞부딪치자마자 순식간에 상쇄되어 버리는 나의 공격.

“뭐지?!”

주제에 6검의 정령이라는 건가? 내 공격은 뭐도 아니란 말이군. 나 혼자만으로 끝내려고 했는데 아무래도 세희까지 끌어들여야겠다.

“실리! 뒤를 지원해 줘!”

“알았어!”

세희의 허리를 잡고 마법으로 몸을 띄운 뒤 6검의 정령 앞까지 날아갔다. 그전에 베도밀을 소환하는 것도 잊지 않았다. 우리가 다가갈 동안 녀석은 우릴 공격하지 않았고, 6검의 정령과 7m 앞의 위치에서 나는 상대방의 모습을 확인할 수 있었다. 꽤 눈에 띄어 잊어버리지 않을 만큼 생겼다. 포니테일 형식으로 묶은 긴 금발 머리카락과 지적으로 보이는 외눈 안경, 그 때문인지 지적인 분위기를 풍기는 10대 후반 남성의 모습이다. 이렇게 6검의 정령과 마주하는 건 처음이군.

상대가 경계 섞인 존칭을 사용하며 우리에게 먼저 물었다.

“당신들이 절 공격한 분들입니까?”

“그렇다! 조용히 검을 내놓는다면 목숨만은 살려주지!”

동화책에 나오는 산적 같은 대사를 읊으며 베도밀을 상대에게 겨눴다. 더없이 당당한 모습이리라. 아아~ 어찌 마스터 무기 없이 이런 깡패 같은 짓을 할 수 있는지 나조차도 의심스럽다.

그런데 대사와 행동과는 달리 가슴이 두려움으로 방망이질을 치는 건 왜일까?

"네? 검이라뇨? 그게 무슨……?"

"6검인 거 다 알고 있으니까 발뺌할 생각 마. 그나저나 너무 운이 좋은데? 3시간 만에 6검을 찾아내다니."

"에? 6검이요? 아~ 저기, 오해가 있는 것 같습니다. 6검 이벤트 중이신 분들인가 보군요. 잠시 저와 대화의 시간을……."

그가 들고 있던 무기를 뒤로 빼고는 한숨을 포옥 내쉬었다. 여유있다 못해 자연스런 그의 모습에 나와 세희는 의아해할 수밖에 없었다. 지금 이건 무슨 짓? 전투 중에 이런 상태를 보이는 경우는 두 가지 경우다. 상대를 얕볼 때, 그리고 자포자기할 때. 보통 우릴 얕볼 사람은 없으므로 후자 쪽일 가능성이 크다.

상대가 폐 속부터 긴 한숨을 내뱉었다.

"제가 6검의 정령인 줄 알고 공격했겠지요? 하지만 전 유저입니다."

에에? 나는 의아해하며 상대방을 유심히 살펴보았다. 상대는 왼쪽 가슴에 NPC 마크는 없지만 레어 NPC라면 그것이 없을 수 있다. 대체 녀석의 정체가 뭐길래 이렇게 당당한 것이란 말인가?

나는 한풀 꺾인 기세로 공손히 물었다.

"실례지만 누구신지?"

"저는 알케라고 합니다. 그렇게 불러주십시오."

"그런데 왜 저희에게 손을 흔드신 거죠?"

"제가 연구실에 올라가야 하는데 배에 좀 태워달라고 손을 흔든 거였습니다. 그때 웬 레이저 광선이 날아와서 얼마나 놀랐던지……."

"그럼 제 공격을 어떻게 막아낸 건가요?"

"그건 이 무기 덕분입니다. 제가 만든 거지요."

그가 손에 쥐고 있던 150㎝ 길이의 하얀 물건을 내 앞에 내밀었다.

그것은 끝에 구멍이 뚫려 있고 손잡이가 있으며 방아쇠가 있는 총이었다! 웬만한 기관총보다 크고 약간 SF적인 디자인을 가지고 있다. 로켓 런처인가? 로켓 런처라 하기엔 모양이 다른데.

아니, 지금 총기류의 종류를 따질 게 아니라 저게 왜 여기 있는지가 더 궁금하다.

"어떻게 총이 있을 수 있죠?"

"이건 제가 만든 무기니까요. 그보다 오해 풀렸으면 이제 돌아가도 되는 건가요?"

"……."

나와 세희는 아무 말 없이 서 있다가 허리를 꾸벅 숙이며 그에게 사과했다. 내가 너무 경솔한 탓이었기 때문이다. 어쩐지 일이 너무 순순히 풀린다 했어. 괜히 개꼴만 당했잖아. 세희한테도 점수 깎이겠다.

"죄송합니다. 제가 그만 오해를 했군요."

"죄송합니다."

고개를 숙이는 나와 세희의 앞으로 알케 씨가 손을 저었다.

"아아~ 아닙니다. 그럴 수도 있지요. 이런 경우도 많이 당해봐서 이젠 화나지도 않습니다. 이 근처엔 저 혼자뿐이다 보니 간혹 절 6검인 줄 오해하시는 분들이 있더군요."

"그렇습니까?"

왜 이런 곳에 혼자 있는지는 모르겠지만 신경 쓸 필요는 없겠지. 우린 그에게 한 번 더 고개를 꾸벅인 뒤 배로 돌아가려 했다. 배로 돌아가려는데 우릴 멀뚱히 바라보던 알케 씨가 우릴 막아 세우듯 웃었다.

"하하하! 실례하셨다면 답례로 절 제 연구실까지 데려다 주셨으면 합니다만. 걸어가려니 시간이 오래 걸려서 말이죠. 차라도 한잔 대접

해 드릴게요. 이렇게 만난 것도 인연인데."

뭘 자꾸 원하던 눈치였는데, 이걸 말하는 것이었나. 뭐, 방금 전에 일도 그렇고 시간은 많으니 상관없겠지? 21세기 매너남이라면 빚은 갚는 것이 도리다. 세희도 괜찮다고 고개를 끄덕이고.

"연구실이 어디입니까?"

"이 산의 꼭대기에 있습니다. 배를 타고 간다면 1∼2분 거리지요."

"그럼 같이 가지요. 제 손을 잡으십쇼. 배로 텔레포트하겠습니다."

그렇게 해서 우리는 알케 씨의 연구실에 오게 되었다. 알케 씨의 연구실은 눈 덮인 산의 꼭대기에 있었는데 건물이기보단 너무도 초라한 창고 같은 모습이었다. 무슨 컨테이너 박스인가?

"겉은 누추해 보이지만 안은 잘 꾸며져 있습니다. 들어가시죠."

그의 말대로 연구실 안은 꽤 잘 꾸며져 있었다. 눈을 쉬게 하는 초록색 벽지 공간 안에 인형들이 쌓여 있어 인형의 집 같은 따스한 이미지가 풍긴다. 연구실 안은 30평 정도의 공간이었는데 중앙의 원형 탁상과 네 개의 의자, 오른편의 벽난로를 제외하곤 모두 인형 천지였다. 심지어 창문틀에도 인형이 얹혀져 있다. 실제 사람 크기만한 비스크 인형부터 조그만 동물 인형까지.

"무슨 남자 집에 인형이 이렇게 많답니까? 연구실이기보단 인형 가게란 말이 맞겠군요."

"와아∼ 너무 귀엽다!"

세희는 인형들을 보며 감탄사를 연발했다.

그런 세희를 본 알케 씨는 타닥타닥 타오르는 벽난로 불에 장작을 넣으며 웃었다. 벽난로를 보는 것만으로 방 안의 공기가 따사로움으로 차는 것 같았다.

"이 인형들은 제가 전부 만든 겁니다. 인형들을 만들며 수련을 쌓고 있지요."

"수련이요?"

인형 따위 만드는 걸로 수련을 한다니. 묘한 인간일세.

나의 생각을 눈치 챈 것인지 알케 씨가 빙긋 웃었다.

"묘한 인간일세라는 눈빛이군요. 하지만 저 같은 클래스는 그렇게 수련을 하지요. 만들다 보면 재밌습니다. 돈도 되고요."

"인형 하나에 얼마나 받는데요?"

"동물 인형은 평균 5골드 받고 여자 비스크 인형은 천 골드까지 받습니다. 현금 거래하면 5백만 원 정도 되구요. 지금은 이것들로 돈 꽤 만졌지요."

"……."

나는 문득 근처에 있는 여자애 모양 비스크 인형을 향했다. 머리도 땋고, 드레스도 입히고, 화장까지 하고, 실제 사람보다 더 사람 같은 느낌이다. 이런 게 5백만 원이라니. 나도 그냥 이쪽 일에 뛰어들까?

각설하고 다시 알케 씨에게 질문을 했다.

"아까 저 같은 클래스라고 말씀하셨는데, 인형 만드는 걸로 수련하는 클래스가 있단 말입니까?"

그러자 그가 당연하다는 듯이 대답했다.

"물론이지요. 저 같은 알케미스트가 그 클래스 중 하나입니다."

"알케미스트?"

"알케미스트요?"

나와 세희가 동시에 되묻자 알케 씨가 고개를 가볍게 끄덕인다. 알케미스트라는 말을 처음 들어보는 건 아니지만 카도라스에 그런 게 있다는 말은 처음이었기 때문에 의아할 수밖에 없었다.

"알케미스트, 연금술사 말입니다. 역사에 실존했던 직업으로서 비금속을 금속으로 바꾸는 화학자들이지요. 물론 현실상에선 그것이 불가능하지만 게임상에선 그런 것이 가능한, 상당히 다재다능한 클래스입니다."

"신기하군요. 어떻게 알케미스트가 되었습니까?"

"그건 노코멘트하겠습니다. 저와 몇몇만의 비밀이거든요. 그것보다 어서 의자에 앉으시죠. 차를 내오겠습니다."

아무래도 말하기 껄끄러워하는 것 같기에 나도 그에 관해서 더 이상 캐묻지 않았다. 그런 사실들은 나중에 비싼 돈으로 정보를 팔 수 있기 때문이기도 하고, 자기 혼자만 몸값이 올라가기 때문이다. 같은 부류가 늘어나면 굳이 비싼 돈으로 알케미스트를 고용하지 않아도 되니까. 음식점에서 자신들만의 음식 만드는 노하우를 다른 이에게 가르쳐 주지 않는 것과 비슷하다고 볼 수 있다.

알케 씨는 집 안 저편 초록색 커튼 너머로 들어갔고—그쪽에 다른 방이 있는 듯—나와 세희는 알케 씨가 내어준 통나무 의자에 앉아 차가 나올 때까지 기다렸다. 세희는 그때까지 한시도 인형에서 눈을 떼지 못하고 있었다.

"우아~ 너무 귀여워요. 저걸 알케 씨가 다 만들었단 말예요? 손재주가 좋으신가 봐요?"

커튼 너머에서 알케 씨의 목소리가 들려왔다.

"손재주가 좋은 건 아니고, 많이 연습해서 이 정도까지 만들 수 있던 겁니다."

으음~ 이 정도로 만들려면 얼마나 연습을 해야 할까? 엄청난 장인 정신과 인내력이 있어야 할 텐데. 나 같으면 반 깎다가 지겨워서 못 깎겠다.

잠시 후 커튼이 젖혀지며 양손에 찻잔 쟁반을 들고 있는 알케 씨가 모습을 드러냈다. 차에서 풍기는 향기가 코끝으로 전해진다. 홍차인가?

"차가 입맛에 맞을지 모르겠군요. 그나저나 여러분들 닉네임을 물었으면 합니다. 아직까지 닉네임을 모르고 있었군요."

그러고 보니 통성명도 안 했구나. 나는 세희까지 대신하여 닉네임을 밝혔다.

"제 닉네임은 마듀라, 이쪽은 에실리스입니다. 간단히 듀라, 실리라고 불러주십쇼."

"아, 듀라 씨, 실리 씨, 멋진 닉네임입니다."

나는 내온 차를 한 모금 들이키며 알케 씨에게 물었다.

"알케 씨는 무슨 이유로 이런 곳에서 혼자 인형을 만들고 계시는지요? 사연이라도 있습니까?"

알케 씨는 인상 좋은 지적인 미소로 웃었다.

"궁금하십니까? 사연이랄 건 없습니다. 그냥 혼자 조용히 수련하는 게 좋으니까요. 이렇게 3개월 정도 지내다가 모험을 떠날 생각입니다."

"모험이요?"

"네. 대륙을 돌아다니며 지금까지 만든 인형을 파는 거지요."

"······."

인형 팔아서 부자 되려고 그러나? 그것보다 알케미스트가 어떤 능력을 지니고 있는지가 지금의 나로선 더 궁금했다.

"알케 씨, 실례가 되지 않는다면 알케미스트의 힘을 조금만 보여주시면 안 되겠습니까? 어떤 능력을 지녔는지 궁금합니다."

조심스레 묻는 내 질문에 알케 씨가 싱긋 웃었다.

"그런 부탁이라면 기꺼이. 그럼 간단한 것만 보여 드리도록 하겠습니다."

알케 씨는 자신의 차를 원샷해 버리고는 마시던 차의 찻잔을 땅바닥에 가볍게 떨어뜨렸다. 당연히 찻잔은 요란한 유리음과 함께 그 파편을 사방으로 튀겼고 나와 세희는 깜짝 놀랐다.

지금 이게 뭐 하자는 플레이일까? 내가 알케미스트의 힘을 보여달랬지 찻잔 깨는 방법을 가르쳐 달랬나? 의아해하는 우리들 앞으로 알케 씨가 그 깨진 찻잔의 파편을 손으로 주워 담았다. 세희가 곧장 나서서 알케 씨의 찻잔 파편 줍는 것을 도와주었다.

"감사합니다, 실리 씨."

세희의 도움으로 더 빨리 찻잔 파편을 주워 담은 그가 그 파편을 오른손 손바닥에 올려놓곤 주먹을 꾸욱 쥐었다. 찻잔 파편에 손이 찔릴 정도는 아니었는지 피가 나거나 하진 않았다.

잠시 그렇게 찻잔 파편을 쥐던 알케 씨가 쥐었던 손을 폈다. 그러자…

"어라?!"

"금이다!"

나와 세희는 알케 씨의 손바닥에 올려져 있는 금덩어리를 보고 놀라버렸다. 찻잔 파편이 금덩어리가 되다니! 그 어떤 마법 반응도 없었고 그 어떤 가로채기도 눈에 포착되지 않았는데?

"역시 놀라시는군요. 이게 바로 알케미스트 클래스의 능력이죠. 제가 방금 보여준 것은 질서없는 물건을 재규칙시킨 것입니다. 금뿐만이 아니라 뭐든 가능하지요."

그런 거였군. 질서없는 물건을 재규칙시킨다라? 그 말대로면 부러진 칼자루도 재생할 수 있단 말인가? 그렇다면 알트레탈리도 가능할는지? 솔직히 아까 알케 씨가 6검인 줄 알고 마스터 무기도 없이 덤벼들었던 건 미친 짓이었다. 만약 알트레탈리를 고칠 수만 있다면.

"알케 씨, 그 능력, 마스터 무기에도 가능합니까? 마스터 무기를 수선하는 것 말예요."

"마스터 무기요? 해본 적은 없습니다만, 아마 될 겁니다."

"정말이요?!"

"네."

우와! 이런 행운이 있을 수가?! 알트레탈리를 어떻게 손보나 고심하던 차였는데!

"그럼 제 무기 좀 봐주시겠습니까? 제 무기가 완전 맛이 가버려서 말입니다."

"그렇습니까? 뭔지 일단 보여주시죠."

나는 당장 소더러 마스터 무기를 불러들여 알케 씨에게 내밀었다. 알트레탈리는 엘메타와 싸우는 중에 검기를 제어하지 못하고 완전 부서졌었는데, 손가락 부분은 다 깨져 나가 없었고 그나마 남아 있는 건 손목 부분이었다. 그것을 보며 알케 씨가 혀를 찼다.

"많이 상했군요. 어쩌다 이렇게 된 겁니까?"

"설명하자면 깁니다. 그보다 이거 수선이 가능할까요?"

"예, 가능할 것 같습니다. 조금의 파편만이라도 있다면야… 음~ 늦어도 나흘 정도면 될 것 같군요."

"나흘이나요?"

"하하! 나흘이나라뇨? 다른 이한테 맡기면 맡기기도 전에 수선이 불가능하다고요."

"……."

하긴 알케미스트가 흔한 직업도 아닌데 어디서 또 알케미스트를 구한단 말인가? 나흘도 감지덕지해야지.

내가 건네주는 알트레탈리를 받아 들며 알케 씨가 물었다.

"수선하면서 무기를 업그레이드해도 상관없겠지요?"

"업그레이드요?"

"알케미스트의 능력으로 무기의 성능을 업그레이드할 수 있습니다. 디자인도 변경할 수 있구요. 원하는 디자인이 있으면 말씀해 주십시오."

디자인도 바꿀 수 있단 말에 귀가 번쩍 뜨였다. 사실 알트레탈리는 서로 연결되는 끈이 있어서 싸우는 중에 상당히 거치적거렸다. 게다가 크기도 약간 크고. 운영자 딴엔 멋있는 디자인이라고 생각했겠지만 전투 중에 여간 불편한 게 아니다.

이참에 실용성있게 변형시켜 보는 것도 좋을지도.

"딴 건 다 필요없고 무조건 작게 축소시켜서 경량 건틀렛처럼 만들어주십쇼. 그리고 그거 수선할 때 실리 것도 좀 같이 해주시면 안 될까요?"

"실리 씨 걸요?"

"나? 난 무기 업그레이드 같은 거 필요없는데."

"이왕 하는 김에 같이 하면 좋잖아? 더 강해진다는데 뭐 어때서? 알케 씨, 실리 것까지 하면 얼마나 걸릴까요?"

“음~ 일주일 정도 걸릴 겁니다.”

조금 긴 시간이지만 그리 바쁘지도 않으니 상관없겠지.

세희는 자신의 프리스트 마스터 무기 시오르를 알케 씨에게 넘겨주었다. 알케 씨가 저거 가지고 도망친다 해도 소용없었다. 마스터 무기는 주인이 응답하면 소환되도록 되어 있으니까. 그리고 잠깐 대화를 나눠봐서 아는데 알케 씨는 그런 비도덕적인 인간이 아니다… 라고 생각한다.

“그럼 이건 오늘 저녁부터 수선해도 될 거고. 그런데 여러분들은 무기가 완성될 동안 무얼 하실 생각입니까?”

알케 씨가 당연한 대답이 나올 질문을 했다.

“당연히 마티리의 6검 정령을 찾아야지요.”

“6검 정령이요? 아~ 죄송합니다만 이곳엔 6검 정령이 없습니다.”

“네엣?!”

최준 형이 말하길 각 섬마다 6검 정령이 있다고 하던데? 누가 먼저 마티리의 6검을 가로채 갔나?

나와 세희가 물음표를 머리 위에 떠올리자, 알케 씨는 당황하는 기색을 감추지 못했다.

“하하… 깜짝이야. 두 분은 모르셨군요. 마티리의 6검은 지금 기딘에 있답니다. 들리는 소문에 의하면 이벤트용 6검 정령들이 유저들에게 너무 쉽게 당해서 둘을 붙였답니다. 여기서 둘은 마티리의 6검 정령과 기딘의 6검 정령을 말하는 거겠죠. 그 때문에 유저들이 6검 공략을 하는데 상당히 애먹고 있답니다.”

“……”

이거 큰일인데. 그렇다면 일에 차질이 생길 수 있잖아. 나하고 세희가 편을 먹어서 2:2로 싸워도 시원치 않다. 지금 상황으로선 시린터나 카이데스가 없으면 6검을 공략할 수 없을 것 같다. 하지만 그들에게 도움을 요청하자니 ×팔린다. 특히 시린터! 전에 녀석하고 싸워서 분위기가 서먹하게 돌아갈 텐데.

한참 고민하는 도중 알케 씨가 내 생각 속에 끼어들었다.

"특별히 할 일이 없으시면 퀘스트라도 하는 게 어떻습니까?"

"퀘스트요?"

웬 퀘스트? 퀘스트라면 게임상에서의 미션을 뜻한다. 어떤 NPC의 사정을 들어주고 아이템을 얻는다든지, 어느 던전에 들어가 보스 몬스터를 죽여 막대한 보물을 얻는다든지 게임 요소 중에선 중심이라 할 수 있는 건데, 이 카도라스에선 퀘스트는 취약하고 이벤트에 많이 치중해 있다. 이유는 카마디 운영자들밖엔 모르지만, 어쨌든 퀘스트를 하라신다면 한번 해보는 것도 좋을지도. 세희와 막 게임을 시작했을 땐 작은 퀘스트를 몇 번 깬 적이 있다. 그때의 경험을 되살려 퀘스트를 해보는 것도 재밌을 것 같다.

일주일 동안 할 만한 퀘스트가 있을지 모르겠지만.

"퀘스트 지점은 마티리의 북쪽입니다. 이곳이 마티리의 남쪽이지만 북쪽까진 그리 멀지 않을 겁니다. 퀘스트에 관한 정보는 카도라스 홈페이지나 카도라스 타임즈, 아니면 그곳에 있는 도우미 NPC에게 문의하시길."

알케 씨의 말을 따라 마티리의 북쪽으로 뱃머리를 돌렸다. 가는 길에 산을 많이 만나 행군이 더뎠지만 그리 오랜 시간이 걸리진 않았다. 마티리의 크기는 크지만 북쪽과 남쪽과의 거리는 짧고 동쪽과 서쪽과의 거리는 긴, 약간 뒤틀린 초승달 모양이기 때문이다. 도중에 만난 폭설과 산과 산을 돌아다니는 바람이 위협적이긴 했으나 막강이의 갑판에 1m 두께의 눈이 쌓였다는 걸 빼면 문제가 된 건 없었다.

"아~ 이 눈, 치우긴 치워야 되는데, 어떻게 치우냐."

"그냥 내버려 두면 알아서 녹지 않을까?"

과연 그럴까? 나는 세희의 말만 믿고 상공 2km에 막강이를 세워놓고 배에서 내렸다(물론 고공 낙하는 아니고 마법으로 몸을 띄운 뒤에 내려간다). 우리가 내려간 마티리의 북쪽은 의외로 따뜻해 보이는 공간이었다. 뾰족 봉오리를 중심으로 하얀 눈 이불을 덮은 다섯 산의 중심에 지름 15km

쯤 되는 공간이 있는데, 동쪽으로 10m 높이의 침엽수림이 있고 서쪽과 남쪽으로는 연두색 초원이, 북쪽으론 까칠한 회색 바위 계곡이 펼쳐져 있다.

바위 계곡을 사이로 폭포수가 세차게 내리 꽂히며, 그곳으로부터 강물이 만들어져 그 강물이 침엽수림을 거쳐 저 너머의 반대쪽 산으로 흘러가고 있었다. 초원에 그윽이 깔린 안개는 보는 이의 눈을 한동안 머물게 할 만큼의 몽환을 심어주기에 충분할 정도로 비현실적인 아름다움을 주고 있었다. 듀라실리스 초원 같은 광활함은 없지만, 그와는 달리 굉장히 견고한 자연미를 심어주는 경치다.

마침 초원을 거칠게 밟으며 뛰어가는 인형들(유저이지만 하늘에선 인형처럼 보인다)과 몬스터들이 눈에 띄었다. 얼핏 보기는 열 명 정도의 유저들이 30마리의 몬스터들에게 죽어라 쫓기는 것 같다. 덩치가 작은 몬스터인데 저거 하나 못 잡고 도망치다니. 초보 유저들인가? 곧 몬스터들에게 포위되어 얻어터지는 유저들을 바라보며 우리는 남쪽 초원에 착지했다.

플라이 마법을 사용해 지상에 착지한 곳은 나무 울타리에 둘러싸인 초원의 어느 지점이었다. 유저가 여섯 명 눈에 띄고 그 왼편, 돌로 만든 창구에 NPC 세 명이 있다. 주위에 울타리가 있고 창구가 서 있다는 걸 빼면 초원의 한구석이나 마찬가지인 공간이다. 제대로 찾아오긴 한 것 같은데… 일단 어디로 가야 할지 주위를 둘러보던 나는 저편의 NPC들에게로 먼저 향했다. 퀘스트가 있는 곳에 NPC가 있다는 게임의 법칙을 충실히 따르려는 것이다.

우리가 다가오자마자 NPC 셋이 일제히 허리를 숙이며 우릴 맞이했다. 창구 앞에 서 있는 여성 NPC는 금발 머리를 어깨까지 드리우고 있는 미녀이고, 그녀의 뒤에 서 있는 이는 20대 중반의 평범한 남자 NPC, 그리고 그 옆엔 경비원 NPC인 듯 은빛의 갑주를 걸치고 있다.

여성 NPC가 말을 걸었다.

"어서 오십시오, 유저님. 배틀 퀘스트 존(Battle Quest Zon)에 오신 걸 환영합니다."

전혀 환영하는 눈빛이 아니지만… 어쨌든 퀘스트 안내 NPC가 틀림없다.

퀘스트에 대한 걸 하나도 모르니 일단 물어보는 게 이치겠지?

"퀘스트 참가 자격은 어떻게 됩니까?"

NPC는 기계적인 어투로 대답했다.

"본 퀘스트는 15세 이상만이 참가 가능하며, 규칙에 한한 캐릭터에 약간의 제약이 걸리게 됩니다. 그에 따른 불이익은 저희가 책임지지 않습니다. 퀘스트에 참가하시겠습니까?"

"퀘스트 규칙은 어떻게 됩니까?"

"본 퀘스트는 맵 지점 안에서 아이템을 취득하는 경기입니다. 아이템은 상대방을 PK할 시 취득되는 증표이며, 최대 여섯 명의 파티 구성으로 죽은 자의 증표 2백 개를 취득할 시 다음 퀘스트로 넘어갈 수 있게 됩니다. 퀘스트에 참가하시겠습니까?"

그러니까 뭐야, 맵 지점 안에서 서로를 죽여 죽인 녀석에게서 증표를 2백 개나 모아야 한다는 황당무개한 퀘스트란 말인가? 난생처음 들어보는 퀘스트다.

세희가 NPC에게 물었다.

"규칙에 한한 캐릭터의 제약이란 게 뭔가요?"

"스킬 사용이 불가능합니다."

"스킬 사용이 불가능?"

스킬 사용이 불가능하다면 전투가 힘든 것은 당연하다. 직접 전투 직(격투가나 검사 같은 소위 맞짱 직업)이 아니고서야 어찌 맨손으로 몬스터를 상대한단 말인가? 나나 세희는 그럭저럭 괜찮겠다만, 일반 유저들은 맨손으로 몬스터 잡기가 여간 힘든 것이 아닐 것이다. 그 때문에 아까 유저들이 몬스터 떼에게 쫓겼던 건가?

NPC에게 물었다.

"그럼 무기는 사용 가능하지요?"

"가능합니다."

"서로 싸우다 죽으면 어떻게 되나요?"

"레벨이 하락됩니다."

"파티는 어떻게 맺나요?"

"지나다니는 유저들과 맺으십시오."

"꼭 여섯 명이어야 하나요?"

"네."

"도중에 기권은 가능한가요?"

"불가능합니다."

"퀘스트 실격 기준은요?"

"타 유저에게 죽은 자의 증표를 빼앗기고 24시간 내에 돌려받지 못할 시입니다."

"퀘스트 클리어 아이템은요?"

"……."

"……?"

지금까지 잘만 대답해 주던 NPC가 갑자기 나에게 날카로운 눈빛으로 향했다. 내가 헛숨이 들이켜질 정도로 죽어라 쏘아보는 것이다. 헉!
이 NPC가 왜 이래? 뭘 독기 어린 눈으로 쏘아봐? 저 엄청난 짜증과 불
쾌감 섞인 눈빛은 선미의 것이 아니던가? 나는 갑작스레 떠오른 선미
생각에 이 NPC에게서 저절로 위험을 감지했다. 프로그램에 미스라도
난 걸까? 프로그램 미스가 아니라면 저런 눈빛은 불가능할 텐데.

"퀘스트에 참가 안 하실 거면 더 이상 묻지 말아주십시오! 저 이래
뵈도 바쁜 사람이라고요!"

"헉!"

설마 내가 너무 귀찮게 물어봤던 것 때문에 신경질이 난 건가? 물어
본 게 뭐 대수라고? 주제에 퀘스트 NPC라고 째는 거야?

"죄, 죄송합니다. 듀라야, 사과해."

세희가 허리를 숙이며 사과하자 나도 따라서 덩달아 사과할 수밖에
없었다. 내가 원해서 그런 게 아니라 세희가 내 머리를 잡고 숙였기 때
문에 어쩔 수 없었다. 경찰서에 들어간 아들이 어머니의 등쌀에 못 이
겨 서명하는 모습이 지금 내 모습과 비슷하리라. 으윽! 세희 팔 힘세
다.

"그럼 돌아가세요."

여전히 쏘아보며 귀찮다는 듯이 말하는 NPC의 태도에 나는 발끈했
다.

"이봐요, 저희도 퀘스트할 거거든요?"

"그럼 진작에 그렇게 말씀하셨으면 좋잖아요!"

"……."

아니, 이젠 신경질을 내내? NPC가 유저에게 성을 내다니!

나도 따라서 NPC에게 신경질을 내고 싶었지만 이번에도 세희가 막

아 간신히 참았다. 저 NPC 누가 만들었는지 모르겠지만, 저거 만든 인간을 저주하고 말리라! 아아! 열 뻗쳐!

내가 속으로 이를 바득바득 가는 동안 세희는 NPC와 이런저런 질문과 대답을 주고받더니 NPC에게서 무언가를 받았다. NPC가 건네준 것은 목걸이였다. 목에 딱 맞는 금색 줄에 은색 호루라기가 걸려 있는 단순한 목걸이다.

"이게 바로 배틀 퀘스트에서 가장 중요한 아이템인 죽은 자의 증표입니다. 퀘스트에 참가한 유저들에게서 이것을 2백 개 탈취해야 합니다. 자신과 파티가 가진 목걸이 숫자도 포함해서요. 우선 파티를 모으는 게 급선무겠군요."

세희와 내가 NPC에게서 받은 목걸이를 목에 걸자 목걸이는 잠시 은색으로 환하게 빛나더니 몇 초 지나지 않아 빛이 수그러들었다. 기존에 있던 최준 형의 커플 유니크 목걸이와 이것까지 모두 두 개의 목걸이를 가지게 되었는데, 목걸이를 두 개나 착용하니까 굉장히 치렁치렁해 보기 안 좋았다. 세희는 그런대로 괜찮지만 나는 영 목걸이가 어울리지 않는 타입이라 그런지 이상하다.

"현재 배틀 퀘스트 존에 있는 유저의 수는 천 명 정도입니다. 갑자기 나타날지 모르는 몬스터를 주의하시구요, 스킬을 사용할 수 없다는 것 명심해 주세요. 그럼 퀘스트를 시작하시죠."

신경질 NPC(그렇게 이름 붙였다)를 뒤로하고 우린 울타리를 넘어 초원의 한가운데를 향해 걸었다. 이곳 배틀 퀘스트 존의 맵은 우리가 보았던 다섯 개의 산에 둘러싸인 초원과 침엽수림과 바위 지대다. 일단 이곳저곳을 돌아다니며 유저들을 찾아 파티를 이뤄야 한다. 하지만 무턱대고 파티에 끼워달라면 끼워줄 리가 없다. 보통 이런 경우(던전 등지에서 유저와 파티할 경우)엔 파티가 없는 소수의 인원들을 모아 파티를 이루거나, 돈이나 아이템으로 매수하여 파티에 들어가거나, 불쌍한 척 하거나, 강제적 협박으로 떼써서 들어가는 수밖에 없다.

참고로 나는 위의 방법을 모두 써본 적이 있다. 가장 높은 성공률을 자랑하는 것은 역시 돈으로 매수하는 건데, 이건 위험성이 높다. 돈만 갖고 파티 전원이 튀어버리면 곤란하니까. 그리고 가장 성공률이 낮은 것은 강제적 협박 방법인데, 이건 마스터 레벨이 되어도 웬만하면 피해야 하는 방법이다. 파티 인원 백 명 있는 곳에서 '백 명 다 죽고 싶지 않으면 날 끼워라' 하는 순간 몰매를 맞아버린다. 한 명씩 밟아도 무려 백 번을 밟히는 게 된다. 그냥 걸레짝이 되는 거지.

뭐, 이런 방법을 쓰기 전에 우리 뒤를 쫓는 여섯 명의 파티는… 아무래도 인원 초과라서 안 되겠지?

"듀라야, 뒤에 유저들이 쫓아오는데?"

"어. 알아."

우리가 울타리를 넘어서자마자 뒤따라오고 있었다. 거창한 환영 인사라도 하려는 듯, 손에는 사람을 한 방에 후려쳐 죽일 만한 연장이 들려 있다. 설마설마 해서 빠른 걸음으로 걸었는데 우릴 뒤따라오는 게 틀림없었다. 보나마나 뻔하겠지. 우리의 목걸이를 노리는 것이 틀림없으리라.

"이봐! 너희들, 거기 서!"

그들의 말대로 자리에 서자마자 여섯 명이 우릴 사방에서 포위했다. 네 명은 남자, 두 명은 여자. 그중 남자 셋과 여자 하나는 클래스가 소즈맨(검사)과 파이터(전사)와 어쎄신(암살자)으로 이루어진 듯 단단한 장검과 갑주를 걸치고 있다. 나머지 남자 하나와 여자 하나는 클래스가 마법사나 신관이라도 되는지 검은색, 하얀색 로브를 걸치고 있다.

클래스 별로 잘 이루어진 파티다.

검은 머리를 하늘 높이 세운 매부리코의 사내가 내 미간 앞에 자신의 롱 소드를 겨누었다. 전체적인 분위기와 고 레벨 수준임을 증명하는 은제 고급 갑옷으로 보아 이 팀의 리더인 듯 보인다.

"가진 거 다 내놔."

마치 자퇴한 고등학생이 지나가는 중학생 삥 뜯을 때의 대사와 흡사하다. 혹시 그런 출신인가? 하지만 19살씩이나 처먹어 가지고 이런 아저씨(30세 정도로 보인다)한테 삥 뜯긴다는 건 ×팔린 거다. 시기는 지났지만, 반항아 청소년 때의 기억을 되살려 나는 대꾸했다.

"가진 거 없는데요."

그래도 30대 아저씨인데 예의를 갖추고자 존대를 써봤다. 그런데 오히려 주위에서 비웃음만 터졌다. 나도 말을 꺼내자마자 후회가 막심했다. 왠지 중학생이 삥 뜯길 때 하는 대사와 흡사하잖아.

매부리코사내의 옆에 있는, 왼쪽 눈을 길게 가로지르는 흉터에 키는 나보다 한 뼘 정도 큰 근육질의 사내가 말했다. 굉장히 인상이 좋지 않아 보이는데, 그 좋지 않은 인상이 더 험악하게 굳어졌다.

"우리가 이 구역에서 몇 달 동안 굴러먹었던 놈들이걸랑? 좋게 좋게 말할 때 들어라, 아그야. 일단 그 목에 있는 목걸이부터 내놔."

"이건 안 되는데요. 이게 없으면 퀘스트를 깨지 못하거든요. 리필도 안 되는데 드릴 수야 없죠."

"푸하핫! 너 ×나게 웃긴다. 너, 한 번도 삥 안 뜯겨봤지? 앙?"

상대가 검지손가락으로 내 이마를 툭툭 친다. 이러다가 손바닥으로 치고 그 다음은 주먹으로, 그 다음은 발길질로 점점 강도가 높아질 것이다. 내가 아무 반응이 없자 주위에선 더 큰 비웃음이 쏟아졌다. 비웃음은 이 여린(?) 사나이의 가슴을 후벼 파고 지나간다. 으윽!

흉터의 사내 옆으로 이번엔 산발로 아무렇게나 기른 머리카락과 까무잡잡한 피부를 지닌 20대 초반쯤의 여성이 말했다.

"야, 아무래도 게임 얼마 안 해본 녀석들 같다. 그냥 목걸이나 회수하자."

내 뒤 땅딸만한 키의 여자도 끼어들었다.

"아~ 이런 짓도 이제 신물이 나네. 차라리 저항을 하면 더 재밌을 텐데. 이거야 어린애 사탕 뺏기보다 쉽잖아?"

어린애 사탕 뺏기보다 쉬워서 미안하다. 이어 매부리코사내는 우리에게 강제로 무릎 꿇을 것을 명했고, 나와 세희 가만히 무릎을 꿇었다. 무릎을 꿇으며 세희가 조용히 귓속말을 흘렸다.

"왜 싸우지 않는 거야?"

"잠시만……."

보통 때였으면 상대를 죽이고도 남았을 내가 아직까지 이러고 있는 이유가 궁금한 모양이다. 싸우지 않는 이유야 아직 상대를 탐색하는 중이기 때문이다. 스킬을 사용할 수 없는 상태이기 때문에, 나와 세희가 할 수 있는 방법은 적과 육탄전을 벌이는 것뿐이다. 당장에 아이템 창을 열고 검을 꺼내 상대를 공격할 수도 있겠지만, 육탄전은 신중에 신중을 기해야 하는 법.

6대 2의 상황에서 가장 피해를 최소화하며 내가 상대를 제압할 수 있는 방법은 일단 제일 강해 보이는 매부리코사내를 제압해서 검을 뺏고, 그 뒤에 흉터사내, 또 어쎄신이라 생각되는 산발머리의 여자를 상대하는 거다. 내가 이 셋을 상대하는 예상 시간은 한 명당 5초로 해서

15초로 잡자. 15초 동안 세희는 뒤에 있는 전사 복장의 사내와 조그만 키의 여성과 뚱뚱한 사내를 상대한다. 제법 약해 보이는 셋이기에 세희 혼자서도 충분하리라. 저래 뵈도 세희는 소드 마스터니까. 비록 검술에 대해선 기초의 기초밖에 모르지만.

조그만 키에 하얀색 신관 로브를 걸친 여성이 내 퀘스트 목걸이를 탈취하고 굉장히 기분 나쁜 미소를 걸친 뚱뚱한 사내가 세희의 로브를 뒤지는 도중, 으윽! 그냥 돌격해?! 라는 울컥한 마음이 솟아났다. 아~ 내가 이 경우를 미처 생각지 못하다니. 상대방 파티에 뚱뗑이 치한이 있었을 줄이야.

어디 주머니 속에 손을 집어넣어? 웬만한 물건은 아이템 창에 다 들어 있기 때문에 주머니를 뒤지는 행위는 무의미한 것이나 다름없었다. 그걸 알면서도 저런 짓을 하다니, 치안, 변태가 틀림없다. 이런 여자들의 적 같으니!

"아, 리더! 이 애 속주머니에 뭔가 있는데?"

"뭐?"

나는 세희를, 세희는 나를 바라보다 우리 모두 뚱뗑이사내의 손에 들린 무언가에게로 시선을 향했다. 세희의 로브 주머니에서 나온 그의 짧은 손가락에는 금줄이 걸려 있었다. 대충 보기엔 목걸이 같아도 보이지만, 자세한 건 잘 모르겠다. 저게 뭐지? 세희가 어째서 저런 걸 주머니 속에 넣어놨던 거지?

옆의 세희를 돌아보자 세희는 실수, 낭패, 좌절, 절망, 슬픔, 고뇌라는 여섯 가지의 표정을 한번에 겹치며 외쳤다.

"돌려주세요!"

저 물건이 뭔진 모르겠으나 세희에겐 굉장히 중요한 것인 듯하다.

나는 옆에서 은근히 따지는 투로 내뱉었다.

"이봐, 여자의 몸을 함부로 뒤져서 물건을 강탈하는 행위는 여성 인권 유린 명예 훼손죄라는 거 모르나? 당장 실리의 물건을 돌려주지 못해?!"

뚱땡이사내의 손에서 금줄을 넘겨받은 매부리코사내가 씨익 미소를 걸쳤다.

"이거 굉장히 중요한 물건인가 보군, 그리 호들갑 떠는 걸 보니. 단순한 금줄 목걸이인데, 무지 비싼가 보지? 순금인가?"

헉! 잠깐만. 그게 아니고…

"아, 아뇨! 그거 별로 중요한 거 아닌데. 그러니까 실리가 곧 버리려던 겁니다. 쓸모없는 거니까 그냥 돌려주세요."

"뭐야, 쓰레기였나? 쓰레기를 주머니에 넣고 다니다니 묘한 계집애로군, 네 애인."

"하하! 애인인 걸 어떻게 아셨을까?"

"쓰레기라면 버려주지."

매부리코사내가 금줄을 쥔 손을 어깨 뒤로 장전하더니 저 너머 침엽수림을 향해 던졌다. 반짝이는 물체가 하늘 높이 떠올라 굉장히 멀리 날아갔다. 거참, 어깨 힘 하나는 박찬호 정도는 되겠… 아니, 지금 여유 부릴 때가 아니지. 쓸모없는 물건인 양 위장하면 돌려주리란 나의 작전이 오히려 역효과가 되다니… 낭패다.

세희의 외침이 떨어지기 전까지 나는 그저 '똑같은 금목걸이 하나 사주지 뭐' 라는 태평스런 말만 속으로 되뇌었다.

"안 돼! 그거 마계로 가는 열쇠란 말야!"

"…뭐?"

세희가 방금 뭐라고…….

"마계로 가는 열쇠?"

그런 건 진작에 알려줬어야 될. 거. 아. 니. 야!!

"으아악! 정말이야, 실리?!"

"맞아! 마계의 열쇠야! 어떡해!"

"으, 으아아앗!!"

나는 그만 눈앞에 뵈는 게 없어져 매부리코사내에게로 무작정 달려들었다. 찔러 들어오는 롱 소드를 옆으로 피하며 오른발을 내딛고 왼쪽으로 회전해 그대로 외발 턴! 상대방의 얼굴을 정면으로 가격하자 사내는 쓰러져 일어서지 못했다. 그대로 캐릭터가 기절 상태가 된 것이다. 이런~ 별로 세지도 않은 걸 괜히 쫄았다.

"뭐야?! 별것도 아니잖아!"

"이, 이 자식이!"

세희 허리 굵기만한 흉터사내의 팔뚝이 내 목을 향해 돌진해 온다. 암 블로우로군! 나는 자리에서 서전트 점프를 뛰어 달려오는 상대방의 얼굴에 드롭킥을 꽂아주었다. '뻑!' 하는 타격음과 함께 코뼈가 함몰된 사내가 힘없이 무너져 내린다. 쉴 틈 없이 내 옆을 스쳐 지나가는 투척용 단도를 확인하곤 곧바로 쓰러진 사내의 어깨를 잡아 들어 방패처럼 세웠다. 다시금 날아오는 투척용 단도가 막아 세운 사내의 등에 정확히 명중한다.

"크어억!"

운 좋게 급소는 피했군. 입에서 피를 토하는 사내를 버리며 나에게 단도를 던진 산발머리여자에게로 달려가 복부를 가격하고, 중심이 무너진 상대방의 뒤에서 팔을 잡은 뒤 거꾸로 메치기를 가했다.

"끄으!"

신음을 토하는 상대의 허리춤에서 컴뱃 나이프 한 자루를 쥐어 든 나는 뚱땡이유저에게 달려들었다. 내가 원래 저런 변태나 치한을 상대하는 게 취미거든.

"으아아아아아!"

"어딜 도망가, 이 녀석아!"

뚱뚱한 게 빠르긴 무지하게 빠르네! 역시 사람은 위험에 처했을 때 살기 위해서라면 몇 배의 능력을 발휘한다. 이대로 칼을 던져 버릴까?

"듀라야! 지금 그게 문제가 아니라 열쇠를 먼저 찾아야 해! 마계로 가는 열쇠!"

"아차!"

나는 발걸음을 뚝 멈추며 치안과 열쇠를 놓고 부등식 계산을 통해 무엇이 더 급한지 파악했다. 치한을 아웃시키면 그때 뿐의 복수지만 열쇠를 잃어버리면 마계로 가는 일이 완전 무산되고 만다. 열쇠에 올인하리라! 아, 하지만 그전에…

"목걸이 내놔! 있는 거 전부!"

"예? 에, 예!"

조그만 키의 신관 여성이 내게 빼앗았던 목걸이를 황급히 돌려주었다. 그리고 순순히 아이템 창을 열어 그동안 파티가 빼앗았던 목걸이를 모두 우리에게 주었다. 아무래도 이 여자가 파티의 아이템 창고 역할을 하는 것 같다. 그나저나 목걸이 무지 많네. 50개 정도 되려나?

"듀라야! 어서 가자니까! 누가 열쇠를 가로채 가면 어떡해?!"

"아, 알았어. 야! 너희 운 좋은 줄 알아라! 한 번 더 내 눈에 띄면 주우거~!"

세희와 나는 침엽수림 쪽으로 냅다 뛰었다. 초원에서 침엽수림 쪽은 동쪽이니, 우리가 지금 동쪽으로 향하는 것일 것이다.

숲은 나무만이 있는 게 아니었다. 성인 키를 훌쩍 넘기는 수풀과 넝쿨이 여기저기 나 있어 진로에 방해된다. 이렇게 풀이 무성한 곳에서 마계의 열쇠를 어디서 찾는단 말인가? 이 근처가 맞을 텐데…….

"제기랄! 그 자식! 왜 이렇게 멀리 던져! 쓰레기라고 함부로 버리다니!"

"쓰레기가 아니야, 듀라야."

"……."

그렇게 침엽수림 일대를 뒤지던 중이었다. 침엽수림은 10m나 되는 나무가 하늘 높이 솟아 많은 빛을 차단하고 있었고, 그 때문에 20m 전방은 아무것도 구분할 수 없을 정도의 어둠을 만들고 있었다. 고작 주위의 일대만 보일 뿐이다. 이거 큰일이구만.

"하아~ 어쩌다 그런 중요한 물건을 잃어버렸을까."

혼자 탄식하는 소리에 세희가 시무룩히 어깨를 떨어뜨렸다.

"미안. 그런 중요한 물건을 빼앗기다니. 다 내 탓이야."

"아아, 세희 힐책하려고 한 소리는 아니야. 그냥 없던 물건 잃어버렸다 치지 뭐. 하하하!"

어째 말이 안 맞는 듯하다. 없던 물건을 어찌 잃어버린단 말인가? 있어야 잃어버리지.

세희가 한숨을 내쉬었다.

"하아~ 내가 어떤 수를 써서든 반드시 찾아낼게."

"무리는 하지 마. 같이 찾아보자."

"응."

그제야 약간 미소를 되찾는 세희다. 그 미소 속에는 날 굉장히 신뢰하는 눈빛도 함께였다. 아~ 굉장히 밝은 미소다. 굉장히 아름다운 미소다. 화중화(花中花)의 미소는 남자를 살살 녹일 정도로 위력적이다. 정말 살기 어린 미소다. 살… 살기?! 그 살기가 이 살기(殺氣)?

"실리!"

"응?"

실리의 뒤 풀숲에서 날카로운 붉은 눈동자가 살기를 번뜩인다. 번개처럼 달려가 세희를 감싸 안자마자 둔탁한 무언가가 내 등과 어깨를 가격하고 공중으로 뛰어올랐다. 야구 배트로 얻어맞는 듯한 충격에 중심이 휘청 떨려 자리에 힘없이 쓰러지고 말았다.

"으… 뭐야, 이건?!"

몬스터인가? 고개를 들고 보니 나무에 매달린 괴(怪)생명체를 목격할 수 있었다. 하얀색의 유연해 보이는 인간형 몸체에 신장은 3m 정도. 관자놀이까지 찢어진 입에 길게 찢어진 눈이 상대를 훑어보는 것이, 기분 나쁘다. 대략적으로 살펴보면 폴로의 어둠 속의 대 던전에서 보았던 데미트와 흡사하게 생겼다. 머리에 뿔이 없다는 걸 빼면 말이다.

"저거… 데미트 아냐?"

세희는 저게 데미트로 보이는 건가? 하지만 놈이 데미트든 아니든, 문제는 적이란 거겠지. 싸우기 정말 싫지만 어쩔 수 없다.

"네가 데미트의 사돈에 팔촌의 구촌 되는 녀석일지라도 우리에게 적의를 보인다면 물러서지 않겠다."

끼이익!

웬 원숭이 같은 소리로 포효하며 매달려 있던 나무에서 뛰어 날 덮쳤다. 검은 그림자가 침엽수 사이를 뚫고 나오는 빛을 차단하며 내 시야를 깜깜하게 막았다. 내 경고를 무시하다니. 솔트 섬머킥을 날려줄 심산으로 자리에서 뛰어올라 힘껏 발을 내질렀다. 공격이 몬스터의 턱에 작렬하기 직전, 나의 발이 녀석의 손에 붙잡혔다.

"엇?!"

그리고 지상에 착지하며 날 땅바닥에 그대로 뭉개 버린다. 이런 무식한 녀석! 힘이 장난 아닌데?!

쓰러져 있는 상태에서 내 팔을 지그시 발로 밟는다. 원숭이 비웃음 같은 걸 토하며 몬스터의 입가가 쓰윽 올라간다. 하얀 송곳니 사이로 흘러내리는 투명색 타액이 내 옷에 한 방울 떨어지자 타는 듯한 소리가 일어나며 내 코트에 구멍이 뚫렸다. 이건… 독인가?

"시, 실리, 살려줘!"

퍽!

말이 끝나기 무섭게 데미트의 몸이 나에게서 떨어졌다. 세희가 힘껏 몸통박치기를 날려 데미트를 내게서 떨어뜨린 것이다. 둘이 뒤엉켜 땅바닥을 구르더니 금세 땅에 발을 디디고 섰다. 세희 혼자만으론 안 되기에 아이템 창에서 예비용 검을 꺼내 세희의 옆에 섰다. 몬스터와의 거리는 7m. 원숭이의 으르렁거림 비슷하게 목 긁는 소리를 일으키는 몬스터에게 검을 겨눴다.

"이길 수 있을 것 같아?"

"아니, 난 무리야."

세희는 육탄전 쪽에 자신이 없는 듯하다. 하급 수준의 몬스터라면 해볼 수 있을 텐데. 아니면 마공왕과 싸웠을 때처럼 무적투혼을 발휘하거나. 하지만 세희의 무적투혼 스킬(?)은 아무 때나 나오는 것이 아니기 때문에 일단 지금 상황에서 전력은 나뿐이다. 하지만 나도 자신은 없으니 싸움은 뒤로 미루자. 방금 잠깐 붙어본 것으로 볼 때 이 몬스터는 결코 만만한 게 아니었다. 세희가 없었으면 지금의 나는 몬스터의 밥이 되었을 것이다. 총력전을 발휘해야 하나?

"듀라야, 가만."

"왜?"

"저 몬스터의 뒤쪽에서 열쇠를 봤어."

"뭐?"

세희가 가리킨 몬스터의 뒤쪽을 살펴보자 숲 속으로 내리 쬐어지는 빛에 반짝이는 금줄 목걸이를 발견할 수 있었다. 넝쿨 잔가지에 걸려 대롱대롱 매달려 있다. 저게 왜 저기 있지?

"이런! 꼭 찾을 땐 없더니 저기서 나타나! 실리, 내가 녀석의 주의를 끌 테니까 네가 저걸 회수해."

"알았어. 그치만 듀라는 싸울 수 있어?"

"못 싸울 게 뭐 있겠어? 작전 실행!"

나는 가슴 앞에 검을 세우고 몬스터에게 돌진했다. 빠른 속도로 달려 거리가 가까워지자마자 그대로 종 베기! 몬스터가 내 오른편으로 몸을 틀자마자 곧장 횡 베기를 시도했다.

후웅!

바람을 가르는 검신이 몬스터의 오른팔을 스쳐 지나갔다. 몬스터의 피가 검이 지나간 방향으로 튀기며 땅을 붉게 물들였다. 쉴 새 없이 손목을 돌려 오른쪽에서 왼쪽으로, 검을 대각선으로 그었다. 온 체중이 실린 나의 검에 몬스터의 목은 그대로 노출된 상태다. 검도 5단짜리에게 함부로 덤빈 대가다! 거의 90% 승리를 장담하는 순간! 몬스터의 얼굴 앞으로 엑스 자로 교차한 팔이 나의 검을 막았다.

파앙!

검은 녀석의 팔에 흠집조차 내지 못하고 튀어 올랐다. 마치 쇠에 부딪쳐 튕겨 나간 것 같은 느낌이다. 이 녀석 팔이 원래 강철인가?

위로 튀어 오른 검을 움켜잡고 몬스터의 머리를 내려쳤다. 거의 종이 한 장 차이로 나의 횡 베기를 흘려 버리는 상대. 몬스터치곤 굉장한 움직임이다. 드래곤 빼곤 거의 막무가내식 공격밖에 모르는 몬스터가 방어를 할 리 없잖아!

몬스터의 솥뚜껑 같은 손바닥이 나의 안면을 스트레이트로 후려쳤다. 그대로 뒤로 날아가 나무에 등을 찍는 나. 뒷골에서 느껴지는 둔탁한 충격에 눈을 뜨자마자 몬스터의 깍지 낀 손이 나의 가슴을 조준하고, 올라갔다. 허리와 팔 힘을 이용해 스프링처럼 몸을 튀긴 나는 땅과 나무 기둥을 박차고 뛰어올라 몬스터의 뒤로 이동했다.

세희가 외쳤다.

"목걸이 찾았어!"

"그럼 튀어!"

"어, 어어? 튀어?"

옛부터 삼십육책주위상계(三十六策走爲上計)라 하여 싸움에 졌을 때는 아무 꾀도 부리지 말고 달아나는 것이 상책이라 하였다. 비록 싸움에 지진 않았지만 스킬 하나 쓸 수 없는 상태에서 녀석을 이길 수 있을 리 없다. 딱 보니 전에 마주쳤던 데미트보다 더하면 더했지 덜하진 않다.

"듀라야, 도망쳐도 되는 거야?"

"안 될 게 뭐 있어. 일단 튀어!"

“……..”

얼굴을 스쳐 지나가는 수풀을 베어낼 생각도 않고 우린 무조건 달렸다. 앞만 보고 무작정 내달리는 것이다. 뒤에서 몬스터의 소리가 들려오지만 확인할 틈도 없었다. 세희의 손을 잡고 수풀을 헤치며 어느 정도 달리자, 수풀이 점차 많아지는 걸 알 수 있었다. 내 키를 훌쩍 넘기는 수풀을 손으로 쳐내며 달리던 도중 근처에 기둥이 큰 나무를 발견했다.

“실리! 숨 참아!”

“……..”

숨소리가 잦아들자마자 세희의 입을 막고 그대로 옆, 나무뿌리 아래로 몸을 던졌다. 몸을 부둥키며 땅에 두 바퀴 정도 구른 우리는 나무뿌리 아래에 몸을 숨기며 최대한 땅바닥에 몸을 납작 엎드렸다. 나무뿌리 아래엔 장정 둘 정도 몸을 충분히 숨길 만한 공간이 있었다. 땅 위로 굵게 삐져 나온 나무뿌리와 주위에 우거진 수풀을 은폐물 삼아 몸을 숨긴 우리는 잠시 후 거친 숨소리를 일으키며 달려가는 몬스터를 볼 수 있었다. 이곳엔 눈길도 주지 않고 달려나간다. 몬스터의 숨소리와 발걸음 소리는 서쪽으로 긴 여운을 남기며 사라졌다.

혹시나 다른 적들이 있을까 하여 나무뿌리에서 고개를 내밀어 주위를 살폈다. 적이 어디에 깔려 있는지 모르는 곳에선 어떤 위험이 불시에 닥칠지 모르기에 주변을 살피는 게 중요하다. 일단 주위는 수풀과 나무만으로 이루어져 있고 몬스터가 지나간 후로 인기척은 없어 보인다.

약 30초간 주위를 살피던 나는 이곳에 아무 이상이 없다는 걸 알고서야 한숨을 놓을 수 있었다.

“후유~ 일단은 안전지대로구만. 위험했다.”

“하아~ 정말 다행이야.”

그제야 한숨 놓고 다리를 뻗을 수 있게 된 실피가 다소 안정된 어투로 말했다. 나나 세희나 가슴이 많이 떨렸다. 강도를 만나고, 열쇠를 잃어버렸다, 몬스터를 만나는 일이 겹쳐 버리니 정신이 순식간에 긴장해 버렸다.

일단 그것보다…

“실리, 열쇠는?”

“응. 찾았어.”

세희가 로브 속주머니에서 금줄 목걸이를 꺼냈다. 목에 충분히 걸 수 있을 만한 길이에 황금색의 부드러운 빛을 발하고 있다. 마공왕의 열쇠가 이런 건 줄은 몰랐다. 듣기만 했지 본 건 이번이 처음이니까.

“아이템 창에 잘 챙겨둬. 아까 그 뚱땡이 같은 놈에게 또 빼앗길지 모르니까.”

“아, 이거 이상하게 아이템 창에 들어가지 않아. 그래서 주머니에 넣어뒀던 거야.”

“아이템 창에 들어가지 않아?”

그럴 리가? 아이템 창에 넣지 못하는 물건은 거의 없을 텐데? 아이템 창에 크기의 제한이라는 건 없다. 집채 하날 통째로 넣을 수도 있는 걸. 크기의 문제가 아니라면 원래 마계의 열쇠가 아이템 창에 들어가 지지 않도록 만들어진 건가? 아이템 창에 넣을 수 없다면 유저들에게 쉽게 노출될 수 있다. 노출되어 소문이 퍼지는 것만큼 나쁜 상황도 없다.

“일단 속주머니에 꼭꼭 챙겨 넣어. 사람들에게 절대 보여줘선 안 돼.”

"알겠어. 이젠 조심할게."

그렇게 잠시의 휴식을 취하고 우린 자리를 옮기기로 했다. 한곳에만 있다간 퀘스트를 깰 수 없다. 그리고 숲의 한 자리에 계속 있는 것도 좋지 않다. 숲은 근처에 은폐, 엄폐물이 많아 숨기에 용이하기도 하지만 역으로 상대가 이 진형을 이용해 기습을 감행한다면 꼼짝없이 당해 버리고 만다.

일단 1차적 보호를 위해 위장을 해야 할 것이다. 얼룩덜룩한 위장색은 이런 풀숲에서 눈에 잘 띄지 않는다. 주변의 색과 옷의 색이 일치하면 적이 우릴 눈치 채지 못할 것이다. 위장 크림 대용으로 얼굴에 진흙을 바르는 것도 좋겠다. 그런데 진흙을 어디에서 구한다?

혼자 중얼거리듯 생각하며 자리에서 한 발자국 앞으로 나설 때 바로 뒤에서 세희의 날카로운 비명이 숲을 강타했다.

"끼야아악!"

"실리?!"

적의 기습이라고 내 두뇌는 빠른 판단을 했다. 더러운 놈들, 여자를 먼저 건들다니! 반사적으로 손에 쥔 검을 가슴 앞에 세우며 뒤를 돌아보자마자 세희의 얼굴이 눈앞에 나타났다. 갸름한 턱 선, 붉은 입술, 오뚝한 코, 크지만 떨림 가득한 눈. 위에서부터 이런 순서로 보아 세희가 거꾸로 상태 같다. 예상했던 것과는 다른 광경이다. 세희를 뒤에서 포박하고 있을―줄 알았던―적은 눈에 띄지 않는다.

"왜 거꾸로 매달려 있어?"

"거, 걸으려는데 갑자기 발목에서 뭔가가 올라와서 이렇게 됐어. 함정인가 봐."

트랩이 놓여 있는 부분을 밟으면 발목에 밧줄이 감기며 들어 올려진

다든지 하는 건가? 세희가 걸린 함정은 굉장히 구시대적인 함정 같다.

일단 세희의 비명을 듣고 달려올 적이 있을지 모르기에 주변을 탐색하며 세희의 발목에 묶인 밧줄을 확인했다. 세희의 오른 발목에 밧줄이 묶여 있고, 그 밧줄이 저 위, 나뭇가지에 걸려 있었다. 이건 필시 누군가의 함정이 틀림없다. 멀쩡하던 밧줄이 세희의 발목을 잡고 올라갈 리 없다. 밧줄을 잡고 당긴 사람이 이 근처에 분명 있으리라.

검을 세우며 세희의 발목에 걸린 밧줄을 자르려는데 또 다른 문제에 봉착하고 마는 나.

"위 보지 마!"

"그, 그치만……."

나는 어쩔 수 없이 시선을 내리깔고 고개를 돌려야 했다. 난감하다. 어찌할 줄을 모르겠다. 세희의 신관 로브가 뒤집혀져 있었다. 애써 양손으로 뒤집혀진 치마를 여며 가릴 부분을 가리고 있는데, 다리 전체를 전부 가리진 못하고 허벅지까지 모두 노출되어 있다.

일단 보기는 좋은데.

"보, 보면 비명 지를 거야!"

"실리야, 보지 않고 어떻게 밧줄을 끊을 수 있겠니. 조금만 보면 안 될……."

그때 수풀 스치는 소리가 근처에서 얼핏 스쳐 지나갔다. 긴장의 끈을 접합시키며 '뭐지?' 하는 순간, 동쪽 수풀 사이를 뚫고 검은 인영 하나가 뛰어들었다. 정확한 발걸음으로 한 발째 뛰고 두 발째에 도약해 나에게 쇄도한다. 세희의 비명을 듣고 달려온 건가? 상대의 움직임을 집중하며 검을 가슴 앞에 대각선으로 세우고, 상대에 대응하듯이 뒤로 한 발짝 도약했다. 상대의 주먹이 내 검등에 떨어지자 지잉 하는 울림과 함께 팔을 타고 충격이 전해져 온다.

주먹이 강하다.

상대와 내가 뒤엉키며 쓰러졌다가 이내 용수철처럼 튀어올라 땅에
섰다. 내가 검을 세우자 상대도 따라서 복싱 선수의 파이팅 자세를 취
했다. 나는 그 순간에 상대의 모습을 파악할 수 있었다. 덩치, 신장 모
두 나와 비슷한데, 긴 머리를 위로 바싹 치켜세운 스타일 때문인지 나
보다 키가 커 보인다. 이마에 질끈 동여맨 머리 끈과 형형하게 빛나는
눈동자로 볼 때 땀내나는 만화 캐릭터 같은 느낌을 자아냈다.

분위기만으로 볼 때 전에 만났던 6인조 강도단하곤 차원이 달랐다.
이놈은 진짜 격투가다. 스킬을 사용할 수 없는 상태라면 격투가만큼
유리한 클래스가 없다. 스킬 없이 자기 실력만으로 적을 제압할 수 있
으니까.

뒤에는 세희가 묶여 있고 나 혼자 싸울 수밖에 없는 상황.

"……"

"제법 자세가 좋은데 그래?"

상대가 내 또래 정도 돼 보였으므로 나는 말을 놓으며 한마디 내뱉
었다. 사실 반 떠본 거 반이었다. 실제로 상대는 복싱을 배웠는지 굉장
히 좋은 자세를 갖고 있었다. 상대를 곧장 때려눕힐 기세로 노려보는
눈빛과 턱 앞에 세운 양 주먹, 가볍게 뛰며 스텝을 밟고 있다.

나는 잠시 그를 노려보다 손에 쥐고 있던 검을 바라보곤 이내 검을
버렸다. 손가락 관절을 꺾어 주먹을 풀며 상대에게 다시 말했다.

"네가 함정을 설치했냐?"

묵묵히 자세만을 고수하던 그가 입을 열었다.

"그건 내 동료가 한 것이다. 퀘스트 목걸이를 내놓는다면 위해를 가

할 생각은 없다. 서로 싸워서 득될 거 없잖아?"

"그럼 네가 가진 목걸일 나에게 주는 게 어때?"

"…아무래도 말이 통하지 않는 상대인 것 같군."

"빨리빨리 하자. 실리를 저렇게 내버려 두면 낯부끄럽잖아."

"보기 좋은데 뭘."

"……."

어째 표정은 딱딱하게 굳은 상태로 여유스런 말을 하니 굉장히 안 어울린다. 얼굴뼈까지 인상으로 굳은 녀석.

상대가 스텝을 밟으며 순식간에 내 앞에 나타났다. 5m의 거리를… 순간 이동이라 생각할 정도로 빠르게?! 깜짝 놀랐지만 일단 상대의 주먹을 피하는 게 더 급선무였다. 뒤로 몸을 젖혀 상대의 잽을 피하자마자 반격할 기회를 노렸다. 상대는 복싱을 배운 유저다. 주먹이 매우 빠를 것이다.

잽에 이은 라이트 훅. 레프트 어퍼컷.

슉!

아슬아슬하게 턱 끝을 스쳐 지나간다. 공격을 피하며 왼발로 상대의 오른쪽 안면을 향해 하이킥을 날리려는 때, 상대의 허리가 앞으로 내밀어지며 내 하이킥을 피함과 동시에 라이트 스트레이트가 나의 안면을 향했다. 피함과 동시에 공격이군. 하지만 나도 이런 건 쉽게 간파한단 말씀! 하이킥을 회수하며 뒤로 몸을 튕기자마자 양 손바닥을 얼굴 앞으로 교차시키며 상대의 공격을 무마시킨 나는 거리를 슬쩍 떨어뜨렸다.

"후웃!"

숨을 들이켜 참은 그가 연속으로 주먹을 찔렀다. 빠른 스텝과 빠른 주먹으로 날 몰아붙인다. 팔을 들어 얼굴을 가리고 허리를 이리저리 돌려가며 상대의 공격을 흘린 나는 간혹 가다 팔을 스쳐 지나가는 상대의 공격에 충격이 축적되었다. 스피드뿐만이 아니라 파워도 장난이 아니잖아. 수세에 몰렸다간 진다. 공격 주도권을 빼앗긴 이때 내가 할 수 있는 방법은… 그거다!

"……!"

기회를 노려 안면을 보호하던 팔을 양 옆으로 젖혀 공격 부위를 그대로 노출시켰다. 턱까지 들어 올리며 '때려주세요. 이왕이면 어퍼컷으로 부탁♡' 하는 것과 마찬가지의 짓이다. 상대는 내 기대에 부응하듯 길고 굵게, 레이트 어퍼컷을 시도했다. 고수라면 상대가 이런 짧은 허점을 보일 때 놓치지 않고 충격타를 날려 버린다. 이게 바로 내가 노린 것이다. 상대의 주먹이 내 턱에 떨어지기 직전 나는 종이 한 장 차이로 발걸음을 뒤로 빼 공격을 피했다. 큰 공격이 실패해 완벽히 허점이 드러난 상대에게 가차없는 공격을 시도했다.

왼쪽 안면에 오른쪽 스트레이트 펀~ 치!

"죽엇!"

제삼자의 목소리가 갑작스레 끼어들며, 그 소리에 오른편으로 시선을 주다 곧장 제자리에서 멈춰 버리고 말았다. 공격이 떨어지기 직전에 나에게 도끼 한 자루가 날아온 것이다. 손바닥 크기의 투척용 도끼는 빙글빙글 돌아 내 귀 옆을 바싹 스치고 지나가, 내 뒤 나무에 세로로 꽂혔다. 꽤 충격을 받은 듯 도끼가 박힌 나무가 쩍 갈라지며 하늘에서 가느다란 나뭇잎 몇 장이 떨어졌다.

흐, 흐하… 신성한 결투에 타인이 끼어들다니, 어떤 매너없는 녀석이얏?!

나는 굉장히 잡친 기분으로 긴장 자세를 풀고 상대를 향했다. 침엽수림 사이의 그늘에서 사람의 형상이 서서히 드러났다. 약간 비대한 몸집에 처진 눈, 긴 구레나룻을 지닌 남자다. 키는 170 정도? 생긴 건 멀쩡한데 인상은 좋지 않다. 날 째리는 눈 때문인가?

그가 날 관찰하듯 스윽 훑어보더니 나와 대결했던 그를 돌아보았다.

"헤~ 큰일 날 뻔했네. 하마터면 다칠 뻔했잖아."

"이 녀석! 내 결투에 끼어들지 말랬지!"

바보 같은 웃음을 흘리며 말하는 그에게 상대는 불호령을 쳤다. 둘이 아는 사이인 걸로 보아 동료 같다. 그렇다면 내 적이 둘로 늘어난 셈이 되는군. 차라리 세희를 먼저 구하고 2:2로 싸우는 게 낫겠다.

사내가 자신에게 불호령을 치는 그를 무시하며 나에게 시선을 향했다.

"마듀라씨맞죠?"

"……."

가만, 띄어쓰기 없이 너무 빨리 말해서 잘 못 알아들었다. 게다가 작게 말하고.

그는 나에게 가만히 다가오더니 굉장히 소심한 어투를 구사했다.

"마, 마듀라씨… 마듀라씨하고만난건첨이네요… 옛날에그래도꽤유명했었는데… 뒤에, 에실리스씨도있네… 괜찮으면같이파티해요……."

"……."

뭐야, 이놈은? 말을 더듬질 않나?! 언어 장해가 있는 건가? 말하는 태도도 굉장히 보기 싫다. 어깨를 구부리고 입을 가리면서 말한다. 흡사 랩퍼처럼. 그리고 고개도 뒤로 젖히며 입을 가리면서 야비하게 웃는 게… 으윽! 이런 녀석은 첨 봐.

"아~ 유, 유명, 유명인산줄도모르고실례했네요. 치힛! 카이드사과해."

"닥쳐라, 래퍼. 신성한 결투에 끼어든 너의 잘못이다. 내가 사과할 이유는 없어. 대결에 끼어든 네가 나에게 사과해."

암암! 그렇고말고. 내 이름같이 신성한 결투에 끼어 든, 필시 저 유저의 잘못이다. 말하지만, 결투와 폭력은 다른 의미를 지닌다. 결투는 정당한 관계에서 서로가 승패를 겨루는 것이고 폭력은 무력행사에 지나지 않는다. 비록 규칙없이 무작정 치고 받는 거지만, 나름대로 승패의 기준을 갈라놓고 싸우는 것이기에 이를 그만둘 권한은 결투에 임하는 사람밖에 없다. 그런데 저 뚱땡이유저가 우릴 막았으니 김빠질 수밖에.

"치힛! 그래도내가안막았으면 두, 둘다다쳤을걸? 고마워해야지. 치힛!"

'그래도 내가 안 막았으면' 이라고 한 건가? 그건 우릴 막으려는 목적이었던 걸까, 나를 죽이기 위해서였던 것일까? 분명 아까 '죽엇!' 소리가 들린 것 같았는데.

진심인지 아닌지 좀체 알 수 없는 녀석.

나는 별 내색하지 않으며 뒤돌아 섰다. 이곳에 있을 마음이 없었다. 세희부터 어떻게 해야 했기에 땅에 떨어진 검을 쥐어 들었다. 세희가 난리치기 전에 어서 밧줄을 끊어버리자.

세희에게 다가가려 하자 뚱땡이사내가 왠지 모르게 부자연스런 발걸음으로 나에게 다가왔다.

"저, 저거대단하시, 실례했습니다. 저희동료가아직 퀘스트에적응을 못해서……."

"네? 다시 한 번 말씀해 주십쇼. 좀 똑바로."

“음음! 저희동료가아직 퀘스… 퀘스트에 적응을못해서 죄송합니다. 치힛!”

대체 저 ‘치힛!’ 은 뭘까? 뭔지 모르지만 몸집은 비대한 게(키와 몸이 비례하지 않다. 경도 비만 수준) 굉장히 소심해 보인다. 눈꺼풀과 같이 양 어깨는 축 처져 양팔을 늘어뜨리고 있고, 거기에 저 바보 같은 미소…….

하지만 정신은 멀쩡해 보이는 굉장히 모순적인 녀석이다. 뭔가… 왕 따 같은 분위기가 맴돈다. 현실에서 왕따인가?

“제가해드릴게요… 제가설치한함정에걸렸거든요… 금방, 금방풀어 드릴게요.”

“……?”

그는 혼잣말처럼 그렇게 중얼거리고는 수풀 속으로 휑하니 사라졌 다. 잠시 그가 사라진 지점을 바라보던 나는 곧 세희의 발목을 감은 밧 줄이 서서히 내려오는 것을 볼 수 있었다. 땅에 내려앉으며 세희가 제 일 먼저 한 것은 치마를 다듬는 것이었다.

치마를 다듬는 세희를 바라보던 나는(어딜 봐?!), 나와 결투를 펼쳤던 사내가 말하는 소리에 고개를 돌렸다. 살의 가득한 목소리가 아닌 진 정된 분위기의 목소리다.

“미안하단 소리는 하지 않겠어. 퀘스트 중이니 우린 목걸이가 꼭 필 요하거든.”

“그럼 지금이라도 우리 목걸이를 뺏을 건가?”

“아니, 기분 잡쳤어. 싸울 맘이 사라져 버려서 말이지, 방금 그 녀석 때문에.”

그 녀석이라면 방금 수풀 속으로 사라진 그 유저를 말하는 것이리라.

“걔, 네 파티 인원이냐?”

“그래. 내가 저 녀석 파티에 든 거지. 저 녀석이 파티의 리더고.”

“그렇군. 피곤하지 않아? 어떻게 말을 알아듣는지 신기하군.”

“익숙해지면 괜찮아.”

익숙해지면이라고? 아니, 말 더듬는 건 그렇다 치더라도 성격상에 문제가 많을 것 같은데 말이야. 난 소심한 타입은 굉장히 싫다. 여자라면 그것도 봐줄 만하겠는데, 덩치도 비대한 남자가 그러면 정말 때려주고 싶다.

여담이지만 중학교 때로 거슬러 올라가서, 내가 인천에 있었을 때 학교에 저런 녀석이 한 명 있었다. 그, 김 아무개는 생긴 것부터 성격까지 굉장히 소심하고 하는 짓도 바보 같아 ‘어리버리’ 란 별명을 지니며 왕따 생활을 하고 있었다. 말할 때는 입에 침이 고여 있어 목은 침 끓는 소리로 인해 듣기가 여간 괴로운 게 아니었으며, 발에는 무좀이 있어 집에서도 양말을 안 벗고, 얼굴은 누런 고름과 개기름, 피지, 여드름 흉터로 가득… 하여간 보기만 해도 ‘불결한’ 녀석이었다. 생긴 건 제쳐 두더라도 설사 눈먼 장님일지라도 그 녀석과 하루만 있는다면 곧장 짜증을 낼 정도로 성격 파탄자다(이 신성님하고는 극과 극의 인간이라 생각하면 쉽다).

그러던 그 녀석이 여느 때와 같이 ○○PC방 모니터 앞에 앉아 컴퓨터 자판을 두드리며 채팅을 하고 있었다. 화상 채팅은 아니다. 다섯 명 정도 되는 여자들 앞에서, 그는 유명 시집 한 구절에 나올 법한 아리아리한(아름다운) 묘사와 문장력을 이용해 여자들을 꼬시고 있었다. 현실과는 달리 고도 수준의 어휘력을 구사하며 채팅방 여자들을 휘어잡는 것이 카사노바 저리 가라 할 수준이다.

그렇다. 이것이 소위 말하는 '사이버 킹카'. 학교에서 당하는 왕따를 채팅방에서 여자들과 히히덕거리며 풀어버리는 '환자'였던 것이다.

어린미소왕자(어리버리 닉네임):아아~ 미소가 아름다울 것 같은 그대들에게 저 하늘의 태양 빛과 달빛을 박아 넣은 화려한 목걸이와 반지를 걸어드려…(중략)… 나의 사랑을 소포에 담아 보내 드리리다.
깜찍양)O〈:오빠, 너무 멋지다~ 나 감동 먹었어. ㅠㅇㅠ
청순녀^—^*:삼류소설가 누구보다 묘사력이 좋네요. 님 짱~! ^O^/

아마 '깜찍양)O〈'이나 '청순녀^—^*'가 어리버리와 얼굴을 직접 마주 보고 얘기를 했다면 지금같이 화기애애한 분위기는 낼 수 없었으리라. 그렇게 조그만 채팅방 세상 속에서 사이버 킹카로 이름을 날리던 그는 결국 마주쳐선 안 될 자와 마주치게 되었다.
그가 어리버리의 왕따를 주도하는 인물이자 삥 뜯고, 심부름시키고, 가끔 폭력을 행사하던 나였다고는 말하지 않아도 알겠지(그래, 중학교 땐 이렇게 살았다)? 그날따라 인터넷 채팅을 해보고 싶었던 나는 모 사이트에 접속해서 채팅을 시작했다. 그 사이트, 그 채팅 채널, 그 채팅 채널의 그 방을 딱 집어 들어간 것은 굉장한 우연의 우연의 우연일 것이다. 어리버리가 사이버 킹카 행세를 하는 그 방에 접속할 줄이야.

띵동—
[나오늘한가해]님께서 [불타는 이 밤~ 유후~♡] 방에 접속하셨습니다.

그 채팅 사이트는 19세 이상이었기에 그땐 엄마 주민등록번호를 이용해 회원 가입을 해야 했다. 때문에 내 채팅 캐릭터는 여성이었다. 물론 신상 정보는 여자, 미혼, 취미는 '데이트' 다.

그 채팅방엔 어리버리와 나를 포함해 모두 일곱 명의 인원이 있었다. 나와 어리버리를 빼면 모두 여자, 중학생들로 보였다.

어리버리가 타자를 쳐, 채팅 칸에 올렸다.

어린미소왕자:안녕하십니까, 레이디. 오늘도 저의 방에 아리따운 여성 분이 참석해 주셨군요. 이 밤을 불태우고도 남을 만한 화끈한 닉네임입니다.

어우! 느끼한 녀석. 그땐 어리버리인 줄 몰랐으므로 그냥 말발로 여자나 꼬드기는 그런 류의 녀석이라고 생각했다.

나는 남자란 걸 밝히지 않고 놀아보기로 했다.

나오늘한가해:하이루우~♡ 방가버요, 어린미소왕자니임~^^

평소 쓰지 않던 이모티콘도 활용했다. '^^' 이것은 웃는 표정이다.

어린미소왕자:흐아~ 굉장히 흡입력있는 어투를 쓰시는군요. 혹시 누님? 몇 살이시죠?

나오늘한가해:어머나~ 누님이라뇨. 16밖에 안 먹었답니다~♡

어린미소왕자:엇? 저랑 동갑이군요? 어디 사세요?

나오늘한가해:네. 여기는 인천광역시 남구 도화×동, 어디어디인데

요. 왜요? 저와 한가함을 날려실 생각이라도?

어린미소왕자:어엇?! 저도 거기 사는데? 이건 굉장한 우연?! 진정 하늘이 맺어준 인연이란 말입니까아~?!

이 녀석, 굉장히 오버한다. 나에 대해 뭘 안다고 하늘이니 인연이니 한단 말인가? 사는 곳이 같다는 건 우연이긴 하군. 우린 그렇게 2시간 가량 채팅으로 밤을 지새우기 시작했다. 밤 12시가 넘어갈 무렵, 청소년이 비행기를 타고 어슬렁거릴 시간. 평소라면 게임이나 실컷 할 시간이지만 간만에 해보는 채팅이 재밌었기에 키보드에서 손을 떼지 못하고 있었다.

여성이라 속이고 채팅한다는 게 생각보다 재밌다. 이 얼빵한 느낌의 어린미소왕자가 제법 나에게 관심을 가졌기 때문이다. 왠지… 녀석에게 내가 남자라는 걸 들킬까 하는 두려움이 스릴있다.

채팅방에 있는 다른 여성이 '누나는 ××대 뭐 써요?' 라고 물을 때 '응, 나는 ××대 안 쓰고 트×이를 입어. 보디×드도 좋고' 라고 하면 방 전체가 뒤집어진다.

어린미소왕자:유머 감각이 철철 넘치시네. ^^ 저는 쌍×울 입어요.
나오늘한가해:헛! 나도 그거 입어봤는데, 착용감이 좋고, 무엇보다 가운데 천이 겹쳐져 있어서 밤에 일 볼 때 편하죠. 우린 뭔가 통하는 게 있나봐요? 후후! ^^ 우리 한번 만날까요? 이렇게 맘이 통하는 사람은 첨 만나서 만나보고 싶네요.

슬쩍 떠볼 생각으로 나는 상대에게 먼저 만나자는 제안을 했다. 물론 상대가 응해도 직접 만날 생각은 없었다. 멀리 떨어진 곳에서 어떻게 생긴 놈인지만 볼 생각이었다.

상대는 잠시 말이 없더니 곧 문자가 올라왔다.

어린미소왕자:네! 좋아요! ○○에 있는 그곳 공원 세 번째 벤치에서 기다릴게요. 괜찮죠?

그곳은 우리 집에서 5분 거리밖에 안 되는 곳이다. 뛰어가면 금방이군.

나는 옷걸이에 걸린 옷을 보고는 다음 문자를 채팅 칸에 올렸다.

나오늘한가해:혹시나 알아볼 수 없을지 모르니까 모자하고 두꺼운 외투 입고 나오세요.

참고로 지금은 여름이다. 연속되는 열대야 현상으로 한창인 지금 두꺼운 외투 입고 나오라는 내 소리는 쪄 죽으라는 소리였다. 설마 외투를 입고 이 더위에 나올 바보는 우리 반에 어리버리 녀석 빼고 없었다.

어린미소왕자:알겠어요. 지금 당장 나갈게요.

그 다음 상황이야 재생 버튼 눌러볼 필요도 없는 동영상 파일이다. 찌는 듯한 더위의 야밤, 인천의 어느 자그마한 공원 세 번째 벤치에 홀로 앉아 있던 어리버리는 그날 새벽 검은색 외투를 뒤집어쓴 채 병원으로 이송되었다. 주체할 수 없는 나의 파괴 본능은 야성을 넘어서 광기를 뿜어내며 미친 듯이 녀석을 소멸했고, 결국 나는 정학 조치 한 달, 어리버리는 전학을 가게 되고 마는 비극적인 결말이 되어버리고 말았다. 말하지만 나는 주제 파악 못하는 놈도 용서가 안 된다.

아~ 얘기가 너무나 길어졌군. 몇 페이지를 과거 이야기로 써먹었는지 모르겠다. 하지만 과거의 이야기를 설명하는 동안 본래 시간은 10초가 흘렀을 뿐이었다.

수풀 속에서 나타난 래퍼의 뒤로 줄줄이 사탕처럼 다른 유저들이 모습을 드러냈다. 아마도 이 파티의 인원들인 듯, 래퍼의 바로 뒤에 나타난 사람은 남자 셋에 여자 하나다. 남자 둘은 파이터나 워리어 클래스인 듯 단단한 갑주를 걸친 거친 모습이다.

그들을 제외한 또 하나의 남자와 여자는 그 둘과는 대조적으로 곱상한 이미지였으며, 서로 생김새가 비슷한 15~17세의 남매 같았다. 저들은 어디 숨어 있다가 지금 나타난 건지 모르겠다. 모두 몰려들어서 날 공격했다면 날 더 쉽게 각개격파할 수 있었을 텐데. 아, 설마 복싱 유저가 나와 1:1 파이팅을 한다고 다들 피해 있던 건가?

"저, 저기마듀라씨… 저기저……."

어느새 내 옆에 나타난 어리버리… 아니, 래퍼가 나에게 말했다. 나는 최대한 집중하며 상대의 말소리에 귀를 기울였다.

"괜찮으면우리파티에들어와요……."

열세 글자를 0.8초 만에 구사하는 저 능력에 나는 감탄보다 짜증이 솟구쳤다. 이걸 그때 어리버리처럼 패버려?

마음은 굴뚝같았지만 웃는 얼굴에 침 못 뱉는다고, 멀뚱히 내 대답을 기다리는 녀석의 얼굴을 보니 그 생각도 사라졌다. 그보다 지금은 타산적인 계산을 할 필요가 있었다. 옆에 파이터나 워리어 클래스 파티를 끼고 있으면 에너지 낭비 없이 충분히 이용해 먹을 수 있다. 싸움은 저들에게 맡기고 후방만 지원해도 되니까. 설사 아까 같은 몬스터가 나타난다 해도 나와 대결했던 격투가 클래스 유저에게 맡기면 되고 우린 뒤에서 지켜만 보고 있으면 된다. 저 어리버리하게 생긴 남자는 우릴 환영한다는 눈빛에다가 이용해 먹기 딱 알맞을 정도로 바보 같아 충분히 이용해 먹을 가치가 있다.

세희도 내 말을 거절할 순 없으리라.

"좋습니다. 들어가죠. 그치만 그쪽 파티 인원은 이미 여섯 명인데 우리가 들어갈 자리는 없지 않습니까?"

"아, 그건 걱정하지 마세요… 리로디님, 이브디님. 저, 파, 파티에서 나가주세요."

"……."

지금 래퍼의 행동은 자기 파티에서 자기 동료를 강퇴(강제 퇴장)시키려는 것이다. 비인간적으로 냉정하게 잘라 말한다. 그의 말에 두 남매 중 남동생으로 보이는 15살의 앳된 소년이 버럭 래퍼에게 반문했다.

"아무리 그래도 그렇지, 몬스터 지대인 숲에서 우릴 내버려 둘 생각입니까? 너무하십니다!"

솔직히 래퍼의 처사는 인정머리없는 것이다. 새로운 파티를 넣기 위해 저들을 빼겠다니. 최소한 안전지대까지 보내준 다음에 강퇴시키면 모를까.

"스킬을쓸수없는프리스트는 피, 필요… 없어요. 죄송한데나가주세요……. 더강한파티원을 구, 구했으니됐잖아요. 어차피파티에끼워주는 조건은 다음파티인원이모일때까지니까."

"……."

소년은 래퍼를 불신 가득한 눈빛으로 쏘아보며 주먹을 부르르 떨었다. 금방이라도 달려나가 때려주고 싶은가 보다. 래퍼는 그런 그를 멀뚱히 바라보더니 자리를 피했다. 소년의 옆에 있는 그의 누나, 상당한 미녀 누나가 동생의 팔을 붙잡으며 말렸다. 하얀 얼굴에 병약한 이미지를 풍기는 여자다. 왠지 내가 맨 처음 세희를 만났을 때 같은… 그런 분위기랄까?

그녀가 소년에게 몇 마디 하자 소년은 곧 포기하고 손가락으로 허공을 가리키는 모션을 취했다. 파티에서 탈퇴한 것이다.

"비밀번호는112233이에요."

그들이 파티에서 탈퇴하자마자 나는 래퍼가 말한 파티 비밀번호를 이용해 파티에 참여했다. 하지만 세희는 어쩌지 못하고 뒤돌아가는 남매를 바라보며 우물쭈물할 뿐이었다. 금방이라도 저들에게 달려가고 싶어하는 눈치란 걸 알 수 있었다.

"듀라야, 이건 좀… 너무한 것 같애. 우리 때문에 저 사람들이 파티에서 나가고 말았잖아."

"그야 어쩔 수 없는 거지."

"어쩔 수 없는 게 아니야. 우리 그냥 저 사람들한테 양보하자."

세희의 생각은 좋지 않았다. 우리가 저들에게 파티 자리를 양보한다 해도 여기 유저는 저들 말고 다른 유저를 파티에 넣을 것이다. 살기 위해서라면 냉정히 파티를 맺어야 한다. 약한 자는 낙오자가 될 수밖에 없고 죽는다. 나는 지금까지 그런 자들을 수도 없이 많이 보아왔다. 언제나 냉정히 그들을 뿌리치며 살아남아 강해지기 위해 노력했다.

어쩔 수 없는 거다. 이 세상은 약육강식(弱肉强食)이다.

가상이라 이 정도일 뿐, 현실에선 이 약육강식의 법칙이 더 강하다. 여기서 저 남매에게 자비를 베푼다면 우리가 저 뒤돌아 서는 남매 꼴이 되어버리고 만다.

"실리의 생각은 옳지 않아. 저들에게 자비를 베풀 여유는 없어."

"그런 게 어딨어!"

세희는 크게 실망한 눈으로 날 보더니, 곧 결심을 굳힌 듯 그 남매에게로 달려갔다.

"실리!"

혼자 가버리면 어떡해! 내가 그렇게 일렀거늘!

내가 실리의 뒤를 좇으려 하자 뒤에서 날카로운 위험 신호와 함께 뭔가가 날 덮쳤다.

"위험해!"

날 덮친 것은 다름 아닌 나와 결투를 벌였던 복싱 유저였다. 그가 날 뒤에서 내리 포개자마자 나는 내 얼굴 옆으로 날카로운 무언가가 땅바닥에 박힌 것을 알 수 있었다. 누가 이런 흉기를?! 웬 주먹만한 짱돌이 떨어졌다.

"몬스터다!"

"몬스터?"

복싱 유저가 내 손을 붙잡고 일으키더니 같은 동료 유저에게 외쳤다.

"몬스터가 매복하고 있었어! 제길! 예감이 안 좋다 했더니⋯ 모두 한곳으로 모여!"

나는 세희에게 달려가려다 사내에게 뒷덜미를 붙잡혔다.

"지금 가선 위험해! 네 애인은 나중에나 찾아!"

“하지만 실리도 지금 위험할 거야!”

“이 몬스터들을 처리해야 애인을 구하러 갈 거 아냐?! 혼자 나섰다가 죽고 싶어?!”

“……”

들고 보니 그 말에도 일리가 있는 듯했다. 나는 손에 쥔 검을 치켜세우며 파티의 인원들과 서로 등을 마주 대고 섰다. 나는 지금 파티 상태다. 세희의 호위가 제1임무이긴 하지만 지금 상황에선 몬스터들이 더 급하다.

10m의 침엽수림 사이로 원숭이 같은 것들이 이리저리 움직이고 있었다. 자세히 보이진 않지만 굉장히 재빠른 녀석 같다. 숫자는 50마리 정도? 빨리 해치우고 세희를 구하러 가야 한다는 생각이 나의 관자놀이에 식은땀을 만들었다. 으… 초조해.

“잠시만요!”

실리의 목소리가 두 남매의 발걸음을 멈춰 세웠다. 성(性)은 다르지만 생긴 건 그럭저럭 비슷. 수려하고 깨끗한 인상의 갈색 눈동자의 남매가 실리쪽으로 향했다. 다갈색 생머리가 프리스트 예모 아래로 찰랑이는 게 매우 인상적인 남매다.

상대를 향할 때의 촉촉한 눈빛으로 실리는 또렷하게 웃으며 그들에게 허리를 숙였다.

“다행이다, 멀리 가지 않아서. 하아~ 죄송해요. 저희가 끼어들어서 파티에서 강퇴당하고……”

겨우 이 말 전해주려고 달려온 건가? 요즘 세상에 실리 같은 유저도 굉장히 드물 것이다. 게임상에서 자신의 결례를 상대에게 사과하는 경우는 거의 찾아보기 힘드니까. 현실에서도 마듀라 같은 냉정한 사고방식을 가진 사람이 얼마나 많은데(그러면서 매너남이라 하는 건 황당하다), 하물며 가상은… 실리가 보이는 태도에 누나 이브디가 왠지 당황하는 기색을 보이며 손을 저었다.

"아, 아니에요. 우리 같은 프리스트는 도움이 안 되니 파티에서 강퇴당하는 건 당연한 거죠. 이곳까지 오실 필요가……."

이브디는 가상에서 이런 대우를 받아보는 건 처음이었다. 그것은 동생 리로디도 마찬가지였다. 게임을 시작한 지 한 달째에 들어서건만 자신들에게 이렇게 대해주는 유저는 실리가 처음이었다. 유저들의 수준이 고 레벨로 올라가 있는 상황에서 초보 유저 왕따 현상은 점점 극심해져 갔다. 초보 유저들의 사냥터가 고 레벨 유저들의 이벤트, 퀘스트 장소로 점점 사라져 가며, 초보 유저들이 위축해 가는 이때다. 제아무리 유저들에게 환대받던 프리스트도 예외일 수는 없었다.

두 남매는 프리스트 계열 클래스다. 둘 모두 뒤에서 후방 지원을 해주는, 파티에선 빠져선 안 될 클래스인데 어찌 이런 곳에서 냉대를 받는가. 프리스트라 하면 부상당한 유저도 버리지 않고 재활용할 수 있는, 그야말로 백의의 천사 같은 존재. 실리의 손에 거쳐 살아남은 유저가 족히 수천 명에 이를 정도로 거의 모든 판타지 RPG에는 프리스트, 클레릭, 비숍 같은 '신관' 계열이 없는 게 없다.

이브디가 고개를 꾸벅였다.

"그럼 어서 돌아가 보세요. 파티 분들이 기다리겠어요."

"아, 저……."

실리는 솔직히 말해 마듀라에게서 뛰쳐나온 꼴이었다. 오늘따라 왠지 냉정하게 말하는 마듀라의 태도에 기분이 좋지 않았기에 이렇게 나와 버렸다. 그리고 가끔은 마듀라의 손에서 벗어나 노는 것도 좋을지도. 마듀라는 다 좋은데, 너무 강해서 자신이 나설 자리가 별로 없다.

그녀에겐 오히려 좋은 기회다.

"실례가 안 된다면 같이 파티해요. 그 편이 더 안전하잖아요. 둘보단 셋이……."

초보 유저들에게 있어서 마스터 유저의 호위는 더없는 영광… 일 수준까진 아니고, 굉장한 행운이다. 언제 아웃될지 모르는 이 지대에서 자신들의 신변은 안전하지 못하다. 이럴 때 보디가드 같은 존재가 있다면 더없는 행운일 수밖에.

그녀의 제안에 리로디가 휘둥그레 눈을 뜨며 확인의 질문을 했다.

"정말 파티에 들 건가요? 아까 보니 동료가 있는 것 같던데……."

그는 마듀라를 두고 한 말이다. 실리가 상관없다고 말하자 두 남매는 흔쾌히 승낙의 고개를 끄덕였다. 안도감 섞인 화사한 얼굴로.

"그렇다면 저희야 대환영이죠! 사실 파티에서 떨어져 무척이나 무서웠거든요. 헤헤."

"든든한 아군이 한 명이라도 있다면 안심이 되죠. 그것도 마스터 유저라면요. 감사합니다, 에실리스 씨."

"네, 잘 부탁해요. 이브디 씨, 리로디 씨."

두 남매는 실리의 소문과 얼굴을 TV 같은 매체에서 익히 봐 알고 있었기에 그렇게 아는 체를 했고, 실리는 그 둘의 닉네임을 기억해 내어 그렇게 불렀다. 어린아이들이 금세 대화를 트듯 셋 사이에서도 금세 화기애애한 분위기가 연출되었다. 저쪽에서 '너 죽어, 나 죽어' 하며 몬스터와 치고 받고 있는 파티와는 굉장히 대조적인 분위기다.

셋은 실리를 중심으로 파티를 이뤘다. 그리고 맨 먼저 어디로 가야 할지 의논을 시작했다. 진로를 잡지 않고 헛걸음 할 순 없잖은가.

"마듀라가 이런 숲에서는 언제, 어디서 적이 튀어나올지 모르기 때문에 조심하랬어요. 그리고 위장복 같은 걸 입고 몸을 보호하랬고. 혹시 검은색이나 초록색 같은… 아! 군복 같은 거 있어요?"

느닷없이 군복을 찾으면 그게 쑥 나올 것도 아니고, 두 남매는 당연히 고개를 가로저었다. 실리는 잠시 손에 턱을 괴고 생각에 잠기더니 근처 땅바닥에서 진흙 웅덩이를 발견했다. 숲에 습기가 차 만들어진 웅덩이 같다. 실리는 손이 더러워지는 것도 모르며 진흙덩어리를 손으로 푹 팠다. 진득한 진흙이 손에 한 움큼 쥐어졌다.

"이걸 옷에 발라요. 최소한의 위장은 될 것 같은데……."

실리와 두 남매의 프리스트 로브는 새하얗다. 복장이 모두 다 새하얀 데다 군데군데 금색으로 장식이 되어 있어, 태양 빛을 받아 숲 안을 환하게 비출 듯 굉장히 눈에 띈다. 실리의 의견은 진흙을 옷에 발라 반사되는 빛을 차단하자는 것이다. 좋은 생각이긴 한데 진흙이 굳어지면 도자기가 될 수도 있다는 건 까마득히 몰랐다.

그들은 옷과 얼굴에 있는 대로 진흙을 퍼 바르기 시작했다. 마치 진흙 팩을 하듯이 서로의 얼굴에 진흙을 바르며 장난까지 치는 여유를 부렸다. 진흙을 던지기도, 진흙탕에 얼굴을 묻기도, 더운 여름에 얼음을 옷 속에 넣듯 진흙을 옷 속에 넣기도 한다. 절대 여유롭지 않을 상황에서 선남선녀들의 진흙 놀이라니…….

한참 진흙을 가지고 놀고 있다 실리가 이럴 때가 아니라며 퍼뜩 깨어났다.

"음~ 우리는 모두 프리스트고, 내가 검을 쓸 줄 알지만 그리 위력적이진 못하고… 최대한 몬스터들과 마찰하지 않는 게 중요해요. 에…

그리고 유저들과 마주치면 급습이 좋겠어요!"

급습. 상대의 뒤로 슬그머니 다가가 '미안하지만 죽어주실래요~♡' 라며 찡긋 눈웃음을 지은 뒤 상대의 급소에 팔뚝 길이만한 군용 대검을 슥 하니 박아 넣는, 전직 어쎄신들의 기술이다.

상대의 숫자가 이쪽보다 많을 땐 굉장히 위험하다. 그렇게 때문에 파티 인원 중 한 명을 인질로 잡아야 한다. 파티 리더의 뒤를 슬그머니 노려 칼을 목에 들이대고 '목걸이를 내놓고 사라져라. 그렇지 않으면 리더의 목숨은 없다' 고 한 뒤 순순히 반응하면 목걸이만 가지고 튀고 반응하지 않으면 리더만 죽이고 튄다.

정말 잔인하고 비도덕적이기 짝이 없는, 마듀라 같은 작전이다. 배울 게 따로 있지, 이런 못돼먹은 걸 배우다니… 실리도 그만 여주인공 자리에서 물러날 때가 되지 않았나 싶다. 책 뒤 표지에 있는 청순녀 어쩌구 하는 것도 지워야 할지도.

어쨌든 셋은 각기 무기를 장비하고 어디로 향할지 방향을 정하기로 했다. 이엔 리로디의 정보가 도움이 되었다. 일주일 동안 이곳에서 굴러먹다 보니 이쪽 지형엔 빠삭한 리로디다.

"이 숲에는 지형의 차이가 있어요. 숲의 북쪽은 3m밖에 안 되는 높이의 나무와 듬성듬성 자라나 있는 수풀 때문에 은폐하기가 시원치 않아요. 게다가 몬스터도 많고. 하지만 남쪽으로 갈수록 나무의 높이가 높아지고 수풀도 무성히 자라 있어서 숨기엔 좋죠. 퀘스트에 참가하는 유저들은 숲의 남쪽을 더 많이 선호하는 편이에요. 유저들 간의 경쟁도 남쪽이 더 치열하죠."

"아~ 그렇구나. 그럼 결정됐네요."

실리는 지체없이 서쪽 하늘을 향해 손가락을 찔렀다.

"그럼 남쪽으로 출발이에요!"

셋은 기합을 지르며 서쪽으로 향했다. 새 출발을 한다는 도약의 발걸음이 설레임으로 방망이질하는 심장 박동과 절묘하게 맞아떨어진다. 오오~ 첫 출발을 한다는 이 느낌. 맨 처음 게임을 시작할 때의 느낌과 비슷했다. 비록 이쪽으로 가는 길이 남쪽인지 아닌지는 모른다. 그냥 척하고 찍은 곳으로 발걸음을 하는 것이다.

하지만 얼마 걷지 않아 리로디가 방향을 의심했다. 어째 태양을 마주 보고 걷는 것 같다? 왜 태양은 서쪽으로 기우는 걸까?

"그런데 이쪽이 남쪽 길 맞나요?"

"맞을 걸⋯ 요?"

굉장히 어색한 실리의 말투에 두 남매가 '뭐예요~?!' 라며 반문한다. 이 정도가 실리의 한계다. 역시 그녀에게 있어서 마듀라란 존재는 애인 이상의 존재였던 것이다. 마듀라가 없으면 방향 하나도 제대로 잡지 못하고 갈팡질팡하고 말다니. 하다못해 단세포 전용태도 방향 하나만은 잘 잡는데. 마스터 유저들 중에 방향 못 잡는 유저는 실리밖에 없으리라.

"저쪽이 북쪽이에요."

곁에 있던 이브디가 손바닥 위에 나침반을 올려놓고 손가락을 왼쪽으로 찔렀다. 나침반까지 꺼냈으니 방향이 틀릴 일은 없으리라. 실리와 리로디가 초보 특유의 '오오!' 하는 감탄사를 내뱉었다. 이브디와 리로디 남매에겐 실리의 그 모습이 왠지 동질적으로 보였다.

삭막한 게임 세상에서 인간적인 걸 본 느낌? 실리는 일반 유저들과는 뭔가 다르다란 생각을 가진 남매였다. 그녀라면 자신들의 사연을 귀담아들어 줄까? 그래, 분명히 들어줄 거야. 그동안 그들이 겪었던 유저들의 인상은 좋지 않았기에 실리의 저 거리낌없는 태도는 굉장히 인간적으로 보였다. 두 남매는 실리와 빠르게 친해질 수 있으리라.

실리가 맨 먼저 앞장을 서고 그 뒤를 누나 이브디와 동생 리로디가 따랐다. 이제 남쪽을 향해 유저들을 차례차례 급습하여 목걸이를 얻은 뒤, 마듀라를 찾아 기세등등하게 이렇게 말하면 된다. '듀라 없이도 난 퀘스트 클리어 할 수 있어!' 라고.

발걸음도 힘차게, 가슴도 설레게 그들은 파티 후 진짜로 역사적인 첫 발걸음을 옮겼다. 그들의 앞길을 누가 가로막으랴? 몬스터와 5대 50 맞짱을 뜨며 실리를 부르짖는 마듀라를 새카맣게 잊은 채 여유만만, 천하태평한 상태였다. 그 누가 덤벼도 다 당해낼 기세.

셋은 주위에 적이 깔려 있다는 것도 새카맣게 잊은 채 노래까지 흥얼거린 채로 걸었다. 저런 꼴로 도시를 걸어다니면 거지 취급받기 십상이다. 진흙으로 범벅이 된 실리의 얼굴을 마듀라가 알아볼지도 의문이었고.

> 사랑이 날 불러도~ 우정이 나를 찾아도~
> 적군이 앞을 가로막을 땐 검을 휘둘러 베어내~
> 우리는 최강의 유저~ 거칠 것이 없다네~ 유후~
> 야— 떠나자, 저 세계 너머 게임 세상으로~
> 거칠 것은 없다. 저 너머 세상 끝까지~
>
> —제목 미정. 실리 작.

실리는 타고난 음악적 재능으로 그 자리에서 작곡을 한 뒤 두 남매와 흥얼거렸다. 곡은 빠르고 경쾌했고, 가사에 담긴 내용도 파악하기

쉬웠다. 그냥 '게임하자' 란 뜻이다.

　노래로 분위기는 한층 더 다져져 셋은 자연스럽게 말을 틀 정도가 되었다. 셋의 성격이 비슷한 게 영향이 되었다(소극적이지만 친해지면 잘 나가는 타입). 한참 노래를 부르며 숲 사이를 가로질러 걷길 30분째.

　"앗! 쉿!"

　실리가 검지손가락으로 자신의 입을 막으며 남매에게 조용히 하라는 신호를 보냈다. 뭔가 소리가 들린 것이다. 겉으론 굉장히 여유만만해 보였는데 그사이에 모든 청각을 이용해 소리를 포착했던 건가? 두 남매는 아무것도 모르고 입을 다물었다.

　실리의 귀에 들리는 사람 목소리로 보아 상대는 유저 같았다. 그것도 4~5명? 셋은 조용히 수풀을 밟고 앞으로 걸어나갔다. 손에 쥔 무기를 가슴 앞에 세우고 먹잇감을 눈앞에 둔 뱀처럼 조용히 움직였다. 유저가 나오면 기습을 하는 게 도리… 라고 마듀라가 말했다. 특히 기회주의자는 아니지만 찾은 먹이를 곤히 돌려보내진 않는 주의였다.

　약 5m 전방. 수풀이 없는 작은 공간에서 목욕탕에 널린 의자 정도 크기의 바위에 유저들이 앉아 있었다. 숫자는 다섯. 다섯 모두 로브를 걸친 것으로 보아 마법사 같다. 스킬을 쓸 수 없는 마법사라면 그야말로 잉크 없는 볼펜, 실 없는 바늘, 안경알 없는 안경, 눈금 없는 자, 인터넷 안 되는 컴퓨터다. 쓸모없는 물건이란 뜻이다. 뭐, 그것은 프리스트도 마찬가지지만 소드 마스터와 아처를 클래스한 실리 쪽이 좀 더 유리하다.

　실리는 속으로 주먹을 불끈 쥐며 아이템 창에서 사람 팔뚝 길이만한 단도 세 자루를 꺼냈다. 서슬 퍼런 날이 나무 사이에서 흘러나오는 빛에 부딪쳐 날카롭게 번뜩인다. 필시 싸구려는 아니다. 마듀라가 호신용으로 쓰라며 사준 그것을 이브디와 리로디에게 넘겨주며 그녀는 조용히 속삭였다. 혹시 적에게 들킬까 매우 조심스런 목소리로.

"그냥 위협만 줘도 되니까 찌를 필욘 없어. 알겠지?"

"그, 그치만 사람을 위협하는 게……."

"처음이라서……."

둘은 내키지 않는 기색으로 말끝을 흐렸다. 유저하곤 한 번도 싸운 적이 없기에 망설여지는 것이다. 이럴 땐 몬스터부터 서서히 상대해가며 유저를 상대하는 게 정석인데. 살인을 하는 것도 처음만 어려울 뿐 한 번 죽이고 나면 그 다음은 쉽다. 물론 그 때문에 현실에서도 살인을 저지르는 사람이 근근히 뉴스에 나온다.

하지만 이미 상황은 닥쳐온 상태.

"에… 그러니까 그냥 뒤에서 상대의 목을 탁 틀어 잡는 거야. 레슬링에서처럼. 그런 다음엔 내가 알아서 할게."

"알겠어요."

실리 일행은 굳게 각오하고 지체없이 마법사들을 향해 돌진했다. 짧은 거리를 바싹 좁히며 각각 목표물을 잡고, 마법사 로브를 걸친 유저들의 뒤를 급습한다. 처음이라 그런지 굉장히 어설픈 동작으로 상대의 목을 틀어 잡는다. 아마 상대가 인형이 아닌 진짜 유저였다면 되려 실리 일당이 역습을 당했으리라.

"앗?! 이건?"

상대의 목을 틀어 잡은 이브디가 이상한 느낌에 짧게 놀라움을 토했다. 그들이 목덜미를 잡은 것은 사람이 아닌 인형이었다. 짚으로 대충 엮어 만든 듯한 몸체에 로브만 뒤집어씌워 놓은 인형.

그들이 깜짝 놀라 인형에서 떨어지자마자 목에서 느껴지는 서늘한

감촉에 굳어버렸다. 흡사 뱀이 목에 둘러진 것 같은 차가움이 목을 낼름 애무한다.

"꼼짝 마."

셋 다 뒤에서 들려오는 위협에 동작을 멈췄다. 자신들의 뒤에서 칼을 들이대고 있는 유저는 모두 다섯이다. 언제 수풀 속에서 튀어나와 기습을 했는지 실리 일당은 전혀 눈치 채지 못했다. 이런 함정에 걸려 버리다니.

실리의 뒤에서 칼을 들이댄 유저가 그것을 어깨와 목 사이에서 까닥였다.

"무기 버려."

셋은 일제히 무기를 버렸다.

뒤에 있는 목소리가 연이어 말했다. 목소리로 보아 14~15살쯤의 남자다.

"손 깍지 끼고 목 뒤로. 엎드려."

"……."

까딱 안 하고 명령을 그대로 이행한다. 급습은 완벽했는데 이렇게 당해 버리고 말다니. 리로디는 너무나 억울했다. 이건 전적으로 경솔하게 행동한 실리의 책임이다. 일단 적을 탐색한 뒤에 주위에 적이 있는지를 파악하고, 작전이 실패할 시를 고려한 뒤에 한 명을 후방에 붙여 화살이라도 쥐어줬어야 했다. 경솔함도 마듀라에게 배웠는지 모르지만, 어쨌든 실리의 한계는 여기까지라고밖에 설명할 수 없다.

완벽하다고까진 할 수 없지만, 곧바로 공격해 올 수 없는 무방비 상태가 되자 수풀에서 나타난 다섯의 파티는 엎드린 그들의 허리를 발로 꾸욱 밟았다.

"멍청하긴. 분명 저 인형이 사람인 줄 알고 덮쳤을 거야. 이 작전에 걸려든 바보가 의외로 많네?"

"그러게 말야. 굳이 그 녀석이 없어도 됐어."

"일단 목걸이를 회수하자. 벌써 열일곱 개나 모았다구. 얘들 것까지 스무 개야. 이곳에서 이 주일만 더 굴러다니면… 어라?"

파티 인원 중 한 명이 목걸이를 회수하려 실리의 어깨를 들치던 때였다. 그는 뭔가 신기한 걸 봤다는 눈빛으로 그녀를 향했다. 그리곤 잠시 생각한다. 어디서 본 얼굴? 진흙에 가려져 잘 안 보이지만 갸름한 얼굴 선에서 뭔가 느껴진다. 뭘까? 이 처음 본 것 같지 않은 느낌은? 얼굴에서 포스라도 느껴지는 건가?

손으로 실리의 얼굴에 말라붙은 진흙을 벗겨내자 그녀의 얼굴이 대충 드러났다. 아, TV에서 봤던가? 음… 곰곰이 생각해 보다가 손바닥을 탁 맞부딪친다.

"아! 이거 그… 얼마 전에 게임에 복귀했다는 그 프리스트다! 닉네임이 에실, 뭐라던……."

다른 동료가 끼어들어 실리의 얼굴을 보며 또 한마디 했다.

"어? 그리고 보니 똑같이 생겼네?"

"뭐야, 뭐?"

다섯은 일제히 동요하며 실리를 이리저리 살폈다. '이거 진짜잖아?'라든지, '만져 봐도 되나?' 라며 얼굴을 꼬집는다든지 하는 게 길거리에서 주운 강아지에게 어린아이 몇 명이 달려드는 광경이다. 말할 것도 없이 자신보다 4~5살 어린 남자들이 주위에서 설쳐 대니 실리로선 굉장히 기분 나빴다. 그냥 콱 돌격해? 하지만 또 경솔하게 나섰다간 위험해진다.

그녀는 마듀라 같은 참을성으로(자꾸 말이 왔다 갔다 한다. 경솔했다가 참을성있다가. 주인공 성격이 이상해서 그래!) 잠자코 있었다.

"그런데 꼴이 이게 뭐냐? 진흙투성이야."

"옆에 애들도 그런데? 진흙에서 굴렀나?"

"에이 씨! 야, 어서 물러나자. 이 계집애 잘못 건드리면 안 돼. 옆에 마듀라가 있다구."

"아, 맞아. 나도 들었어. 애 건드리면 마듀라가 분명 보복하러 나타날 거야."

"쳇! 아깝네. 마듀라만 아니었어도……."

"그런데 마스터 유저가 이런 간단한 함정에도 걸리나?"

"몰라. 바보 클래스라도 마스터했나 보지."

모르긴 몰라도 지금 저들이 실리를 비웃고 있는 것만은 틀림없다. 더없이 창피스럽고 치욕스럽지만 일단 참자. 참을 인이 세 개면 살인도 면한다더라.

다섯 명의 파티는 실리에 대한 화제로 몇 번 더 속닥이더니, 리로디와 이브디를 발로 툭 차고 침을 퉤 뱉고선 '재수가 없으려니' 한소리를 하며 뒤돌아 섰다.

실리가 파티가 돌아가는 것을 확인하고 더러워진 옷을 탁탁 털며 일어섰다. 그래도 치마를 들춰보거나 하진 않아서 다행이네라며, 속으로 자기 위안을 삼는다.

옆에서 이브디가 눈가에 눈물을 그렁그렁 매단 채 훌쩍였다. 같은 여자가 보기에 안쓰럽나 보다.

"실리 씨, 훌쩍! 괜찮아요?"

"응. 난 괜찮아. 울지 마."

"그래도 막 놀림받고… 정말 너무해요. 싸워도 됐잖아요."

곁에 있던 동생 리로디도 실리를 위로한다. 하지만 실리는 태연하게,

"뭐, 예전에는 더 무서운 아저씨(타미야?)한테 협박도 당해본 적 있는걸. 저런 꼬마애들한테 놀림받은 거야 우습지."

우습긴 뭘… 사실 실리는 굉장히 마음 졸였다. '으으! 제발 가라. 그 이상 다가오지 마. 안 그럼 마듀라의 저주를 걸어버릴 테다' 라며 얼마나 속으로 애태웠는지 모른다.

이브디가 눈물을 훔치는 사이, 리로디가 시선을 땅으로 떨구며 실리에게 말했다.

"제가 힘이 있으면 그렇게 당하고만 있지 않아요."

"그럼 나중에 내 복수해 줄래?"

"하지만… 복수를 하려면 강해져야 하잖아요. 어떻게 강해집니까. 강해져 봤자 저들은 나보다 더 강해질 텐데. 약자는 어쩔 수 없다구요. 실리 누나 정도의 힘만 있다면… 그렇게 당하진 않아요."

과연 그들 이상으로 강해질 순 없는 걸까? 그래, 그럴지도 모른다. 아무 노력 없이도 '천재' 소리 들어가며 재능을 발휘하는 이도 있고, 아무리 노력해도 '천재'에게 이길 수 없는 이도 있으니까. 하지만 리로디의 경우는 과연 노력이나 해보고 안 된다는 건지 알 수가 없다.

사회적, 경제적, 무력적 약자인 이들의 위치에서 생각해 보자. 실리는 곰곰이 생각했다. 자신의 떠올리고 싶지 않은 중학교 때… 그때는 자신도 약자라고 생각했다. 그때 자신은 어떤 위로를 받고 싶었나?

리로디가 울컥 내뱉었다.

"사실 전 현실의 학교에서 왕따였어요. 언제나 애들한테 맞고 놀림

당하고 결국엔 휴학까지 했는데… 게임에선 현실에서와는 달리 강해질 수 있겠지 생각했어요. 하지만 이곳에서도 마찬가지… 약자라는 위치는 변함이 없지요. 정말… 강해지기는 너무 힘들어.”

자기가 생각해도 한심스러운 모양이다. 리로디는 고개를 숙였고 이브디도 무릎을 꿇은 채 아무 말도 못했다. 약자의 위치가 괴롭다 못해 지겨운 모습이다. 지하도 잠자리 뺏긴 노숙자와는 사뭇 다른, 친구 집에서 얹혀 살다 아주머니에게 쫓겨난 대학생 백수와도 사뭇 다른, 카드빚을 이기지 못하고 사채업자에게 쫓겨 다니다 갈 데까지 간 나머지 절벽 낭떠러지에 선 자와도 사뭇 다른, 이젠 질릴 대로 질려 버린, 세상에 내던지는 절규 속 비통한 한 섞임이다.

비록 실리가 그들의 사정을 깊이 알진 못하지만 그들의 마음은 깊이 이해한다.

실리까지 아무 말이 없자 주위는 고요해졌다. 어색한 침묵.

“하지만…….”

실리가 자처해서 침묵을 깼다.

“강해도 모든 것을 해결할 수 있는 건 아니야. 아무리 강자의 위치에 있다 해도 괴로운 건 마찬가지일 거야. 빵 하나 살 돈 벌지 못해 끼니를 굶는 거지가 세계 최고의 부자가 되어도, 그 수많은 돈을 어떻게 관리할지 나중엔 머리를 싸매며 고민할걸? 싸움을 못해 주위에서 맞기만 하는 사람이 어느 날 강해졌다 해도, 자신에게 도전하는 수많은 도전자들에게 맞아서 만신창이가 될 거야. 세상에 강자는 존재하지 않아. 강자와 약자는 사람들이 아무렇게나 만들어놓은 허울에 지나지 않아.”

그럼 사람들은 그 허울에 왜 그리도 집착하는가?

이 질문에 대한 답은 하나다. 인간은 남을 넘어서고 싶어하는 욕망이 있으니까. 인간은 강자와 약자라는, 너무 쓸데없는 걸 정해놓고 산다.

"누구는 힘이 세고, 누구는 힘이 약하고, 누구는 돈 많고, 누구는 돈 없고, 겨우 그런 걸로 강자와 약자를 따질 순 없어. 사람은 태어날 때부터 공평해. 거지 집안과 부자 집안에서 태어난 아이들도 모두 공평해. 문제는 그 사람의 마음가짐이지. 마음을 약하게 집어먹으면 뒤처지는 거야. 약한 게 아니야. 그저 뒤처지는 것뿐이지. 노력없인 뒤처진다고 한탄할 자격이 없어."

자신은 목소리를 잃었을 때부터 뒤처졌다. 너무나 뒤처져 그 시간을 다시 돌려놓고 싶을 정도로.

"자신이 뒤처져 있을 때 든든한 버팀목이 될 사람을 찾는다면 도움이 될 거야."

옆에서 버팀목이 되어주는 신성이 같은 사람. 비록 사악한(?) 모습을 보여줄 때도 있고 매정한 모습을 보여줄 때도 있지만 자신이 진정으로 믿는 친구이자 애인이다. 뭐, 미래까지 약속한 사이라면 그렇다고 해 두자.

실리는 웃으며 마지막 말을 맺었다.

"그러니까 힘내자."

"누나……."

"언니……."

두 남매는 실리의 품에 와락 안겼다. 아아~ 간만에 멋진 대사라고 날렸는데, 자신이 뭔 소리를 한 건지 자신도 잘 알 수 없다. 어쨌든 저 남매는 굉장히 감명받은 것 같으니 넘어가자.

셋은 자리를 털고 일어났다. 두 남매에게는 실리의 발언이 꽤 도움이 된 듯 다시 한 번 생각을 고쳐 먹게 되었다. 마치 뇌 속을 포맷해 버리고 새 프로그램으로 업그레이드한 기분이었다.

그런데 그 순간,

끼이이이익!

그리 멀지 않은 곳에서 들리는 괴성에 세 남매의 어깨가 흠칫 떨렸다. 칠판을 손톱으로 긁는 것 같은 원숭이의 소름 끼치는 괴성. 초면 같지 않은 그 소리에 실리와 자리에 있던 이들이 동요했다.

"큰일이다!"

실리가 간결하면서도 위협적으로 외치자 두 남매는 매우 불안한 기색을 보였다. 이 근처에 몬스터가 있는 걸 그들도 파악한 것이다. 얼마 지나지 않아 유저들의 비명이 숲을 찢을 듯 강타했다. 동쪽이다!

실리가 앞서 달리고 남매가 그녀의 뒤를 따랐다. 동쪽으로 향할수록 비명은 점점 더 크게 들려 목소리의 정체도 파악할 수 있을 정도다. 조금 전에 실리 일행을 유린했던 다섯의 유저들이 틀림없다. 한 몇십 미터쯤 달렸을까. 손에 쥔 검으로 나무 덩굴을 헤치고 한 발자국 나서자마자 사람 형상의 실루엣이 눈앞에 떡 버티고 선다. 눈앞에 보이는 광경에 실리가 석고상처럼 굳어버렸다. 실리의 오른편으로 뭔가가 갑자기 나타난 것이다.

하얀색 거체. 3m의 매끄러운 인간형 몸체가 실리의 앞을 가로막고 있다. 실리 일행이 비명을 지르기도 전에 낮은 자세에서 개구리처럼 튀어 오른 몬스터가 순식간에 상대 유저들을 덮쳤다.

실리 일행이 급습했을 때보다 더 빠른 몸놀림으로, 몬스터의 몸짓 한 방에 두 명의 유저가 바람에 날리는 휴지마냥 날아가 땅에 패대기쳐졌다. 쓰러진 그들의 목을 잡아 힘을 가하자 그대로 즉사.

상상을 불허하는 그 파괴력은 마듀라를 능가할 정도다. 전에 마듀라를 공격했던 그 몬스터가 틀림없다. 실리가 새파랗게 질리자마자 몬스터가 방향을 바꿔 이번엔 이쪽으로 시선을 향했다. 숨기도 전에 눈치 채이고 말았다. 몬스터는 빠르게 이쪽으로 달려나오며 셋을 한꺼번에 쓸어버릴 듯 팔을 크게 들었다.

실리가 번개처럼 몬스터의 앞을 가로막았다. 파찰음과 함께 몬스터의 양 손바닥이 실리의 검에 가로막혔다. 실리 자신조차 놀랄 만한 용기였다. 마듀라도 어찌하지 못했던 몬스터를 내가 상대하다니!

몬스터의 양팔이 실리의 검과 힘 겨루기를 시작했다. 실리의 완력이 몬스터에 비해 턱없이 부족해 곧 밀려날 것 같았지만.

"어서… 도망쳐!"

쥐어짜내듯이 실리가 외쳤다. 하지만 이브디와 리로디는 무시무시한 몬스터의 위압감에 압도되어 한 발짝도 움직이지 못했다. 발이 떨어지지 않았던 것이다. 움직이고 싶어도 캐릭터는 자신들의 발을 붙들고 놓아주지 않는다. 유저들을 단방에 즉사시켰어… 그런 엄청난 몬스터가 우리들 앞에 있다.

그 몬스터, 그레이트 데미트는 이곳 숲에선 보스 급 몬스터로 통했다. 아무리 강한 파티도 저것과 만나면 몰살당했다. 두 남매는 그레이트 데미트와 세 번이나 마주쳤지만 세 번 모두 운 좋게 피할 수 있었다. 다시는 마주치지 않았으면 했는데……

"누, 누나… 실리 누나의 말대로 하자……."

리로디가 이브디에게 그런 제안을 내놓았다. 실리를 내버려 둔 채 자기들끼리 도망치자는 생각이다. 실리가 원하는 것도 바로 그것이라

후환이 될 것은 없다. 하지만…

이브디는 갈등했다. 처음으로 자신들에게 진심 어린 미소를 담아 대해주었던 실리였다. 만난 지는 그리 오래되지 않았지만 굉장히 켕긴다. 여기서 로그아웃하면 뭔가 굉장히 후회할 것 같다.

"가지 마."

이브디가 로그아웃을 시도하려는 리로디에게 말했다.

"싸워!"

곧바로 아이템 창에서 프리스트 용 지팡이를 꺼내며 그레이트 데미트에게 달려든다. 발목을 붙잡던 공포감을 몰아내며, 그녀는 나름대로 비장하게 앞으로 나아갔다. 리로디는 황당함을 감추지 못했고, 그것은 실리도 마찬가지였다. 병약 소녀 같은 이미지의 여자가, 달랑 지팡이 하나만 들고 3m나 되는 초상급 몬스터에게 덤비는 꼴은 우스울 정도였다. 원래는 비장함이 느껴져야 했지만 객관적으로 볼 때 이건 웃음이 터져 나오는 상황이었다.

이브디의 지팡이가 데미트의 어깨에 떨어졌다. 마치 긴 장대로 파리를 잡는 모습이다. 데미트가 실리와 힘 싸움을 포기하고 귀찮은 손짓으로 이브디를 쳐 날렸다. 힘없는 동작임에도 이브디는 초주검과도 같은 데미지를 받았다. 저 멀리 나무 기둥에 처박혀 기절한 누이의 모습을 보며 리로디는 이성의 끈을 놓은 채 멍해졌다.

어째서 우리 남매를 가만 내버려 두지 않는 거지? 수많은 유저들에게 버림받았는데, 대체 자신들은 이 게임에서 저주받기라도 했단 말인가? 잠시 즐거웠다가 슬퍼졌다가… 무슨 게임이 이따위야?!

"으아아아아!!"

리로디는 폭주한 듯이 그레이트 데미트에게로 달려나간다. 땅에 떨어진 나뭇가지조차도 쥐지 않은 맨손으로.

"안 돼! 위험해!"

데미트의 다음 동작은 매우 컸다. 손바닥으로 스트레이트를 날리면 리로디는 달려오던 방향 그대로 일직선으로 날아가 사라지리라. 차라리 자신이 나서는 게 나으리라. 자신이 방패가 되는 게 더 나으리라. 리로디보단 생존율이 높겠지.

실리가 리로디의 진로를 가로막자마자 그레이트 데미트의 손바닥이 그녀의 가슴을 세차게 후려쳤다. 생명력없는 인형처럼 실리의 몸이 뒤로 날아가 달려오던 리로디와 몸통 박치기를 했다. 리로디와 몸을 뒤엉킨 자세 그대로 뻗었다.

늑골 파열. 캐릭터 실신. 체력 수치 3%.

기적이다. 아슬아슬하게 체력 수치 3%를 남겨놓고 실리는 살았다. 이대로 몇 분을 방치해 놓는다면 그것도 저절로 게임 오버겠지만.

"으윽! 머리야… 실리 씨!"

머리에 충격을 받았는지 리로디는 자신도 머리가 띵했지만 실리의 상태를 먼저 살폈다. 하지만 애타게 부른다고 실리가 들어줄 리 없다. 정신은 멀쩡하겠지만 캐릭터는 듣지도, 보지도, 느끼지도 못하는 상태다. 역시 마듀라 없이는 안 됐어… 실리는 생각했다.

리로디에게 불어닥치는 한심함. 남자인 자신이 여자 둘도 지키지 못하고 이런 꼴이라니. 게임에 접속하면서부터 자신은 자신의 누나만은 반드시 지키고 말리라는 다짐을 했었다. 그런데 누나는 실리를 구하려다 당했고, 자신은 피하는 데 바빠 우왕좌왕하다 상황은 이렇게 되어버렸다.

'남자로서 실격이야, 나는……'

"제길!"

그레이트 데미트가 하늘을 향해 길게 포효하며 리로디에게 다가왔다. 거칠 것이 없는 승자의 여유로운 발걸음. 리로디는 실리의 손에 쥐어진 검을 뺏어 쥐었다. 어깨와 팔꿈치, 손목 관절에서 느껴지는 무게로 보아 검이 꽤 무겁다. 검사라면 그나마 나을 텐데 프리스트라서 완력이 달린다. 검을 휘둘러도 몬스터에게 제대로 된 타격을 줄지는 미지수.

'그래, 올 테면 와라!'

그 뒤에 '간만에 좋은 사람 만나 파티했는데 아쉽군' 이란, 이 상황에 전혀 영양가없는 생각을 하며 리로디는 그레이트 데미트에게 검을 겨누었다. 검끝에 그레이트 데미트의 머리가 겨냥되어 있다. 관자놀이까지 찢어진 입이 비웃음으로 벌려져 있는 그레이트 데미트의 모습이다. '네가 감히 나에게 검을 들이대?' 라는 표정. 게임이 워낙에 리얼하다 보니 몬스터의 미소가 굉장히 사실적으로 세세하게 묘사되어 끔찍하게까지 보였다.

그레이트 데미트가 실리와 리로디의 앞에 섰다. 한 쌍의 눈이 그 둘을 지그시 노려본다. 손날을 세워 그대로 찌르면 그들은 죽는다.

손을 들어 올려 마지막 회심의 일격을 날리려는 때,

웬 검은 실루엣이 그레이트 데미트의 머리 위를 스쳤다. 인간 형체의 실루엣이 데미트의 목 부위를 슬쩍 지나가는 광경. 그것이 땅에 착지하자마자 피 냄새가 확 풍겨지는 것에, 리로디의 눈살이 순식간에 찌푸려졌다. 그레이트 데미트의 목이 옆으로 갈리며 뿜어지는 피 냄새였다. 피가 수풀, 나뭇잎에 뿜어지고 어느 정도 지나자 그레이트 데미트의 몸체가 가루가 되어 사라졌다.

＊　　　＊　　　＊

　　요즘 들어 데미트를 포함해 처음 보는 몬스터가 많이 출현하는 것 같다. 우리 앞과 양 옆을 포위하며 공격을 가해오는 몬스터의 종류는 세 종류로 다 생소한 몬스터들뿐이다. 그중 가장 상대하기 까다로운 몬스터는 10살짜리 어린아이 크기만한 신장에 검은 혀, 주먹만한 검은 눈, 뱀 같은 비늘이 얼굴에 덕지덕지 붙어 있는, 흡사 뱀과 원숭이를 합쳐 놓은 것 같은 얼굴을 가진 몬스터였다. 날카로운 손톱과 척추를 따라 돋아난 다섯 개의 검은 뿔이 매우 기괴하게 생겼는데, 저 손톱과 뿔에 독이 있어 찔리면 3초 안에 죽는다.

　　이미 저놈한테 아웃된 파티 인원이 두 명. 살아남은 사람은 나와 래퍼, 그리고 복싱을 구사하는 격투가 카이드뿐이다.

　　처음엔 50마리밖에 안 되는 몬스터 떼인 줄 알았는데 어느새 쉴 새 없이 몰려드는 몬스터들 때문에 상당한 곤혹을 치렀다. 2백 병이나 있던 포션도 이제 30병으로 줄었고, 몬스터의 피로 샤워를 해서 꼴이 말이 아니다. 몇 분이나 전투를 치렀는지 모르겠지만, 이제 결투도 종지부로 치닫고 몬스터는 한 마리만이 남아 있는 상태다.

　　나의 대각선 베기 공격을 훌쩍 뛰어넘은 몬스터가 독 가득한 손톱을 세우며 나에게 날아들었다. 이 녀석, 굉장히 잽싸다. 황급히 검을 회수하며 방어하려 하자 뒤에서 들리는 목소리.

　　"숙여!"

　　생각할 겨를 없이 자리에 납작 엎드리자마자 카이드의 온 체중이 실린 오른 주먹 펀치가 몬스터의 얼굴에 정확히 꽂혔다. 몬스터는 안면의 뼈가 완전 골절되는 중상을 입고 수풀 저편으로 날아가 버렸다. 이걸로 전투 종결. 두 명이나 당했지만 뭐, 어쩌겠는가. 죽은 건 죽은 거지. 지금은 세희를 찾는 게 더 급선무다.

그때 나무 뒤에 숨어 코빼기도 비추지 않던 래퍼가 나타났다. 나와 카이드는 최전선에서 피 터지게 싸웠는데, 이 녀석은 멀쩡하고도 포션 하나 안 내주냐.

"잘 싸웠어요. 덕분에 레벨업도 하고. 으히힛!"

저 패버리고 싶은 충동이 일어나는 웃음이 싫어 나는 래퍼를 무시하며 카이드에게 시선을 돌렸다.

"나는 실리를 찾으러 간다. 날 말리겠다면 파티에서 자진 탈퇴하지."

카이드가 몬스터의 체액으로 범벅이 된 손을 손수건으로 닦으며 래퍼를 돌아보았다.

"어쩔 테냐?"

"우, 우선에 실리스 씨를 찾으러 가보죠."

선뜻 승낙해 주니 다행이군. 나는 세희가 향했던 방향으로 달렸다. 꽤 시간이 지난 것 같아 너무 멀리까지 간 건 아닐까 걱정된다. 근근히 나타나는 몬스터를 간단히 제압해 버리며, 어느 정도 수풀을 헤쳐 지나가다 파헤쳐진 진흙 구덩이를 지나, 우린 조그만 공터에 도착했다. 검은 로브를 뒤집어쓴 인형 다섯이 땅에 널브러져 있었다. 필시 유저들이 만들어놓은 함정이리라. 세상에 이런 인형이 유저인 줄 알고 기습하다 당하는 바보 같은 유저가 있으려고. 주위에 매복해 있는 유저도 없고, 이미 누군가 지나갔던 흔적이 있었다. 얼마 지나진 않은 것 같은데.

카이드가 땅에 떨어진 단검 세 자루를 쥐어 들었다.

“이거… 누군가 떨어뜨린 거군.”

“어? 이리 줘봐.”

이건 내가 호신용으로 쓰라고 세희에게 사줬던 그거다. 이곳에 세희가 지나갔던 건가? 하지만 주위에 세희의 모습은 어디에도 보이지 않는다. 설마, 먼저 당한 건가?

“머, 먼저당했을지도…….”

“불길한 소리하지 마요.”

무턱대고 그런 소릴 내뱉은 래퍼를 살기등등하게 쏘아본 나는 주변을 세세하게 살폈다. 주위는 온통 수풀과 넝쿨로 둘러싸여 있었다. 대체 어디로 간 거야, 얘가? 그냥 로그아웃해서 물어볼까? 어차피 한 집에 사니 어려울 건 없다.

“가만, 저쪽 수풀이 파헤쳐져 있군.”

“……?”

카이드가 동남쪽으로 손가락을 찌르며 수풀 쪽으로 다가갔다. 그곳은 칼로 파헤친 것같이 수풀이 마구 어질러져 있었다. 그리고 그곳을 시작으로 누군가 수풀 사이를 지나가려 칼로 깎은 듯한 길이 터져 있었다. 그리 많은 숫자는 아니고 3~5명 정도가 이 길을 지나간 것 같은 흔적이다. 이곳인가, 세희가 지나간 곳이? 이곳 말고 사람이 지나간 흔적은 보이지 않았기에 나는 이곳으로 세희가 지나갔다고 단정 지었다.

나는 지체없이 수풀로 뛰어들었다.

“이봐, 잠시만 기다려.”

“좀쉬었다가…….”

누가 나 따라오랬니. 올 테면 오고 말 테면 말지! 내가 간다, 세희야! 내가 곧 악의 손(?)에서 구해줄게!

"으야아아아앗! …어라?"

수풀이 터진 길은 몇 미터도 가지 않아 끝나며 또 다른 공터가 나타났다. 아까보다 약간 더 넓은 공터엔 땅 여기저기 핏자국이 얼룩져 있고 네 사람이 자리에 있었다. 진흙이 옷에 말라붙어 더러움투성이의 세 명과 처음 보는 한 남자다. 넷이 모두 날 뚫어지게 쳐다보니 이리도 머쓱할 수가.

나는 그중에서 세희를 찾을 수 있었다. 오오~ 아무리 진흙으로 더럽혀져 있어도 그 아름다운 미모는 전혀 퇴색되지 않는구나.

나와 세희는 거의 동시에 서로의 닉네임을 외쳤다.

"실리야!"

"듀라야!"

난 사실 실리를 좀 더 어렵게 찾을 줄 알았다. 마왕의 손에 잡힌 공주를 구하듯이 좀 더 박진감 넘치게. 동료들이 몬스터들의 손에 차례로 죽어가고 점점 강력한 몬스터와 맞짱을 떠 강해지며, 한 5일 후쯤에 겨우 세희를 찾았다가 세희는 마왕의 손에서 날 구하려다 죽고 마는 비극적인 스토리… 아니지, 주인공은 죽어도 히로인은 죽을 수 없다. 마왕 몬스터를 죽이고 세희를 어렵게 찾았지만 세희가 마왕의 손에 잡혀 너무 곤욕을 치른 나머지 날 못 알아보는 걸로 하자. 그러다가 내가 세희의 기억을 천천히 되살리고 죽은 줄로만 알았던 마왕의 제1수하에게 세희를 지키려다 내가 죽임을 당하는… 오오! 감동적이다! 이 스토리가 좋겠군(이게 무슨 소리야?).

한창 때에 맞지 않은 스토리 구성에 열을 올릴 때, 세희가 로브 속주머니에서 뭔가 치렁치렁한 걸 꺼냈다. 은빛 목걸이를 양팔에 장신구처럼 걸치고 브이 자를 그리는 세희.

"듀라야, 이거 퀘스트 목걸이야! 자그마치 2백 개나 된다구! 이미 우리 파티는 퀘스트 클리어 완료!"

"어, 축하해."

"…안 놀라네."

가만. 나는 세희가 방금 한 말을 다시 곱씹다가 엄청나게 쇼크받았다.

"뭐? 클리어?! 아니, 이것을 언제 이렇게 많이 모은 거야!! 우리가 지금까지 한 게 뭐 있다고? 유저 여섯 명하고 맞짱 뜨고 도망치다가 몬스터 만나고, 카이드하고 또 맞짱 뜨고서 또 몬스터 떼하고 싸운 거밖에 없는데."

"그 정도면 많이 한 것 같은데……."

설마 세희가 이걸 전부 모은 건 아니겠지? 어떻게 2백 개나 되는 목걸일 이렇게 빠른 시간 내에 모았을 수가 있겠어? 나와 세희가 헤어진 지 겨우 한두 시간밖에 안 된 걸로 아는데, 그 시간 내에 유저 2백을 모두 상대했다는 말은 생거짓말이다.

"내가 모은 건 아니고 저쪽 분이 도움을 주셨어."

세희가 가리킨 쪽에는 전에 보았던 두 남매와 처음 보는 유저가 한 명 있었다. 나와 비슷한 키에 적당하게 다져진 몸매, 지극히 평범한 얼굴은 무뚝뚝한 표정으로 굳어 있고, 무뚝뚝과 어울리는 검은 닌자 복장을 한 사내다. 손에는 매우 볼품없지만 붉은 피가 뚝뚝 흘러내리는 검이 한 자루 쥐어져 있는데, 뭔가… 다가가기 약간 힘든 분위기가 느껴진다. 음~ 강렬한 포스?

"우리 파티가 위험에 처해 있을 때 구해주셨어. 그때 저분이 포션을 안 주셨으면 나하고 이브디는 게임에서 아웃됐을 거야. 그리고 이렇게 퀘스트 목걸이도 선뜻 건네주시고. 헤헤!"

뭔지는 모르겠지만 세희가 저 사람한테 대단한 신세를 진 모양이다. 내가 상대에게 다가가기도 전에 상대가 내 앞에 섰다.

무뚝뚝한 어조로 입을 여는 그.

"반갑습니다."

하며 척 하고 손을 내민다. 굉장히 기계적이었지만 기분이 나쁘다거나 할 정도는 아니고.

"아, 네, 반갑습니다."

하며 나도 그의 손을 마주 잡았다. 굉장히 신비스런 분위기의 남자다. 나보다 다섯 살 정도 많아 보이는 외형에서 뭔가가 날 내리누른다고 해야 할까, 아니면 그냥 분위기가 그런 걸까. 아~ 어쨌든 고맙다는 인사는 해야지.

"제가 없는 동안 실리를 구해주셔서 감사합니다."

"뭘요, 위험에 처한 여자를 구하는 건 당연한 거죠."

상대는 딱 그 말만 내뱉고는 말을 끊었다. 좀 더 말을 걸어볼 생각으로 화젯거리를 떠올리려는데, 풀숲에서 카이드와 래퍼가 슬금슬금 기어 나왔다. 몬스터 체액에 범벅이 된 카이드의 손을 보니 오는 도중에 또 몬스터하고 마주쳤나 보다.

둘은 자리에 모이자 래퍼는 세희의 손에 들린 퀘스트 목걸이에, 카이드는 나와 마주 서 있는 남자에게 시선을 지그시 향했다. 혹시 적이라고 생각할지 모르기에 그들에게 일러두었다.

"여기 이분은 적이 아니니까 맞붙을 생각은 관둬."

그러자 카이드가 씨익 웃는다. 몬스터와 한차례 전투를 치르고 나자 녀석과 나는 어느새 거리낌없는 사이가 되어 있었다. 전투 중에도 간혹 저런 웃음을 짓곤 했다.

"나도 아무나 적으로 간주하고 싸우진 않지. 그보다 여자 친구 찾아서 잘됐군."

어쨌든 모두들 다시 재회하게 되었고 새 동료도 얻었으니 잘됐다. 우리는 그간의 피로를 풀고자 잠시 공터에 앉아 쉬기로 했다. 아까 그렇게 몬스터를 죽여댔으니 다시 몬스터들이 나타나려면 좀 더 있어야겠지, 생각한 것이다.

잠시 쉬고 보자 몸에서 악취가 진동했다. 으윽! 몬스터의 체액이 옷 여기저기에 묻어 꼴이 말이 아니다. 샤워라도 하고 싶다. 그런데 세희는 왜 저렇게 진흙투성이일까? 게다가 저 남매도 그렇고. 몬스터하고 너무 심하게 격전을 벌이다가 진흙 밭을 구르기라도 한 건가?

"그래서 이브디하고 리로디하고 진흙을 발랐는데…(중략)… 재잘재잘… 조잘조잘……."

세희가 그간에 있었던 일들을 나에게 말하는 사이 래퍼가 끼어들었다.

"저, 저기이번기회에 파, 파티를다시짜보는게어떨까요… 벌써두명이나당해서……."

그야 당연히 다시 짜야지. 지금 인원은 나, 세희, 카이드, 래퍼, 이브디, 리로디, 그리고 저 무뚝뚝한 미스터리 남자.

"실례지만 닉네임이 어떻게 되시는지……."

"닉네임은 아레쥬야. 이미 내 파티에 들었어."

세희가 대신 닉네임을 대답해 주었다. 지금 파티 상황을 보자면 세희의 파티와 래퍼의 파티로 나눌 수 있겠는데, 세희의 파티는 세희, 아레쥬, 이브디, 리로다. 래퍼 파티는 래퍼, 나, 카이드뿐. 모두 일곱 명이라 두 파티를 합치려면 한 명이 빠져야 할 것 같다.

"빠, 빠져야할것같네요. 누구한명이… 저, 저는파티장이니까, 그쪽에서알아서하세요."

래퍼가 먼저 패스하며 회피했다. 자기는 죽어도 못 빠지겠단 거다. 그럼 세희 파티가 이쪽으로 들어와야 하는데… 아레쥬란 사내는 이미 세희를 한 번 위기에서 구해준 적이 있고, 퀘스트 목걸이까지 맡겼으니기각. 그리고 저 남매 둘은 세희에게 굉장한 신뢰를 받고 있는 것 같고. 저쪽에선 어느 누구 하나 빠지기 힘든 상황이다.

모두 곤란해하고 있자 래퍼가 눈치를 살폈다.

"저, 남매중하나가 빠지면되, 되겠네요."

남매 중 하나를 내보내라는 거다. 전에도 그랬는데 또 그런다. 하지만 남매가 쉽게 떨어지려 할까? 이브디, 리로디 남매가 래퍼를 굉장히 싫은 눈빛으로 쳐다보았다. 경멸, 불신, 재수 옴 붙었다는 눈빛도 함께. 그것은 세희도 마찬가지였다.

"그건 안 돼요. 내가 절대 용납 못해요."

세희가 꽤 고집스럽게 나왔다. 잠깐 들어봤는데, 파티를 이루고서 저들과는 꽤 친해졌다고 한다. 세희하고 금세 친해진 거 보니 셋의 성격이 그럭저럭 비슷한 듯?

래퍼가 아레쥬 쪽을 향했다.

"그럼아, 아레쥬님쪽이 나가야겠네."

"그것도 안 돼요! 아레쥬님을 내보낸다면 차라리 파티를 안 합치겠어요!"

"그럼어쩌라구요. 치힛! 실리님이나가실건가요?"

"저요? 그건……."

실리를 파티에서 내보낸다는 건 내가 더 용납 못할 일이다. 듣자듣자 하니 저 래퍼 녀석 너무하네!

나뿐 아니라 남매 둘도 반대하고 나섰다. 저 프리스트 패밀리 위력이 정말 굉장하다.

"그래도어쩔수 없죠. 프리스트중에 한명… 한명이나갈수밖에."

"저흰 결사 반대예요. 우리 파티는 단 한 명도 해체할 수 없어요."

"맞아요! 절대 떨어지지 않아요!"

나는 결사 반대를 외치는 세희와 두 남매를 가로막았다. 이대로 가다간 주먹 싸움까지 날 판으로, 굉장히 흥분 상태다. 게다가 이렇게 싸워봤자 시간만 소모될 뿐이다. 조금 있으면 저녁인데, 어두워지기 전에 해결책을 찾아야 했다.

한번 냉정하게 생각해 보자.

"지금 문제는 한 명만 빼버리면 끝나는 문제입니다. 그럼 파티에서 가장 도움 안 되는 녀석을 빼는 게 가장 효과적이지 않을까요? 가장 신용 못 받고 도움 안 되는 유저는 과연 누굴까요? 냉정하게 생각해 봅시다."

"그러니까프리스트중에서 한명을……."

"래퍼 씨, 지금 프리스트 세 명을 지지하는 사람은 나와 아레쥬 씨로 이 자리에 두 명이나 됩니다. 그러므로 세희의 파티는 모두 다섯 명의 인원이 찬성하는 입장이고, 프리스트 다음으로 가장 쓸모없는 인간이 과연 누굴지를 생각해 봐야 합니다. 프리스트를 제외하고 가장 싸움 못하는 사람?"

아무도 손을 드는 이가 없었다. 내 실력이야 두말하면 잔소리고, 나와 호각을 이루는 카이드는 세 말하면 잡소리. 날 애먹게 했던, 무시무시한 몬스터를 단 일 격에 제압했다던 아레쥬란 사람은 네 말하면 개소리라 할 실력일 것이다.

그렇다면 래퍼는? 저 자식은 왜 손을 안 들지?

"최전선에서 싸우는 동료를 뒤로하며 동료가 죽어가는데도 포션 하나 내주지 않던, 그런 한심한 인간은 이 자리에 없는 건가?"

나와 카이드는 래퍼에게 시선을 향했다. 하지만 래퍼는 전혀 당황하는 기색을 보이지 않았다.

"그, 그런것쯤은 아무래도좋잖아요. 나는파티의리던데!"

"리더? 하지만 이 자리에 리더는 당신뿐이 아닌데? 실리도 리던데?"

"그래도파티는나한테맞어야… 아무래도 내가 실리님보단 리더 자리가 어울리는……."

어느새 나도 입에서 반말이 나갔다. 결국 저 녀석에 대한 나의 인내심도 바닥을 드러낸 것이다. 지금 상황을 전혀 이해 못하고 있군, 저 녀석은. 이미 목걸이는 2백 개나 모인 상태다. 저 녀석이 리더라고 전혀 아쉬울 것은 없다.

결국 ○○, ××, ○●● 같은 쌍소리보다 더한 욕을 나는 녀석에게 내뱉고 말았다.

"너 국회의원이냐? 나라가 기울어가는데 국회의원은 지 혼자 잘났다며 국민들 등쳐 먹고 떵떵거리는 꼴 아니야? 아~ 아니지, 국회의원이 너보다 쬐끔 더 낫다. 그래도 의당에서 싸움질은 좀 하니까. 국회의원들이 태권도, 합기도 공인 4단 이상이라잖아. 아~ 어쩌다 이야기가 이렇게 샜는지 모르겠는데, 계속 너 혼자 리더를 자처한다면… 잘됐네."

나는 파티 그룹 창을 띄워 파티 탈퇴를 신청했다. 파티에서 탈퇴하겠느냐란 문구가 뜨자 'Yes' 버튼을 눌렀고, '파티에서 탈퇴되었습니다' 라는 문구가 허공에 잠시 떴다가 사라지는 것으로 나는 래퍼 파티에서 탈퇴가 성립되었다.

"이게무슨……."

래퍼가 굉장히 당황하며 날 말렸지만 난 냉정하게 그를 모르는 척했다.

"카이드님까지?"

카이드도 그새 파티 탈퇴를 했나? 슬쩍 그와 눈을 마주치자 카이드가 어깨를 으쓱이며 세희에게 물었다.

"파티 비밀번호는?"

"아, 저… 13579예요."

세희가 부른 비밀번호를 파티 창에 표시하자 세희의 파티에 참여가 성립되었다. 이로써 나와 카이드까지 여섯 명 완료. 혼자 남겨진 래퍼는 잠시 멍하게 있다가 어이없다는 투로 내뱉었다.

"하! 정말, 차! 어떻게이런……."

"뭐, 어때? 너도 이렇게 유저들을 버리지 않았냐? 당해보니 기분 나쁘지?"

"……."

"어서 사라지지 않으면 우리 파티가 네 돼지 같은 목에 걸린 목걸이를 싹둑 잘라갈지 몰라. 썩 꺼져라!"

"……."

래퍼는 아무 말 못하고 잽싸게 뒤돌아 도망쳤다. 자식, 꼴 좋다. 남은 앞에서 죽어라 싸우는데 뒤에서 숨어 있는 꼴 보고 얼마나 패버리고 싶었는데. 가다가 몬스터들한테 죽어버려라, 그냥. 저런 놈과 같은 파티를 하는 게 영~ 맘에 안 들었어.

래퍼가 수풀 속으로 사라진 자리를 향하며 세희가 걱정스런 눈길을 보냈다.

"하지만 괜찮을까? 위험할 텐데."

"아니, 실리! 너 지금 저런 녀석을 동정하는 거야?"

"그치만……."

동정할 녀석이 따로 있지, 저놈은 완전 자기밖에 모르는 이기주의자라구. 나보다 더 극심한.

래퍼가 사라지고 나자 이브디, 리로디 남매가 한마디씩 했다.

"정말 저런 사람은 혼쭐이 나봐야 해요. 정말 잘됐어. 두 번 다시 보기 싫어."

"다음번에 만나면 엉덩이가 부르틀 정도로 발로 걷어차 줄 테다! 에잇! 인정머리라곤 눈곱만큼도 없는 녀석!"

쌓인 게 많았나 보군, 저 남매는.

"주제도 모르고 우리 누나한테 찝쩍대고, 뒤에서 큰소리 떵떵 치며, 정작 몬스터 무리한텐 다가가지도 못하는 게! 정말 잘하셨어요, 마듀라 형!"

"혀엉?"

웬 형? 난 너 같은 동생 둔 적 없는데? 나는 외아들이라구.

"헤헤! 그렇게 불러도 괜찮죠? 실리 누나가 마듀라 형 만나면 형이라 부르랬어요."

"…뭐, 세희가 그랬다면 나도 뭐, 특별히… 거시기한 건 없고 상관은 없는데……."

리로디가 내 남동생이면 이브디는 내 여동생이 되는 것이 아닌가?

남동생보단 성숙한 여동생이 역시 낫지. 희은이 같은 꼬맹이만 아니라면 환영이다. 일본 애니메이션에서 보면 딱 저런 또래의 애들이 '오니상~' 하며 얼마나 귀엽게 구는지 몰라.

나 혼자 좋아 해죽거리는 때 옆에 있던 카이드가 입을 열었다.

"이제 어디로 갈 거냐? 보니까 목걸이는 다 회수한 것 같으니 더 이상 퀘스트 목걸이를 모으는 건 무의미하다."

나는 세희 쪽을 돌아보았고, 세희가 카이드의 말에 금세 답했다.

"저도 그런 생각 해봤어요. 이대로 퀘스트를 끝내긴 뭔가 아쉽고, 때문에 이번 퀘스트 목걸이를 회수한 다음에 또 퀘스트에 도전할까 해요."

"또?"

난 왠지 벌써 질렸는걸. 세희는 그 수백 마리의 몬스터들과 뒹굴어 보지 않아서 모르는 모양이구나.

질렸다는 뜻이 담긴 내 말투를 눈치 챘는지 세희가 고개를 갸웃했다.

"왜? 싫어?"

"아, 아니, 그건 아니고, 그게……."

그렇다고 '싫어' 라고 말해 버리면 '실망이야!' 라고 할 게 분명하기에 나는 대충 둘러대며 속으로 눈물을 삼켰다. 크윽!

"자, 그럼 그렇게 정해졌으니 내일을 기약해야겠군. 내일 몇 시쯤에 모이기로 할까?"

"에? 벌써 가게?"

"그럼 계속 있나? 곧 밤이 되면 몬스터들의 리셋 포인트가 늘어나면서 더 포악해져. 밤은 이 퀘스트 존에서 위험해. 피하는 게 좋아."

그런가? 그럼 오늘은 일찍 로그아웃해야겠다. 아까보다 더 포악한 몬스터들이 줄지어 나타난다면 나도 손쓸 도리가 없다네~

"그럼 오늘은 일찍 자야겠네."

세희의 약간 아쉽다는 표정을 뒤로하며 우리는 내일 몇 시에 접속할지 의논했다. 내일 학교 끝나고 바로 5시로 정했는데, 모두들 괜찮다는 눈치였다. 만약 그 시간에 못 올 수 있을지 모르므로 전화번호까지 받고서 우리는 로그아웃했다.

*   *   *

숲의 밤은 빨리 찾아온다. 몬스터들의 울음소리가 숲 안을 길게 메아리칠 때쯤, 약간 어두컴컴한 밤하늘이 숲의 한 공터를 비추고 있다. 마듀라와 실리, 리로디, 이브디가 모두 로그아웃하고 나자 남아 있는 것은 둘뿐.

카이드는 아레쥬의 앞에서 나뭇등걸을 기대고 앉아 있었다. 매우 지친 듯한 모습으로.

"우연인걸? 설마 에실리스 쪽과 마주치다니 말이야."

"나도 마찬가지. 마듀라와 에실리스가 설마 퀘스트에 참가할 줄은 몰랐다."

아레쥬는 묵묵하게 응답했다. 마치 전부터 알고 있었던 사이인 듯한 말투다. 하지만 그냥 아는 사이일 뿐 그 이상의 기색은 보이지 않았다. 친하지도, 안 친하지도 않은 그냥 동료 사이.

카이드가 다시 말했다.

"그 녀석, 재밌어. 마듀라 말이야."

그의 얘기가 나오자 입가에 씨익 미소를 걸치는 그. 뭔가 굉장한 흥미거리를 찾은 표정으로 허공을 응시한다. 꽤 개구쟁이 같은 미소다.

"마스터 무기를 수선할 때까지라던가? 그때까지 지루하진 않겠어."

"즐거워 보이는군. 이 게임에 정이라도 들었나?"

아레쥬가 묵직한 어투로 내뱉었다. 평소답지 않게 그가 먼저 말을 거는 것이 낯설게 느껴지는 카이드다.

"뭐, 그냥 할 만하니까."

"즐거워?"

"아니, 전혀 즐겁진 않은 개떡 같은 게임이지."

할 만하지만 즐겁진 않다. 이미 모든 유저들은 마약인 양 이 가상 현실에 접속한다. 즐겁진 않지만 하고 싶으니까. 오로지 레벨 순과 전투력 순으로 나뉘어지는 사람들의 사회 의식을 좀먹는 이따위 게임…….

"곧 없어질 날도 머지않았다. 이 게임에 종지부를 찍는 것도. 그리고…….""

"그리고? 흐흥~"

아레쥬의 말을 카이드가 코웃음 치며 받는다. 무뚝뚝하게 허공을 향하던 아레쥬의 눈빛이 카이드를 향하여 날카롭게 빛났다.

"우리는 곧 마듀라의 적이 된다."

제3장 공략

5일 후 알케 씨의 연구실.

퀘스트를 끝마치고 시간은 흐르고 흘렀다. 리로디, 이브디 남매와 눈물겨운 작별을 고하고 카이드와 아레쥬와도 기약없는 작별을 한 후다. 뭐, 그렇게 헤어졌다고는 하나 리로디하고 이브디와는 매일 전화 통화로 수다를 주고받는 세희였다. 이번 달 전화세 만만치 않을 것 같은데 걱정이군.

퀘스트는 무사히 마쳐 클리어 아이템도 고이 받았고 퀘스트 후, 그 사이에 별 특별할 만한 일들은 일어나지 않았다. 알케 씨의 무기 만드는 작업은 순조롭게 진행되어 드디어 오늘, 무기를 받는 일주일째 되는 날이 되었다.

세희는 무기가 어떻게 생겼을지에 대한 기대로 학교에서부터 굉장히 들떠 있는 모습이다.

"퀘스트에서 얻은 무기도 장비하고 마스터 무기까지 업그레이드되었다면 힘이 무지하게 세졌겠다. 그치?"

음~ 이론적으론 생각해 보면 세희의 말처럼 되겠지만 실제 전투에서는 얼마만큼 무기를 잘 활용하는지에 승패가 달려 있다. 무기가 아무리 좋아봐야 뭐 하니. 그 무기를 다루지 못하면 되려 자신이 당하고 마는데. 무기를 얼마만큼 효율적으로 쓰고 상대를 제압하느냐가 전투의 핵심인 것이다.

세희와 내가 떠들썩하게 떠드는 도중 연구실 벽면 커튼을 걷고 알케씨가 나왔다. 온유한 미소로 우리를 반기는 그.

"일찍들 오셨군요. 학교가 일찍 끝났나 봅니다?"

"네, 안녕하십니까."

"안녕하세요."

"오늘이 무기를 돌려드릴 날이군요. 무기는 다 완성되었습니다. 소환해 보시죠."

별 군말 없이 곧장 무기를 소환해 보란다. 과연 업그레이드된 무기는 어떤 모양일지. 두근두근!

나는 세희와 가벼운 눈 사인을 주고받은 뒤 나부터 마스터 무기를 소환했다.

힘있고 박력있게!

"소환주의 명에 따라 나타나라, 마갑 알트레탈리!"

오오! 얼마 만에 외쳐 보는 거란 말이냐?

"……"

"……"

……근데 왜 아무 반응이 없지?

몸 이곳저곳을 둘러보았지만 마스터 무기는커녕 그 어떤 것도 발견할 수 없었다. 이게 뭐야?

알케 씨가 깜짝 놀라며 아차 했다.

"아차! 깜박했군요! 무기의 이름을 바꿨다는 걸 말 안 했네요. 하하핫!"

무기의 이름을 바꾸다니? 크으! 대체 어떻게 바꿨길래?

"업그레이드된 마스터 무기의 이름은 '안테멜도' 입니다. 모양까지 새로이 바뀌었는데 이름이 같으면 좀 그렇잖습니까?"

"뭐, 어감은 괜찮네요. 무슨 뜻입니까?"

"뜻은 없습니다."

있을 리가 없지. 대부분의 아이템 명칭을 보면 뜻이 있는 게 없으니까. 작명 센스 정말 꽝이다.

"소환주의 명에 따라 나타나라, 마갑 안테멜도."

외치자마자 양손에 푸른 스파크가 팍— 하고 튀었다. 손을 감싸는 푸른 빛무리와 그와 함께 연속적으로 번뜩이는 핏줄기 같은 푸른 전기. 하지만 팔에 아무 이상은 없었다.

얼마 지나지 않아 그것들이 완전히 사라지자마자 검은색의 손목 건틀렛이 손에 씌워졌다. 평소의 소환과는 다른 그 모습에 잠시 어안이 벙벙해 있던 나는 손에 씌워진 건틀렛을 보며 비로소 정신을 차렸다. 이게 마스터 무기?

"디자인은 세련되었군요. 위력은 어떻습니까?"

"후후! 직접 확인하시죠."

허허! 자기가 만들어놓고 자신이 있는 듯? 나는 새로운 마스터 무기의 능력이 어느 정도인지 검광진을 띄워보기로 했다. 지금의 나는 마스터 무기 없이 20구의 검광진을 띄울 수 있다. 이 안테멜도의 힘이 합쳐지면 어느 정도까지 나갈지…….

초반부터 있는 힘껏 검기를 끌어올리자 검광진이 공간 안에 무수히 떠올랐다. 꽤 많다. 50구? 정확히는 51구다. 여기서 실리스의 에르기아까지 펼치면 70구도 문제없을 것 같은데. 내 전투력이 5천이 약간 넘는 정도니까, 만약 시린터 정도의 전투력이라면… 으음~ 검광진 백구도 문제없지 않을까?

"이거 장난이 아닌데요? 이 정도면 카도라스는 정복하고도 남을 듯?"

"아직 이 정도로 만족하시면 안 되지요. 이번엔 실리 씨의 무기를 볼까요? 실리 씨의 무기도 이름을 바꿨습니다. 이름은 시루미아엘. 더 세련되었지요?"

세희는 고개를 끄덕이곤 마스터 무기를 불렀다.

"소환주의 명에 따라 나타나라, 성검 시루미아엘."

세희의 앞쪽 공간에 스파크가 튀며 시루미아엘의 그립이 빛무리에 휩싸여 서서히 모습을 드러냈다. 시루미아엘의 그립은 하얀색이었는데 길이만 30㎝는 되었다. 이어서 그녀가 그립을 쥐고 신력을 주입시키자 투명한 색의 검날이 피어올랐다. 마치 공간의 왜곡을 보는 것 같은 거울 검. 그런데 검이 아니라 칼끝이 약간 휘어진 도(刀)네?

"아무래도 찌르기보단 베기가 더 쉬울 것 같아서 그렇게 만들었습니다. 괜찮죠?"

"아, 잘됐네요. 제가 공격하는 방식은 찌르기가 아니라 대부분 베기거든요."

"앗! 그렇습니까? 염려했었는데 다행입니다."

세희는 몇 번 시루미아엘을 휘둘러 보곤 다시 돌려보냈다. 이로써 무기에 대해선 누구도 따라올 수 없을 정도로 상승한 우리였다. 마듀라, 세희 패밀리 앞을 그 누가 가로막으리!

"이제 무기도 완성되었겠다, 두 분은 어디로 가실 생각입니까?"

"마티리와 기딘을 찾으러 갈 생각입니다."

"그렇습니까? 부디 뜻한 바 이루시고 몸 조심히 즐거운 게임하시길."

"그동안 감사했습니다, 알케 씨."

"별로 한 것도 없는데 감사는요, 뭘. 마듀라 씨, 실리 씨, 다음에 다시 뵙게 될 그때도 이렇게 웃을 수 있었으면 좋겠습니다."

하하! 이 아저씨가 당연하신 말씀을!

"물론 웃으며 만나야죠. 우린 친구 아닙니까?"

"친구라… 친구 좋지요."

나는 말끝을 흐리는 알케 씨에게 문득 생각난 걸 물었다.

"아차! 깜박할 뻔했는데요, 수선 값하고 업그레이드 값은 얼마나 됩니까?"

그러자 알케 씨가 웃으며 손을 저었다.

"원래 돈을 목적으로 했던 건 아닙니다. 그냥 가세요."

그냥 가라니… 그래도 자신의 능력으로 만든 건데. 정말 필요없나?

"정말인가요? 나중에 말 바꾸기 없습니다? 그럼 안녕히……."

"안녕히 가십시오."

나는 알케 씨의 마음이 바뀌기 전에 얼른 세희와 함께 막강이로 텔레포트했다. 아싸! 돈 굳었네.

"좋은 분이었는데."

"응. 그랬지."

돈도 받지 않겠다고 하고 꽤 이용해 먹을 가치가 충분한 분이었는데. 다음엔 더 굉장한 무기를 만들어달라고 부탁해 볼까?

막강이를 타고 바닷바람을 맞으며 기던으로 향하던 중 우리는 아주 잠깐 알케 씨에 대한 생각을 하다가 곧 현실을 직시했다. 이제 마티리, 기던을 공략해야 하는 것이다.

아무리 마스터 무기를 업그레이드하고 퀘스트 존에서 굴러먹던 덕에 스킬 없이 싸움을 하는 실전에 익숙해졌다지만, 전투력의 차이는 어쩔 수 없다. 나와 세희가 협동하여 6검 NPC 하나 이길까 말까 한 상황에 그것들을 두 마리나 상대해야 하다니…….

"웬만한 지략이 없으면 불가능하겠어. 그리고 이것도……."

나는 최준 형이 준 수정 목걸이를 품속에서 꺼냈다. 싸우면 싸울수록 전투력을 배로 상승시켜 준다는 유니크 아이템. 과연 이것이 전투에서 얼마나 효력을 발휘할지 의문이다.

하지만! 설사 전투 도중 위험에 처한다 해도 세희만은 반드시 지키리라! 절대 아웃당하게 만들지 않겠어. 얼마나 노력해서 지금의 경지까지 이르렀는데.

세희의 머리카락을 살며시 쓸어 넘기자,

"부러워 미치겠구만. 솔로 물 먹이는 거냐?"

"……?!"

최준 형의 목소리가 들리자마자 나와 세희는 깜짝 놀라 뒤를 돌아보았다. 필요할 땐 나타나지도 않으면서 분위기는 절묘하게 깨요!

"또 뭐야?"

말투가 퉁명스럽게 나갔지만 최준 형은 별 신경 쓰지 않는다는 듯이 태연하게 담배를 꺼냈다.

"너희들 기딘으로 가는 길이지?"

"몰라서 물어?"

"알고 물어봤다. 그나저나 기딘에 마티리의 6검도 함께 있다는 거 알고 있냐?"

"알아. 그거 찾으러 가는 길 아니야."

"너희들이 6검을 상대할 수 있다고 생각해? 괜히 피 보지 말고 길드에게 부탁해 보는 게 어때? 막강 길드 말이다."

"됐수! 걱정 따윈."

으으! 저 인간 말하는 게 원래 저랬나? 우릴 부정적으로 보는 게 영~ 기분이 나쁘다. 두고 봐라. 좀만 더 강해지면 저 형부터 박살 낼 테니까! 최준 형 다음엔 시란터닷!

이를 바득바득 갈며 최준 형에게 적의를 드러냈지만 형은 가볍게 무시하며 자기 할 말만 우리에게 전했다.

"오늘 오전에 그렌터의 6검이 일본 유저의 손에 넘어갔다."

"……."

그 강하디강하다는 6검 정령이 일본 유저에게 무너졌단 말씀?

"6검 정령이 너무 약한 거 아냐?"

"아니, 6검 정령은 확실히 강하다. 하지만 유저가 더 강했어. 혹시 메킨저 키스라고 들어봤냐?"

"메킨저 키스?"

프렌치 키스, 버드 키스, 슬라이딩 키스, 인사이드 키스 등등… 은 들어봤지만 메킨저 키스는 처음 들어본다. 참고로 나는 이들 중 하나도 세희와 해보지 못했다. 흑흑!

최준 형의 설명이 이어졌다.

"역시 모르는 모양이군. 메킨저 키스는 현 일본 유저 중 고스티스터 다음으로 강하다는 자다. 알려지긴 그렇게 알려졌지만 사실 카도라스 랭킹 1위라고 해도 과언은 아니지. 그렌터의 6검 정령을 해치운 게 바로 그 녀석이다. 단 1시간 23분 45초 33만에 끝장을 내버렸지."

"……."

그거 계산 정확한 걸까?

"만약 메킨저 키스를 만나거들랑 무조건 튀어라. 지금의 너와 실리가 힘을 합친다 한들 저어어얼~때로! 이길 수 없는 상대니까."

아주 대놓고 무시를 해라. 메킨저 키스가 어떤 녀석인지는 모르겠지만 잡히면 죽도록 패주지!

"그리고 경고차 말하지만, 괜히 6검 정령 건드렸다가 피 보지 마라. 아니, 건드리기도 전에 먼저 찾아올 수도 있겠군. 차라리 기딘에 가지 않는 게 좋을지도……."

"……?"

*　　　　*　　　　*

……?! 뭐지?

어두운 공간 안에 가느다란 전음이 울려 퍼진다. 빛 샐 틈 없는 그 공간에서 한줄기 음파라도 퍼지는 것은 불가능했지만, 상대의 뇌 속으로 자신의 의사를 전달하는 전음(傳音)으로는 상대방에게 자신의 목소리를 전하는 것이 가능했다.

그 전음이 흘러나오고 얼마 지나지 않아 약간 굵직한 전음이 응답했다.

"동족의 기운이다. 이미 유저에게 당한 것 같지만. 둘이나 감지된 걸로 봐서 상대는 상당한 실력자인 듯?"

"하나도 아닌 둘이라……."

자기 동족을 두 명이나 해치운 유저가 있단 말이지? 그렇다면 정말 엄청난 실력자일 수도.

"아무래도 가봐야겠지? 동족을 유저들의 손에 그냥 둘 순 없지 않은가."

"그렇지. 이곳에서 그리 멀리 떨어지지 않은 곳에 있다."

"당장 출발하지."

가느다란 전음을 끝으로 그들의 몸을 덮고 있는 사막 모래가 부풀어 올랐다. 이윽고 작고 큰 모래 알갱이들이 하늘 높이 분출되며 사방으로 튀었다. 멀쩡하던 모래사막이 잠시 기괴한 폭발을 일으켰지만, 곧 잠잠해지며 사내 두 명이 공중에 나타났다. 한 명은 연두색 머리카락의 사내, 또 한 명은 검은색 머리카락의 사내다.

그들 중 연두색 머리카락의 사내가 특유의 가느다란 미성으로 입을 열었다.

"동쪽, 유저들의 마을이로군."

＊　　　＊　　　＊

3시간의 항해 끝에 카밀리베아 군도의 다섯 번째 섬 기단에 도착할 수 있었다. 기단은 사방이 온통 사막 지대인 곳이다. 게임인지라 그 열기는 피부로 직접 느낄 수 없지만 아마 더위를 느낄 수 있다면 지금쯤 초주검일 것이다. 나나 세희나 더위는 못 참으니까.

우리는 기딘 마을을 향해 배의 선미를 향했다. 기딘 섬 중앙엔 아주 작은 마을이 하나 있는데 이건 운영자들이 만든 것이 아니라 일본 유저들이 직접 만든 것이란다. 나무 몇 개 잘라 성의없이 울타리 세워놓은 곳이 마을이라니. 제대로 세운 건물은 달랑 열 채가 전부다.

게다가 유저들이 만든 마을인지라 마을에 NPC가 없다. 때문에 이곳에서 물건을 사고 파는 것은 상인 클래스의 유저들이다. 언급을 안 했는데 카도라스엔 상인 클래스가 존재한다. 하지만 그 도박성이 너무 짙기 때문에 그리 선호하는 편은 아니다. 성공하면 떼부자 되는 거고 실패하면 쪽박 차는 거니까. 최준 형의 1차 클래스 마스터가 상인이었는데.

기딘 마을을 이리저리 돌아다니는 중,

"어이~ 거기 잘 어울리는 커플 둘! 여기 너희를 위한 커플링이 준비되어 있어! 보고 가! 싸게 해줄게!"

"콜라 맛 나는 포션이 있어요! 효과 직빵! 사이다 유사품에 주의하세요!"

"사이다 포션이 있어요! 콜라 유사품에 주의하세요!"

"같이 지하 사막 던전 갈 사람, 파티 붙으세요!"

"……."

정말 시끄러운 마을이 아닐 수 없다. 마을의 규모는 그리 크지 않은데 사람들이 너무 떠든다. 대부분 일본 유저들인 것 같은데.

그 소란 속에서 세희가 내 귀에 입을 가져와 큰 소리로 물었다.

"듀라야, 그런데 무슨 수로 6검 정령을 찾지?"

마티리에서 물었던 대사에서 조금 바뀐 것뿐 뜻은 그대로다. 물론 이곳까지 오는 3시간 동안 나도 놀고 있지만은 않았다. 많이 생각해 봤는데, 역시 사람들한테 수소문해서 알 수밖에 없다는 결론에 도달했다.

"내가 사람들한테 물어볼게."

나는 마침 근처를 지나가는 유저에게 말을 걸었다.

"실례합니다. 6검……."

"흐이엑!"

순간 6검이란 말이 나오자마자 근방 5m 거리에 있던 사람들이 제각기 헛숨을 들이키며 나와 세희에게서 떨어졌다. 순간 반사력 100점 만점. 이, 이건 뭐 하는 짓이라니? 그들의 반응에 나와 세희는 황당함을 금하지 아니 할 수 없었다. 단체로 쌩쑈를 하는 건가?

"왜 그러십니까? 6검 정령이 어디 사는지 물으려는 것뿐인데."

나는 내가 말을 건 그 사내에게 한 발자국 다가갔다. 왜 이렇게 떨어?

"6, 6검 정령을 사냥하려는 분들입니까?"

"네, 그렇습니다만. 혹시 6검 정령의 위치를 알고 계십니까?"

"저, 전! 몰라요! 그보다……."

"……?"

그가 떨리는 손가락으로 내 어깨 너머를 가리켰다. 두려움에 떠는 표정이 그리 고와 보이지 않았다. 하지만 그것은 그 사내뿐만이 아니었다. 자리에 있는 사람들 모두 내 뒤를 주시하고 있었는데, 문득 스치는 불안감에 뒤를 돌아보자 웬 굵직한 사내가 내 뒤에 서 있는 것을 발견할 수 있었다.

키는 나보다 약간 작고 각진 이목구비에 머리털 하나 없는 삭발의 남자.

"어이~ 6검 정령 사냥꾼이랬나?"

상대가 먼저 물었다. 입 모양과 말투로 보건대 일본 유저가 틀림없
었다. 억양이 어설프다.

나는 고개를 끄덕이며 되물었다.

"그쪽 분은 아시나 보군요, 6검 정령의 위치를?"

"물론!"

"그럼 좀 물었으면 합니다만?"

"후후!"

그가 기분 나쁘게 웃자 그의 뒤에 있는 열 명가량의 사내들도 따라
서 기분 나쁘게 웃었다. 사람을 앞에 세워놓고 이게 무슨 비매너 짓거
리란 말이냐?

나에게 말을 걸었던 삭발사내가 허리춤의 검을 뽑았다.

"어디, 4길드 간부 앞에서 그딴 소리 지껄일 수 있는 게 어디까지인
지 보자!"

"……?!"

나는 황급히 검기막을 형성시켰고 사내의 검이 내 검기막을 세차게
때렸다. 마찰로 인한 불꽃이 공사장의 납땜 불꽃처럼 터졌다. 이거, 상
대가 먼저 공격한 거 맞지? 누구 앞에서 폭력질이야?

"이게 무슨 짓이야?"

"길드를 제외한 타 유저는 이벤트에 방해만 될 터! 순순히 아웃하시
지."

그의 뒤를 이어 몇 명의 사내들이 나와 세희에게 달려들었다. 그리
곤 내 검기막을 마구 때렸다. 죽을 때까지 쳐봐라, 이게 깨지나.

"야! 그거 하나 못 묻는단 말이냐? 그래서 너희 일본 유저들이 카도라스에서 왕따당하는 거 아냐!"

"알게 뭐야. 쳐라!"

"……."

누가 그랬던가? 그래, 수십 년 전 이승복 어린이가 '난 공산당이 싫어요!' 라고 외쳤던 것처럼 나도 이렇게 외치고 싶다. '난 일본인이 싫어요!' 라고. 대체 나는 일본인과 왜 이렇게 마찰을 하는가? 전생에 내가 독립투사였고 일본인들을 향해 테러라도 했다가 일본 경찰들에게 잡혀 혹독한 고문이라도 당했었나?

난 정말 착하게 살고 싶은데 다 너희가 자초한 일인 줄 알거라. 아아~ 세상이 날 도와주지 않는구나.

"검참!"

스킬을 발동시키자마자 허공에 그어지는 수백 줄기의 반달형 빛이 자리에 있는 일본 유저들을 난도질했다. 삭발머리사내만을 제외한 나머지 열 명의 인원들이 전원 몰살.

나는 무형광검을 소환해 삭발머리사내의 목에 들이댔다.

"어디, 막강 길드 마스터 앞에서 그 따위로 개길 수 있는 게 어디까지인지 보자!"

그러자 삭발머리사내는 나의 압도적인 카리스마(?)와 살기에 눌려 뒤로 주춤주춤 물러났다. 괜히 허풍만 센 놈이었잖아?

"가서 너희들 우두머리한테 전해, 이벤트를 방해하면 모조리 아웃시켜 버린다고."

"제, 젠자앙! 두고 보자, 이 자식! 마스터한테 이를 테다!"

"일러라~ 일러라~ 일본 놈! 일본에 가서 대머리 깎아라!"

아, 맞아. 저 녀석은 이미 일본 사람인데다 머리도 없지. 희은이가
자주 이런 노래를 부르고 다녔었는데. 아~ 희은일 생각하니까 갑자기
희은이가 보고 싶다. 내가 왜 희은이를 보고 싶어할까? 언제나 말썽만
부리고 다니는 그런 악독한 계집애를.

"당근 키스 때문인가?"

"응? 당근 키스라니?"

"아? 아니야. 가자!"

세희의 질문을 황급히 얼버무리며 길을 재촉했다. 세희가 만약 내가
희은이와 당근 키스한 것을 안다면 날 어떻게 보려나? 크으! 실수다.
희은이 그 꼬맹이! 만나기만 하면 흠씬 두들겨 주겠어!

"그런데 듀라야, 6검 정령이 어디 있는지도 모르는데 어디 가는 거
야?"

"…글쎄……?"

*   *   *

"이런 제길!"

삭발사내가 뛰어간 곳은 4길드의 지부였다. 빨리 이 사실을 길드 마
스터에게 알려야 했다. 자신의 사병 열 명을 단번에 몰살시킬 유저라
니. 게다가 막강 길드의 마스터? 어쩌면 그한테 6검 정령을 빼앗길 수
있다. 시린터나 카이데스 같은 지존들까지 합세한다면 6검도 무너질
테니까. 한국 유저들을 상당히 경계하는 일본 유저들이기에 마듀라 같
은 고수급 유저의 움직임은 굉장히 민감하게 반응할 수밖에 없었다.

거친 숨을 몰아쉬며 그가 꺾어진 골목길을 지나가던 때 꺾어지는 골

목길 교차점에서 사람이 지나가는 줄 모르고 달리던 그는 누군가와 부딪치고 말았다. 체격은 둘 모두 비슷했지만 넘어진 것은 삭발사내였다.

"눈을 어디에 두는 거야?!"

삭발사내가 허리춤의 검을 뽑아 상대에게 겨눴다. 마침 마듀라한테 깨져서 화풀이할 상대가 있었으면 했는데 잘됐다!

"죽엇!"

물불 안 가리고 상대에게 달려드는 그. 그도 일본의 마스터들 중 상위에 속하는 자였다. 23대 베스트 정도 되는 실력은 아니지만 이런 애송이쯤이야.

그렇게 기고만장했는데…

"요즘엔 쓰레기가 많이 설쳐 대는군."

차악—!

중얼거린 연두색 머리카락 사내가 손을 한 번 가볍게 휘저어 삭발사내의 왼쪽 안면를 가격했다. 손바닥 마주치는 듯한 경쾌한 타격음과 함께 삭발사내의 머리가 기묘하게 일그러졌고, 달려온 반대 방향으로 힘차게 나가떨어져 건물 벽에 처박혀 버렸다. 파리를 손바닥으로 내려치는 듯한 동작만으로 마스터 유저를 벌레 죽이듯 아웃시키다니?!

연두색 머리카락 사내와 검은 머리카락 사내는 골목 모퉁이를 돌아가던 길을 재촉했다.

그런 그들의 시야에 저 멀리 마듀라와 실리의 모습이 포착되었다.

"저 녀석인가? 저 녀석한테서 느껴지는군."

"맞아. 확실하다."

소란 속에서 들리는 살기 어린 목소리에 나는 불길한 느낌을 지울 수 없었다. 공백 기간이 있긴 하지만 그래도 과거엔 싸움으로 다져진 몸으로서 전투 감각 하나는 단연코 뛰어나다 할 수 있으니 이런 불길한 느낌쯤 잡아내는 거야 쉬운 것이다. 파이터의 느낌이랄까?

누군가가 나와 세희의 앞으로 다가오는 것이 보였다.

상대는 두 명이었는데 한 명은 길게 기른 연두색 머리카락에 가느다란 눈동자, 가느다란 입술, 가느다란 몸집… 어쨌든 연두색의 가느다란 사내이고, 또 한 명은 짧게 기른 검은 머리카락, 부리부리한 눈동자의 사내였다.

일반 유저와 다름없는데 느껴지는 분위기는 다르다. 인간미가 없다고 해야 할 것이다. 나와 세희의 2m 앞까지 다가온 그들 중 검은 머리카락 사내가 나에게 말을 걸었다.

"네놈이 우리 동족을 죽였나?"

"동족?"

웬 동족? 난 동족 같은 거 죽인 적 없는데? 아까 일본의 유저들과 한 패거리인가?

분위기가 자연스레 진지로 들어가기 시작했다.

연두색 머리카락 사내가 말을 이었다.

"6검 말이다. 센세의 것과 그룬드의 것이겠지? 두 개의 반응이 느껴지는 걸 보면."

"……?!"

이 녀석들… 유저가 아니야!

내가 위험을 느끼며 세희에게 손을 뻗는 순간, 그 두 사내에게서 엄청난 바람이 몰아쳤다! 그냥 바람도 아니고 기가 섞인 것이다. 바람에 닿는 것들은 기 바람의 압력에 뎅겅 잘려 나가 버리며 그 순간 즉사다.

세희를 껴안고 검기막을 형성시켜 기 바람을 방어했지만 그 자리에서 수십 미터나 밀려 버리고 말았다. 미처 대처를 하지 못한 유저들은 다들 당했는지 보이지 않았다. 아무래도 몇백 미터쯤 날아가 사막 한가운데에 처박혔겠지.

그나저나 저 두 녀석 예상외로 강하다. 최준 형이 말했던 것 이상이잖아. 그냥 강한 게 이 정도나 되다니!

"후후! 검기막을 형성시켜 우리의 기 바람을 막아냈군. 꽤 뛰어난 반사 능력이다."

"크으!"

나는 즉각 전투 자세를 취하며 그들과 대치했다. 세희도 마찬가지로 그들과 마주했다. 나하고 세희가 이길 수 있을까? 이럴 줄 알았으면 카이데스라도 데려오는 건데. 세희한테 그렇게 폼 재다가 죽을 위기에 놓였으니 이를 어찌하면 좋단 말인가? 적당한 때에 로그아웃해야 하나? 아이 씨! 내 사전에 도망은 없는데!

검은 머리 정령이 말했다.

"순순히 센세와 그룬드의 6검을 내준다면 살려줄 용의가 있다. 하나 반항한다면 죽일 수밖에 없다. 설마 우리 둘을 상대하려는 생각은 아니겠지? 옆의 그 계집애와 같이 말이야. 크큭!"

"계집에게서 피나는 꼴 보고 싶지 않으면 조용히 항복해라."

두 녀석이 절대 온유하지 않은 웃음을 지으며 말하자 세희가 뒤로 물러섰다.

나는 세희보다 앞서며 세희에게 작전 명령을 내렸다.

"실리, 지원 부탁해."

"알았어."

"소환주의 명에 따라 나타나라, 마갑 안테멜도."

마스터 무기를 소환하자마자 연이어 외쳤다.

"실리스의 에르기아!"

땅바닥에 새겨지는 약 50m의 검광진, 실리스의 에르기아가 날 기점으로 사방으로 뻗었다. 크기뿐만이 아니라 그 안에 꿈틀거리는 검기들이 살아 숨 쉬듯 생기를 발산시키는 느낌에서 전율이 전해져 온다. 하지만 그것들에 감탄할 새 없이 곧바로 검광진을 펼쳤다. 검광진의 숫자는 대략 70구. 이렇게 많은 검광진을 띄워보긴 처음이다.

단번에 검광진 70구를 겹친 나는 검광진 안에 손을 넣어 무형참황검을 빼냈다. 평소의 것과는 다른 무시무시한 살기를 뿜어내는 검은색 검신의 검. 보기만 해도 오금이 저릴 정도… 일걸?

"호오~ 상당량의 검기? 한번 해볼 만하겠는데. 그동안 찾아왔던 유저들과는 다른 녀석 같아."

쫄긴커녕 여유가 철철 넘치신다.

나는 힐끔 세희를 바라보며 고개를 한 번 끄덕이곤 곧바로 튀어 나가 6검 정령들의 앞에 섰다. 쥐고 있던 무형참황검을 위에서 아래로 내리긋자 내 공격을 피함과 동시에 위로 날아오른 두 명의 정령들. 나도 그 둘을 따라서 플라이 마법을 시동했다. 순식간에 거리가 좁혀지고 검은 머리 정령의 목을 향해 검을 찔렀다.

채캉—!

하지만 연두색 머리카락 정령의 검이 내 검을 튕겨내자 나의 공격은 무산되었다. 결국엔 2:1이란 말이냐?

"마티리, 네가 공격을 맡아라. 나는 방어할 테니."

“오케이~”

대담한 검은 머리 정령이 마티리인가? 그가 그렇게 외치며 직날의 붉은 검을 꺼냈다. 그리곤 입에 바람을 넣어 칼에 푸우우― 뱉고는 망나니 춤추듯 하늘을 이리저리 돌아다녔다.

“허허헛! 나의 최고 비기 기술인 망나니의 개춤을 보여줄 때가 왔군.”

망나니의 개춤?! 뭔지 간에 좋던 이미지 다 망가뜨리는구만.

“허어엇!”

마티리의 직날검이 유려한 곡선을 그리며 내 왼쪽 어깨를 찔러왔다. 막지 않고 옆으로 몸을 피한 나는 반격으로 마티리의 허리를 베려 했으나 기딘이 내 등을 가격하는 바람에 무산되었다. 치사하게 합동 공격이란 말이지?

기딘 쪽으로 시선을 돌리는데 마티리의 주먹이 내 안면에 떨어졌다.

퍼억!

“크윽!”

시야가 어지럽게 돌아간다. 공중에서 한 바퀴 돈 모양이다. 그리 길지 않은 시간 내에 시야를 되찾은 나는 허공을 밟고 위로 도약했다. 정신이 흩어졌으면 당장에 끝장날 뻔했다. 틈을 놓치지 않고 마티리, 기딘이 나에게 날아와 몇 차례 더 칼부림을 했다. 두 자루의 칼을 동시에 막는 건 여간 힘든 게 아니다.

“기교에 있어서는 제법 하는군. 우리 둘을 상대로 말이야.”

“하지만 그것도 소용없지!”

차앙!

왼쪽으로 날아오는 마티리의 검을 막으며 그의 턱에 솔트 섬머킥을 먹이자 둔탁한 타격음과 함께 마티리의 고개가 뒤로 돌아갔고, 그 위로 기딘이 검을 찔렀다. 그것은 곧바로 내 왼쪽 어깨를 관통했다. 간신히 몸을 돌렸기에 망정이지 심장이 꿰뚫릴 뻔했다.

"치잇!"

어깨에 박힌 검을 쥐어 뽑으려는데 마티리의 주먹이 내 안면에 또다시 떨어졌다. 기딘의 돌려차기가 내 뒤통수를 가격한 것도 동시였다. 머리에 샌드위치 공격을 당한 나는 지상으로 추락할 뻔했으나…

"플라이!"

마법으로 공중에 몸을 다시 띄우자마자 날아오는 기딘과 검을 마주해야 했다. 서로 엑스 자로 검을 교차하는 이때 기딘이 입을 열었다.

"우리는 아직 힘의 절반도 채 사용하지 않았다. 저기서 멀뚱히 지켜보고 있는 계집애까지 끌어들이지 않는다면 네가 이길 가능성은 제로다. 알겠나?"

어머~ 그러세요? 허풍도 세셔라.

"난 아직 내 힘의 1할도 사용하지 않았단다. 실리까지 끌어들이면 너희들이 너무 처참히 깨질 것 같아서 내 선에서 끝내려고 했는데 어쩔 수 없구나!"

"뭣이?"

기딘의 배를 발로 힘껏 차버리며 그 뒤를 이어서 날아오는 마티리에게 입고 있던 겉옷—조끼—을 벗어 던졌다. 마티리의 시야가 잠깐 동안 차단되는 이때, 쥐고 있던 무형참황검을 던져 조끼를 관통시켰다. 조끼를 관통한 무형참황검은 날아오던 마티리까지 꿰뚫고 지나갔다.

좋아! 이겼어!

마티리의 복부가 뻥 뚫려 있는 것을 확인한 나는 득의의 미소를 지었다.

"자, 어떠냐! 6검 정령도 별거 아니구만. 벌써 한 마리가 당해 버렸……?!"

"뭐가 어떻다고?"

뭐, 뭐야? 배에 구멍 뚫리고도 멀쩡하다니?!

나는 태연히 입을 여는 마티리를 보며 경악을 금치 못했다.

저런 사기성 캐릭터가 어디 있어!

"후후! 우리의 약점은 심장이다. 심장이 기능을 상실하지 않는 이상 우리는 아무리 난도질을 당해도 살 수 있지. 하지만 우린 심장을 그냥 내줄 바보가 아니거든."

말을 마침과 동시에 마티리의 몸이 흰색 빛에 휩싸이며 눈 깜짝할 사이에 내 코앞에 나타났다. 급히 검광진을 띄우려 했지만 마티리의 무릎이 내 명치에 떨어진 뒤였다. 나는 일직선으로 날아가 땅에 처박혀 버렸고 에르기아는 그와 함께 소멸되었다.

"크으으!"

정령 한 마리도 잡기 힘들어. 나 혼자선 도저히 무리다. 시린터와 카이데스는 어떻게 해서 이런 무지막지한 녀석들을 상대했단 말인가? 엎드린 자세에서 몸을 일으키려는데 그 위로 뭔가가 내 등에 떨어졌다. 나는 다시 땅바닥에 엎어져 버렸고, 기딘이 내 허리를 밟고 있는 것을 알 수 있었다. 잔인한 놈들!

"이대로 척추를 부러뜨려 아웃시켜 줄까? 아니면 혈관 하나하나를 다 터뜨려서 아웃시켜 줄까? 말만 해. 크큭!"

"저리 비켜!"

그때 세희의 외침과 함께 화살이 한 발 날아와 기딘의 팔에 명중했다. 살 뜯어지는 소리와 함께 기딘의 팔이 땅에 떨어져 가루가 되었고 팔을 관통한 화살은 건물 벽에 처박혔다. 기딘이 내 몸에서 떨어졌고 세희가 내 앞까지 한걸음에 달려왔다.

재빨리 외치는 세희.

"리스토어!"

순식간에 정상을 되찾는 신체 기능에 나는 안심하며 몸을 일으켰다. 세희에게 고맙다는 인사를 해야 했지만 상황이 상황인지라 그렇지 못했다.

"멋진 팀 플레이로군. 이제 계집까지 전투에 끼는 건가?"

"너, 한 번만 더 실리를 계집이라고 했다간 그 주둥아리를 찢어버린다."

"크크큭! 어디 한번 해보시지. 그럴 만한 능력이 있다면 말이야."

기딘의 잘린 팔꿈치에서 멀쩡하게 팔이 튀어나왔다. 리제네레이트? 재생 NPC인가? 리제네레이트는 몬스터들의 생성을 의미하기도 하지만 저런 재생을 의미하기도 한다. 리제네레이트라면 녀석들이 말한 약점인 심장을 베는 것인데… 솔직히 약점이 심장인지도 조금 의심스럽다. 자신의 약점을 적에게 그렇게 쉽게 알려주다니.

"듀라야, 괜찮겠어?"

나는 세희가 걱정스레 묻는 질문에 고개를 끄덕이며 답했다.

"실리, 같이 싸울 수 있겠지?"

"물론이지! 소환주의 명에 따라 나타나라, 성검 시루미아엘!"

세희의 손에 시루미아엘의 그립이 쥐어졌다. 이로써 나와 세희, 총 전력인 셈이다.

"후후! 진작에 그렇게 나왔어야지. 이제야 제대로 싸울 맛이 생기겠군.”

마티리와 기딘이 서서히 다가왔다. 그와 함께 나와 세희는 더욱더 긴장감을 고조시키며 상대에게 적의를 표했다. 서로 노려보는 신경전이 몇 초간 지속되는 가운데 기딘이 소리쳤다.

“이종 시체 세트로 만들어주지!”

상대가 다가오기를 노려 실리스의 에르기아와 무형참황검을 만들자마자 달려오는 기딘과 검을 맞부딪쳤다. 세희는 마티리를 상대하겠군. 부디 몸조심해야 할 텐데.

“어딜 보시나?!”

세희에게로 시선이 돌아간 틈을 타서 기딘의 검이 내 오른편을 기습했다. 그것을 가볍게 흘린 나는 기딘에게 역으로 검을 찔렀고, 이어서 빠른 난투극이 전개되었다. 누가 보더라도 이 전투는 내가 밀리고 있었다.

아무리 기교에 앞선다 한들 한 번 검을 마주치면 어깨까지 충격이 전해져 오는데 어쩌란 말이냐? 이대로 가다간 체력이 급속도로 떨어져 자멸해 버리고 말 거다.

“칫!”

무슨 방법이 없을까? 방법… 방법…….

“스모크 볼!”

마법을 사용해 손에 주먹만한 구체를 만들자마자 그것을 땅바닥에 힘껏 떨어뜨렸다. 구체는 땅바닥에 떨어져 터졌고, 테러를 진압할 때 쓰이는 스모그탄 같은 위력으로 인해 주위는 한 치 앞도 분간하기 힘든 안개로 가득 찼다. 그 안개에 기딘이 잠시 주춤하는 사이 나는 재빨리 세희 쪽으로 달려갔다.

일단 마티리를 먼저 공략한 다음 기딘을 상대할 목적이었다. 물론 빨리 끝내야겠지. 마티리의 뒤까지 있는 힘껏 달려가 검을 내리찍었다. 내 검은 마티리의 왼쪽 가슴에 명중했고, 검을 빼내자마자 피가 푸 슛— 하고 터져 나오는 것이 분명히 심장에 찔린 게 맞았다.

서서히 앞으로 기울어지는 마티리를 보다가 문득 세희 쪽을 돌아보자 세희는 숨을 거칠게 몰아쉬고 있을 뿐 별다른 상처는 없어 보였다. 세희 쪽으로 달려가려 했으나 세희가 손가락으로 내 뒤를 가리켰고, 그것을 확인하자마자 난 뒤를 돌아보며 깜짝 놀랐다.

반사적으로 뒤를 돌아보는 찰나에 뭔 하얀색 구체가 보인 것이다.

파카카캉—!

간신히 세운 무형참황검에 그 하얀 구체가 떨어졌고, 구체는 폭발해 버리며 무형참황검을 소멸시켰다. 폭발의 위력은 그리 크지 않았지만 에너지만은 엄청났다. 수류탄의 위력을 실제 본 적은 없지만, 아마 그 위력의 열 배는 되리라. 파편이 튀지 않는 게 다행이라면 다행이다. 건물의 벽을 뚫고 뚫고 뚫어서 내동댕이쳐 버리고 말 정도니.

체력 수치가 순식간에 바닥을 긴다.

"크으! 뭐야?!"

"뭐긴 뭐야? 본격적으로 싸워주겠단 소리지. 70%의 힘을 개방한 이상 너와 계집년은 우리의 적수가 되지 못한단 말이다."

"이 자식이! 방금 뭐라 그랬어! 계집년?!"

"듀라야! 그만 해."

"……."

세희가 내 어깨를 잡으며 날 가로막았다. 몸이 제대로 움직이지 않는 것과 세희가 날 말리는 힘이 강해서 움직일 수 없었기도 하지만, 마주친 세희의 눈빛에 나는 자리에 굳어버려야 했다. 저 냉정한 눈빛.

"……."

이거야… 세희보다 내가 더 냉정했었는데, 이번엔 오히려 그 반대라니.

나는 달려나가려던 걸 멈추며 몸을 일으켰다.

세희가 기딘을 경계하며 나에게 말했다.

"듀라야, 지금까지 싸웠던 방식으로는 이길 수 없을 것 같아."

"그럼 어떻게?"

"도박을 걸어보는 수밖에 없겠어."

"도박?"

도박이라니? 세희는 도박과는 거리가 멀어 보이는데.

"어이~ 뭔 말들을 그리 궁시렁거리시나? 아주 여유가 철철 넘치셔?"

어느새 마티리가 몸을 일으켰다. 분명 심장을 찔렀을 텐데 어떻게 일어설 수가 있지?

"나는 심장이 왼쪽 가슴에 있다고 말한 적 없는데? 어쩌다 급소를 건드린 거 가지고. 크큭!"

"우린 인간이 아니라 NPC란 말이지."

"……."

기딘과 마티리의 빈정거리는 말도 무시하며 세희가 작전 지시를 내렸다.

"폭주해, 듀라야. 나머진 내가 다 알아서 할 테니까."

"……?!"

폭주… 라고? 대단히 위험성이 높지만 지금으로선 세희의 말에 걸어볼 수밖에 없다.

"알았어. 해볼게."

눈을 감고 집중하기 시작한 나는 에르기아를 더욱 증폭시키며 검기의 속박을 풀었다. 검기들은 내 몸에 침투해 들어와 균형을 잡아가기 시작했고 단번에 공격력이 상승했다.

세희가 그런 나에게 신성 스킬 몇 개를 걸었다.

"리스토어, 블레스, 프로텍션."

치료 스킬. 공격력, 방어력 증강 스킬. 데미지 저하 스킬. 모두 세 가지의 스킬을 나에게 시전한 세희가 외쳤다.

"듀라야! 어서 가!"

"알았어!"

나는 두고 볼 거 없이 기딘과 마티리에게 달려들었다. 한참을 킥킥대며 웃던 기딘과 마티리는 나와의 거리가 순식간에 좁혀지자 곧바로 전투 태세에 돌입했다. 하지만 내가 더 빨랐다. 기딘의 안면에 주먹을 박자마자 기딘은 저만치 굴러 건물에 고꾸라 박혔고, 이어서 마티리의 명치 부분을 발로 힘껏 후려쳤다.

"으억!"

마티리가 배를 부여잡으며 허리를 구부리는 사이, 그의 목에 엑스킥을 먹이자 마티리는 다운. 그 위로 회전 점프하며 머리를 발로 내리찍자 마티리의 머리는 흉하게 찌그러졌다.

막 심장을 찾아 확인 사살을 가하려는데 무너진 건물 파편 사이로 기딘이 튀어나왔다. 이미 눈치 챈 나는 기딘에게 달려가 그의 얼굴에 다시 주먹을 박고 이어서 목을 붙잡았다.

"커으그극!"

빠득— 뿌드득—

쥐고 있던 손에 힘을 가하자 기딘의 목이 기묘하게 일그러졌다. 내 손에서 바동대던 기딘의 몸이 축 늘어지자마자 공중에 내던진 나는 뒤를 기습하는 마티리와 양손을 붙잡았다.

이 자식! 머리통이 완전히 박살났는데도 안 죽어?

"심장이 공격받지 않는 이상 소용없다고 하지 않았나? 머리통쯤 재생하는 거야 우습다구. 물론 목뼈가 아작난 기딘도 멀쩡하단다!"

퍼억!

힘 겨루기 상태에서 마티리의 이마가 내 이마를 가격했다. 데미지가 엄청날 것이리라.

"크으?!"

하지만 데미지는 그리 크지 않았다. 이상하리만치 빨리 정상으로 돌아오는 시야를 보며 잠깐 의아했지만 곧장 마티리에게 역습을 가했다.

일단 무릎을 부수는 원 샷, 돌려차기를 목에 먹이는 투 샷!

쓰러지는 마티리의 뒤로 연두색 주먹만한 구체가 보였다.

기딘인가?!

의아해할 틈도 없이 팔을 엑스 자로 교차해 그것을 방어했다. 하지만 폭주 상태에서 받는 데미지가 얼마나 크겠는가! 구체는 내 몸에 떨어지자마자 큰 폭발을 일으켰고 나는… 멀쩡했다. 이게 어떻게 된 일이지? 몸이 다 터져 나갔어야 정상 아닌가? 게임 오버까지 결심하고 있었는데.

"죽어버려라! 그 폭발 속에서 살아남진 못하겠지!"

기딘이 쏘아 보내는 연두색 구체가 3초 간격으로 하나씩 내 몸에 떨어졌다. 하지만 몸에 이상이 있다는 약간의 저림만이 느껴질 뿐 내 몸은 데미지를 받지 않았다. 세희가 건 신성 스킬 때문인가? 그래도 그렇지 이건…….

문득 폭발의 연기 사이로 세희를 바라보자 세희는 자신의 몸에 계속해서 치료 스킬을 주입하고 있었다. 구체가 나에게 떨어질 때마다 피를 토하는 그녀의 모습에 나는 대충 짐작할 수 있었다.

세희가 지금… 내 데미지를 다 받고 있잖아!

연기 속을 뚫고 나가 기딘의 면상에 주먹을 떨어뜨리자 기딘은 또다시 건물에 처박혔다. 기딘을 때려눕힌 뒤 세희를 막으려 달려가는데 마티리가 내 앞을 가로막았다. 이 자식들이!

"역시, 저 계집이 데미지를 대신 받아주고 있었군."

"꺼져라!"

막 마티리를 날려 버리려던 때,

구구구구―!

"크아아압!!"

들려오는 돌 무너지는 소리와 함께 기합 소리가 뒤를 이었다. 무너진 건물 잔해 사이를 뚫고 하늘로 떠오른 기딘이 손에 연두색 구체를 띄우곤 냅다 비명을 지르는 것이었다.

저 녀석이 실성했나.

마티리가 코웃음을 쳤다.

"약점을 안 이상 끝났다. 너와 저 계집을 한번에 날려 버리면 다 끝나는 것 아닌가?"

"……?!"

기딘의 손에 떠올라 있는 연두색 구체가 점점 부풀기 시작했다. 에너지도 점점 강해지고 있다. 드래곤 볼의 손오공이 원기옥이라도 날리려는 듯한 포즈다.

나는 단방에 마티리를 때려눕힌 뒤 폭주 상태를 풀곤 세희의 앞까지 달려갔다.

"실리! 내 손을 잡아!"

"듀라야!"

"죽어버렷!"

연두색 구체가 기딘 마을 한가운데에 떨어지며 아래의 것들을 집어 삼키기 시작했다. 지상의 물체들이 서서히 떠오르며 공중에서 불탄다.

세희 앞을 가로막으며 양손을 위로 뻗자 검기막이 펼쳐졌다. 그리고 그 위로 지름 20m짜리 초대형 에너지 구체가 떨어지며 내 몸을 짓눌렀다. 엄청난 압력! 내가 서 있는 발 밑이 움푹 파이며 시야까지 파르르 떨려온다. 체력은 급속도로 한계점에 다다르기 시작했고 거의 주저앉기 직전,

세희가 소리쳤다.

"메가 힐!"

체력 증강 스킬인가? 나는 가까스로 굽혀지는 다리를 일으켜 세우며 검기막을 한층 강화했다. 이걸 막지 못하면 마을은 통째로 날아가 버림과 동시에 나와 세희는 끝장인 것이다.

어떻게든 막아야 한다. 한데…

"이런!"

검기막에 균열이 가기 시작했다. 파워의 차이가 너무 심해! 얼마 버티지 못할 것 같아. 여기서 끝인가?

"듀라야."

뒤에서 세희의 목소리가 어렴풋이 들리는 것 같다. 지상이 소멸되어 가는 소음과 온 정신력을 쏟아 부어 검기막을 유지시키는 중이라 그녀의 소리는 잘 들리지 않았다.

세희의 말이 이어졌다.

"나 놔두고 가. 다 나 때문이잖아. 내가 괜히 마계로 가겠다는 욕심을 부려서 이렇게 된 거니까 다 내 잘못이야. 이제 내가 다 알아서 할 테니까 듀라는 그만 로그아웃해."

그 소리는 전부 알아들을 수 있었다. 하지만 나는 세희의 목소리를 집어삼킬 듯 목청이 터져라 외쳤다.

"힘없는 소리 하지 마! 알아서 하긴 뭘 알아서 해! 결정은 한 번뿐, 수정은 불가능해!"

"듀라야……."

"도망치지 않아! 질 수 없어! 이길 수 있어! 같이 마겐지 뭔지에 가서 지금까지 우리를 무시했던 최준 형하고 시린터한테 버젓이 자랑하는 거야!"

파카카캉―!

얼마 버티던 검광진이 깨지며 에너지 구체가 밀려 나왔다. 시야에 들어오는 것은…….

퍼브의 광경.

최준 형은 바에서 컵을 닦고 있고 나는 그의 앞에서 주스를 홀짝이고 있었다. 때는 오렌지 빛 저녁 노을이 창문으로 붉게 반사되어 보이는 시각. 손님은 하나둘 빠져나가 테이블에 남아 있는 사람은 두 명이 고작이었다.

"그래서, 일주일 후에 있을 카마디 입사 시험을 본단 말이지?"

"그래. 네 아버님이 카마디의 부장님이잖냐? 그래서 예쁘게 봐달라고 부탁 좀 해주라."

나는 남은 주스를 입 속에 모두 털어 넣으며 컵을 '탁' 하고 바 위에 내려놓았다.

"그럼 형은 나한테 뭐 해줄 건데?"

"네가 그렇게 원하던 내 전 재산을 몽땅 주면 되겠냐?"

"……?!"

최준 형의 말에 나는 깜짝 놀랐다. 나는 단순히 빈말로 내뱉은 건데 이 짠돌이 형이 웃기지도 않은 소릴 다 하네? 내가 주스 먹고 취해서 헛들은 건 아닌데 말이야.

"에이~ 좀 현실적인 걸 내걸어봐. 형이 무슨 돈을 준다고."

"아니, 줄 수 있어. 2년 동안 카도라스를 하며 벌었던 내 전 재산 모두를 말이야. 어차피 운영자가 되면 쓸모없어지니까."

"꿀꺽—"

나는 군침을 삼키며 잠시 잠깐 생각에 잠겼다. 최준 형이 상인 클래스를 하면서 벌었던 그 엄청난 돈을 나에게 준다면 나는 카도라스에서 평생 동안 편안하게 영위할 수 있다.

어차피 아버지에게 부탁하는 거야 어렵지 않으니 공짜로 돈 받을 좋은 기회였다. 내가 손해 볼 것도 없고.

"뭐, 그걸로도 안 된다면 내가 너에게 정보를 줄 수도 있어. 카마디의 운영자가 되면 이벤트 소식쯤이야 바로바로 전해줄 수 있지.”

“좋아! 하겠어!”

나는 형의 조건을 가볍게 수락했다. 솔직히 돈 욕심도 있고 뒤에 운영자의 빽만 있다면 두려울 게 무엇이리!

하지만 속으로 의아했던 것만은 꼭 최준 형에게 묻고 싶었다.

“형, 그런데 왜 굳이 지존의 길을 포기하고 운영자의 길로 들어서려는 거야?”

가장 묻고 싶었던 거였다. 최단기간의 투 마스터 클래스라는 명성을 버리면서까지 왜 운영자가 되려 하는가? 운영자만 되지 않는다면 카도라스 마스터가 되고도 남을 텐데. 비록 그 명성이 타인들에게 알려지진 않았지만 주관적인 생각으로 나는 최준 형이 카도라스 마스터에 가장 근접하리라 생각했었다.

내 질문에 최준 형이 피식 웃었다.

“실컷 놀았으니 이젠 일을 해야지 않겠니?”

“일?”

일은 무슨 일, 매일 폐인 생활이나 하면서.

“너도 내 나이 되어봐라. 그럼 알 수 있을 거다. 언제까지 폐인 놀음만 하다가는 결국엔 다 잃고 파탄나는 길밖에 없어.”

“…….”

뭐, 결국엔 먹고살려고 그러는 것이군. 할 줄 아는 거라곤 게임밖에 없으니 게임에 종사해 먹고살겠단 건가? 철 다 드셨네.

나는 더 이상 들을 얘기도 없기에 자리에서 일어섰다.

최준 형이 담배를 꺼내 물었다.

“내가 사라지면 이제 카도라스 마스터에 가장 근접한 건 바로 너라고."

"……?!"

나는 돌아서는 발걸음을 멈췄다. 방금 형이 무슨 소릴 한 건지 똑똑히 들었기 때문이다.

"내가 사라진다고 카도라스 마스터가 사라지는 건 아니야."

"이봐, 최준 형. 날 카도라스 마스터 후보라고 생각해 주는 건 당연한 건데, 카도라스엔 나보다 더 강한 녀석들이 무수히 많다는 거 알고 있잖아? 타미야 같은."

"그 녀석은 이상주의에다 물러 터졌어. 지금 카도라스에서 카도라스 마스터의 경지에 이를 가장 유력한 후보는 너뿐이야. 내가 보증하지."

"……."

"너는 충분히 강하니까, 신성아."

그래, 나는 충분히 강해.

전보다 더 강해졌어.

하지만 상대는 나보다 강해.

상대보다 더 강해져야 해.

적들을 이겨야 한다.

질 수 없어.

이젠 지는 건 지겨우니까.

상대보다 약한 건 이제 됐어.

지지 않는다.

"듀라야……."

실리는 너덜너덜한 몸을 일으켜 마듀라의 옆에 앉았다. 이제 그녀의 체력은 얼마 남지 않았다. 간신히 그 폭발 속에서 살아남은 마듀라와 실리였지만 마듀라는 캐릭터가 완전히 망가져 식물인간 상태다. 저대로 있으면 자동 게임 오버이리라. 자신은 그나마 마듀라가 보호해 줘서 나은 형편이지만.

"다 나 때문이야. 내가 그때 열쇠만 버렸어도……."

실리는 점점 감기려는 눈을 간신히 뜨며 마지막 스킬을 마듀라에게 발동시켰다. 그녀의 손에 만들어진 하얀색 구체가 마듀라의 몸으로 빨려 들어갔다. 하지만 마듀라는 일어날 기미를 보이지 않았다. 실리는 마듀라에게 마지막으로 발동한 스킬을 끝으로 깊은 잠에 빠져들었다. 그동안의 피로가 한꺼번에 몰려든 것이리라.

그리고 얼마 지나지 않아 폭발의 위력에 멀리 대피해 있던 6검 정령들이 허공으로 텔레포트되었다. 그들 아래에 있던 마을의 흔적은 조금도 보이지 않았다. 전의 공격으로 다 초토화되어 버렸으니까. 주위를 둘러보며 마듀라와 실리를 찾던 중 마티리가 먼저 그 둘을 찾아내었다.

"휴우~ 대단한걸? 체력이 엄청나게 떨어진 상태였을 텐데 용케도 아웃되지 않았군. 뭐, 아웃이나 다름없는 반시체 상태지만 말이야."

"그러게. 하지만 유저들의 한계는 겨우 이 정도였어. 다 끝났군. 확인 사살 하지."

기딘은 후환이 두려워서라도 그 둘을 죽이기로 했다. 사실 기딘과 마티리가 붙어 있었기에 망정이지 한 명씩 떨어져 있었으면 마듀라와 실리에게 충분히 당하고도 남았다.

기딘이 손에 연두색 구체를 만들어내는데…

꿈틀─

"……?!"

"뭐지?!"

마듀라가 땅을 짚고 몸을 일으켰다. 기딘과 마티리는 그 모습을 보며 경악을 금치 못했다. 어떻게 멀쩡하게 일어설 수가 있지?! 게다가 마듀라의 주위로 꿈틀거리는 저 엄청난 양의 검기는?!

"뭐야, 저건?! 괴물이잖아!"

기딘이 악을 쓰며, 만들어낸 에너지 구체를 마듀라에게 던졌다. 마듀라의 주위로 몰아치는 검기가 공간을 바싹 말림과 동시에 날아가던 에너지 구체는 중화. 사막의 모래와 공기 중의 산소들은 수증기 뿜는 소리를 일으키며 타올랐고, 증기들이 한순간에 타올라 공간은 안개 상태가 되었다. 일정한 범위가 뜨거운 공기에 후끈 달아오른다. 그것은 흡사 실리스의 에르기아와 비슷했지만 이것의 범위는 100m를 거뜬히 넘겼다.

연소되는 수증기 사이에서 언뜻 마듀라와 눈을 마주친 기딘과 마티리는 처음으로 '두려움'이란 감정을 느꼈다. 프로그램이 '경고'를 보내는 것인가? 어쩌면 죽을지 모른다!

마듀라가 살의 가득한 눈빛으로 마티리와 기딘을 쏘아보자 마티리와 기딘의 몸이 움찔 떨렸다. 이건 두려움을 넘어선 공포감. 유저들 중에 이 정도의 살기와 위압감을 내뿜을 수 있는 자가 실제 존재했단 말인가? 프로그램조차 감당치 못하는 이 살기라니…….

"말도 안 돼!"

"기딘! 전투 준비해!"

"도, 도망치자!"

도망칠 수 있었으면 진작에 도망쳤으리라. 기딘과 마티리가 우왕좌

왕하는 사이,

"으아아압!"

마듀라의 기합과 함께 그의 목에 걸려 있던 목걸이의 수정이 깨져 나가며 검기가 일대에 퍼졌다. 이어 마듀라의 주위로 150구가량의 검광진이 펼쳐졌다. 주위를 가득 메우는 그것은 각자 스파크를 튀기며 상당량의 검기를 방출시켰다. 검광진에서 뿜어져 나오는 검기들에 경악한 마티리와 기딘이었지만 이어진 상황은 더 더욱 그들을 경악하게 했다.

단번에 겹쳐지는 150구의 검광진과 그 150구의 검광진에서 뿜어져 나오는 것은 검기의 집합체, 무형참황검.

"저, 저, 저런 엄청난 검기라니?!"

"기딘! 모든 힘을 개방한다! 총전력으로 놈을 상대해!"

"아, 알았어!"

둘은 한껏 기를 뿜어내며 모든 힘을 개방했다. 그리고 제각기 검을 뽑아 들곤 마듀라에게 날아들었다.

마듀라는 옆에 있는 실리 때문에 함부로 움직일 수 없다. 잘못하면 실리가 다치니까. 가벼운 동작만으로 적을 제압해야 한다.

"유저 따위가 우리를 능가할 리 없어!"

스윽—

마듀라의 무형참황검이 날아오는 마티리의 가슴을 길게 긋고 지나 갔다. 마듀라의 앞에서 2초 정도 경직되어 있던 마티리의 몸은 귀, 코, 입 등에서 다량으로 피가 뿜어져 나오며 신체 기능을 상실.

기딘이 미처 어찌하지 못하는 새 마티리의 몸이 서서히 가루가 되어 사라지며 대신 녹슨 검 한 자루가 뜨거운 모래바닥에 떨어졌다. 심장을 벤 것이다.

그 광경을 지켜보던 기딘은 말이 다 안 나올 지경이었다.

"수, 순식간에?!"

6검을 이리도 손쉽게 상대하는 유저가 있을 리 없을 텐데?! 게다가 심장을 정확히 베다니. 그렇다면 마듀라는 자신들의 약점을 파악하고 있단 말인가?

이제 기딘의 선택만이 남았다. 이대로 돌진할 것인가, 피할 것인가. 이미 둘 다 승산은 없다. 약점까지 파악되었고 도망친다 해도 이 에르기아의 범위 안에선 그 누구도 빠져나갈 수 없다. 기딘도 그것을 알고 승산이 없는 것도 알지만 기딘의 프로그램은 과거의 경험과 기존에 짜여져 있던 프로그램대로 '결정'을 시작했다.

결정은 금세 끝났다. 상대가 되지 못함을 알고 도망치려는 때, 어느새 마듀라의 몸이 기딘의 뒤로 이동되었다. 도망치려던 기딘은 어깨에서 느껴지는 악력에 고개를 돌렸고 그 순간 어깨뼈가 우드득 부서지며 팔이 떨어져 나갔다. 마듀라의 왼손에 자신의 오른팔이 쥐어져 있는 것을 확인하자마자 기딘은 비명을 질렀고, 기딘이 비명을 지르는 사이 마듀라의 검이 기딘의 가슴 한복판을 찔렀다.

너무나 짧은 일순간, 타인을 벤다고는 생각지 못할 무미건조한 눈빛과 고통과 분노에 찌들려 자신도 모르게 은빛의 물방울을 떨구는 그의 눈빛이 허공에서 마주쳤다.

기딘은 견디지 못하고 마지막 피 섞인 신음을 토했다.

"이, 괴물……!"

기딘의 몸이 마듀라에게로 쓰러지기 시작하면서 서서히 가루가 되어 사그라졌다. 기딘도, 마듀라가 쥐고 있던 기딘의 오른팔도…….

그가 사라지고 난 자리엔 또 하나의 녹슨 검이 떨어졌다.

그것을 끝으로 주위를 바싹 말리던 검기들은 거짓말처럼 사라졌고 마듀라 자신도 뒤늦게 쓰러지고 말았다. 눈꺼풀이 한번 무거워지자 그것은 다시 쉽게 뜨여지지 않았다.

마듀라와 실리가 6검과 전투를 했던 그 자리에 모래바람이 스치고 지나가는 가운데 최준이 나타난 것은 얼마 지나지 않아서였다. 그리고 도깨비가면사내 메킨저 키스도.

둘은 아주 잠깐 마주치는 것으로도 서로의 정체를 알 수 있었다.

"메킨저 키스인가?"

"……."

메킨저 키스가 한 발자국 앞으로 나서자 최준이 마듀라 앞에 떨어진 6검 두 자루를 여유있게, 그러나 재빨리 주워 들며 그를 노려보았다.

"수작 부리지 마라."

최준의 위압적인 목소리에 메킨저 키스의 움직임이 우뚝 멈췄다. 상대는 역시 운영자. 함부로 나섰다간 괜히 피를 볼 수 있다.

메킨저 키스가 조심스레 입을 열었다.

"나는 물건을 회수해야 한다."

"그건 네 사정이지."

"운영자는 이벤트에 관여할 수 없는 걸로 아는데?"

"운영자 일에 신경 쓰지 마라."

"나름대로 목적이 있다는 건가?"

"……."

최준은 대답하지 않고 마듀라와 실리를 부축했다. 저대로 텔레포트해서 도망칠 생각이다. 놓칠 수 없는 상황에 있는 메킨저 키스가 아코롬에 손을 뻗는 순간 최준의 앞으로 모래바람이 작게 일어나며 그 안에서 선행자가 나타났다. 메킨저 키스는 그 상태에서 또다시 움직임을 멈추어야 했다.

듀라실리스 초원 사건 이후 선행자의 명성은 익히 들었다. 운영자 중에서 최고로 주의할 인물.

메킨저 키스가 주춤할 만도 했다.

선행자는 여유로운 웃음으로 메킨저 키스와 마주하며 최준에게 말했다.

"먼저 가시라요, 실장님. 메킨저 키스는 제가 상대하겠슴다."

"오냐~ 적당히 해라."

"후후! 내래 적당히 해보디요."

선행자의 자신있단 대답을 끝으로 최준이 자리에서 텔레포트했다. 아마 막강이에게로 갔으리라.

최준이 사라진 것을 확인하자마자 메킨저 키스가 말했다.

"운영자가 유저의 일에 관여해도 되는 건가, 선행자?"

"물론 안 되디!"

"그럼 내 일을 방해하는 건 뭔가?"

"고건 알 피료 읍써."

"……."

메킨저 키스는 상대가 말이 통하지 않는다는 걸 알고 아코롬을 꺼냈다. 이미 6검을 회수할 수 없는데도 그가 싸움을 하려는 이유는 선행자의 실력을 한번 구경해 볼 목적이었다. 전부터 운영자와 이렇게 마주해 보고 싶었는데, 그로선 기회다.

메킨저 키스의 손을 빠져나간 아코롬의 갈고리가 크게 반원을 그리며 선행자의 뒤를 지나쳤다. 마치 부메랑 같은 움직임!

선행자는 맞서기에 앞서 스카우트를 이용해 상대의 전투력을 측정했다.

전투력:8,200.

전투력 하나는 지존급이군.

선행자가 전투력을 확인하는 사이 메킨저 키스는 날려 보냈던 아코롬의 쇠사슬을 잡아당겼다. 아코롬의 갈고리는 선행자의 바로 뒤에서 일직선으로 떨어졌고, 선행자는 곧바로 검을 세워 등 뒤에서 떨어지는 그것을 막았다.

평소라면 무기째 잘라 버릴 아코롬이었지만 선행자의 검을 가르진 못했다.

한차례 부딪친 공격을 기점으로 선행자가 메킨저 키스에게 달려들었다.

차르릉—

파앙!

선행자의 검과 메킨저 키스가 펼친 쇠사슬이 한차례 맞부딪친다. 선행자의 공격 방식은 폭발성 근접전. 메킨저 키스는 원거리 육탄전이다. 이렇게 가까이에서 붙는다면 당연히 승산없는 것은 메킨저 키스. 메킨저 키스가 자리에서 떨어지려 하자 선행자가 그를 집요하게 따라붙었다.

제아무리 전투력 8천 2백이라도 전혀 위축될 이유가 없었다. 선행자는 그것을 기교로 커버할 능력이 충분하니까.

"불 회오리!"

"……?!"

선행자의 몸 주위에 펼쳐지는 불꽃 회오리가 메킨저 키스를 밀어붙였다. 아코롬을 앞에 방패처럼 세워 그것을 막는다지만 몸이 뒤로 밀리는 것은 어쩔 수 없었다. 그 정도로 선행자의 마법은 위력적이었는데, 마법만으로 친다 해도 위저드 마스터 지존은 충분히 될 수준이다.

메킨저 키스가 뒤로 쉽게 밀리자 선행자가 기고만장하며 외쳤다.

"하하핫! 전의 그 기세는 다 어데 간 거네? 기력 좀 내보시라! 불꽃 공!"

여기서 선행자의 불꽃 삼십 구체가 메킨저 키스에게 더해진다면 메킨저 키스는 버틸 수 없다. 이대로 일본 베스트 일인자라는 명성에 오점을 남길 것인가?

선행자의 불꽃 구가 메킨저 키스에게 작렬하기 직전,

"죠우키요우 스킬. 아코롬."

메킨저 키스의 중얼거림과 함께 아코롬에서 푸른 빛무리가 퍼졌다. 그 빛무리는 주위로 뻗으며 압박하던 불꽃 회오리와 불꽃 구를 순식간에 소멸시켰고 불꽃에 의한 메킨저 키스의 상처까지 깨끗이 아물게 했다.

이 순식간에 원점이 된 상황에 선행자는 놀라 버렸다. 운영자도 모르는, 생전 듣도 보도 못한 스킬인 것이다. 마법을 중화시키고 치료를 하는 스킬이라니?! 프리스트 마스터들도 불가능할 스킬일 텐데.

하지만 그런 류의 스킬이 딱 하나 있을 수 있긴 하다.

"절정 스킬인가?"

절정 스킬은 고정된 기술 습득에 의한 것이 아닌 플레이어가 직접 개발하고 만들어내는 스킬이다. 때문에 절정 스킬의 방식은 예측 불가. 선행자가 그렇게 생각하며 다음 공격을 준비하는데, 푸른 빛무리에 덮인 아코롬이 선행자에게 재차 날아들었다. 전보다 더 빨라진 스피드?!

채앵!

"으윽!"

자신이 뒤로 밀려 나가고 마는 파괴력.

순식간에 상승한 아코롬의 스피드와 파괴력에 선행자가 뒤로 주춤 물러섰다.

"어떻게 이런?!"

삐빗—

선행자의 스카우트에 메킨저 키스의 전투력이 측정되었다.

전투력:9,000. 순간 전투력:10,050.

어떻게 순간 전투력이 만을 돌파할 수가?!

매우 당황스러웠지만 선행자는 침착을 유지하며 날아오는 아코롬을 막았다. 검을 통해 전해지는 반동에 양팔이 저려온다. 이대로 싸운다면 선행자가 이길 수 있는 확률은 없다. 빨리 메킨저 키스와 거리를 좁혀야 하는데, 자칫 성급히 움직였다간 아코롬에 당해 버리리라.

그렇다면……?!

원거리 마법으로 싸워야 하나?! 선행자는 과감히 검을 버리고 맨손으로 상대와 대치했다. 이어서 발동시키는 마법.

“불꽃 기공탄!”

양 주먹에 불꽃을 만들어낸 선행자가 곧바로 허공에 잽을 날렸다. 그의 주먹에서 빠져나간 불꽃이 메킨저 키스의 앞에서 큰 폭음을 일으키며 터졌다. 마치 탱크의 직사포를 보는 듯한 광경이다.

메킨저 키스는 연기 사이를 뚫고 허공을 밟고 폭발 범위를 피했다.

스릉—

이어서 아코롬을 선행자에게 던지는 메킨저 키스. 선행자가 불꽃 주먹을 날린 것은 동시였다. 선행자의 불꽃 공격이 메킨저 키스의 오른쪽 어깨에 명중해 큰 폭음을 일으켰고, 아코롬도 선행자의 오른쪽 어깨를 긋고 지나가 땅바닥에 처박혔다.

입에서 피를 토하며 쓰러지는 선행자와 허공에 퍼지는 연기를 뚫고 지상에 착지하는 메킨저 키스. 메킨저 키스가 조금만 더 신중했어도 어깨를 내주진 않았을 것이다. 다 이길 뻔했는데.

“쳇!”

지상에 착지한 메킨저 키스는 더 이상 싸울 생각 없이 서 있기만 했다. 어차피 선행자도 전투 불능 상태다.

무릎을 꿇은 채 잘린 어깨를 지압하는 선행자가 지상에 착지하는 메킨저 키스를 보며 말했다.

“이보라우, 왜놈 동무. 이번 결투는 무승부로 쳐야가소. 크큭!”

“……”

찰가랑—

메킨저 키스는 쇠사슬을 끌어 아코롬을 회수하곤 걸음을 옮겼다. 승부는 무승부로 끝났고, 쓰러진 상대에겐 관심없었다. 그는 일 대 일이든 일 대 다수이든, 쓰러진 상대에게 검을 휘두를 만큼 비겁하지 않다.

조용히 발걸음을 돌리는 그에게 선행자가 중얼거렸다.

"계속 싸웠으면 내가 졌겠디. 네 상대는 내가 아니었서."

"……."

"이제 유일하게 널 상대할 유저는 마됴라 씨밖에 없구마이야. 뭐, 마됴라 씨 정도면 네가 오히려 상대가 안 되겠디만."

"……."

메킨저 키스가 발걸음을 멈췄다. 방금 선행자의 말은 자신보다 강한 자가 있다는 소린가?

느껴지지 않은 바람이 뜨거운 열과 모래를 동반한 채 주위에 몰아쳤다. 선행자의 목소리가 바람에 묻혀 나지막이 메아리친다. 그리고 사라졌다.

"마됴라 씨는 마스토 엠페로의 경지에 이르렀서."

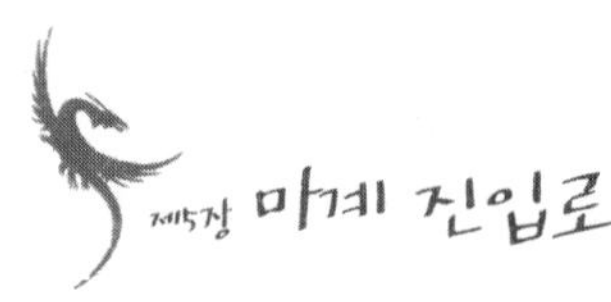

깨어나 보니 갈색 까칠한 나무판 천장이 보였다. 그 상태에서 눈을 몇 번 깜빡인 나는 몸을 반쯤 일으켰다. 눈에 비춰지는 배경과 몸에서 느껴지는 미약한 저림으로 보아 게임 같다. 생각해 보니 아직 로그아웃을 안 한 모양이다. 게임상에서 자버렸나 보군.

주위를 둘러보자 바로 옆, 막강이의 선실 침대에 세희가 누워 있는 걸 발견할 수 있었다. 어째서 세희까지 잠들어 있는 거지?

나는 잠시 세희를 바라보다가 상황을 직감했다. 6검 정령과 싸우던 것까지 기억하는데 그 다음부턴 기억이…….

"크으! 싸우던 중에 곯아떨어졌나?"

게임 하는 도중에 너무나 피곤해서 잠들었던 적은 있었지만 전투 도중에 잠든 것은 이번이 처음이다. 퀘스트 기간 동안 선잠으로 지냈으니 그럴 수도 있겠지만. 그나저나 누가 이런 곳에 나와 세희를 데려다

놓은 거지?

그런 의문에까지 도달하게 되었을 때, 막강이의 선실문이 특유의 문고리 돌아가는 소리를 일으키며 열렸다. 그리고 그곳에서 담배를 입에 물고 나타난 최준 형의 모습으로 인해 나는 지금까지의 상황을 대충이나마 짐작할 수 있었다.

"형이 나와 실리를 구해준 거야?"

"일어났군. 구해준 건 아니고, 그냥 주워왔다."

"주워?"

나하고 세희가 물건이니, 줍게? 그나저나 정말로 어찌 된 일일까? 분명 기딘이 만들어낸 에너지 구체가 나와 세희를 압박했을 당시, 그때를 끝으로 필름이 끊긴 걸로 기억한다. 누가 날 구해줬던 것은 기억에 없는데.

스테이터스 창을 열어보자 체력 수치는 분명 정상이었다. 레벨도 다운되지 않았고. 뒷머리만 벅벅 긁으며 이런저런 추측을 해보는데 최준 형이 바닥에 뭔가를 내던졌다. 그 은갈색의 기다란 물건 두 개는 내 앞에 요란한 소리를 내며 떨어졌다. 하지만 최준 형에게 뭐라 대꾸하지 못하고 그것에 시선을 집중했다. 이것은!

"마티리와 기딘이다. 너흴 주워왔을 당시에 옆에 떨어져 있더군."

"이걸 누가 클리어한 거지?"

"그걸 내가 어찌 아니? 그냥 있으니 주워왔지."

"……."

돈만 된다면 쓰레기라도 줍겠군. 어쨌든 최준 형이 넘겨준 6검 두 자루를 주워 아이템 창에 넣었다. 이로써 6검 이벤트의 6검은 모두 공략되었다. 현재 내가 가지고 있는 6검은 센세, 그룬드, 마티리, 기딘.

일본 측이 가지고 있는 것은 폴로와 그렌터다. 이제 폴로와 그렌터를 찾는 일만 남았는데…….

"참고로 내가 이벤트 소식 몇 가지 알려주지."

"이벤트 소식?"

최준 형이 이벤트 소식을 알려준다기에 나는 귀가 솔깃해졌다. 설마 일본 유저들이 가지고 있는 나머지 두 개의 검을 쉽게 얻을 수 있는 방법이 있나?

최준 형은 피우고 있던 담배를 땅바닥에 비벼 끄곤 선실 의자에 건방진 태도로 앉았다.

"사실 6검을 통해 마계로 갈 수 있는 인원은 여섯 명이 한계다. 각각 검을 가지고 제단에 꽂아야 마계로 통할 수 있는 권리가 부여되지. 하지만 한 사람이 검을 독차지하고 있는 경우엔 여섯 명 이하의 숫자도 마계에 갈 수 있다."

나는 잠깐 고개를 갸웃하다가 되물었다.

"그렇다면 네 자루의 검은 내가 가지고 있으니까 나와 실리가 나눠 가져서 가면 되는 거고, 나머지 두 자루의 검으로는 일본 유저들 중 두 명이 더 갈 수 있단 말인가?"

"그래. 그동안 네가 6검을 빼앗기지 않는다면 말이지. 그럼 구체적으로 설명해 주지."

최준 형은 헛기침을 몇 번하곤 자리를 고쳐 앉았다. 뭔가 대단히 긴 설명을 할 것 같은 느낌이다.

"마계로 통하는 그렌터의 중앙엔 반갑지 않은 얼굴과 함께 '마계 통로 제단'이라는 곳이 있다. 그곳 제단에 6검을 모두 꽂으면 '마계 진입로'가 열리는데, 그곳을 통과하면 마공왕의 열쇠로 문을 열어야 하는 '마계 진입구'가 나온다. 마계 진입구를 넘어서면 마계가 나오는데, 그곳에서 몇 가지 시험을 통과하면 아주 반가운 얼굴을 만날 수 있을 거야. 그녀에게 부탁하면 쉽게 마계의 석을 얻을 수 있지."

"뭔 소리를 하는지 모르겠네? 반갑지 않은 얼굴은 뭐고 반가운 얼굴은 뭐야?"

"그건 네가 직접 확인해 봐. 그리고 이 미션들을 수행하기에 가장 문제가 되는 것이 있는데, 다름 아닌 일본의 17대 길드다. 지금 일본 유저들이 그렌터의 마계 통로 제단에서 네가 오기만을 기다리고 있다. 그것도 17대 길드, 2백 명의 마스터 전원이."

"허억?!"

나는 순간적으로 뒷골이 오싹해짐을 느끼며 헛숨을 들이켰다. 2백 명의 마스터란 소리를 듣는 순간 캐릭터가 저절로 무언의 경고를 보낸 것일까? 아니면 내 의지대로 몸을 움직인 것일까? 아무래도 전자 쪽인 듯 왼쪽 관자놀이와 턱을 타고 땀 한 방울이 주르륵 흘러내리며 입에 마른침이 고인다. 하지만 캐릭터뿐 아닌 정신도 그리 말짱하지 못했다. 올 것이 왔구나라는 긴장감 때문인가?

어느 정도 각오는 하고 있던 일인데도 떨리는 건 어쩔 수 없었다. 2백 명의 마스터들에게 다구리를 맞아야 한다니. 난 죽었다!

얼어버린 내 표정을 알아챘는지 최준 형이 재빨리 말을 이었다.

"어이~ 그렇게 쫄아버릴 것까진 없잖냐. 미션 공략 방법이 있다."

"미션 공략 방법? 그게 뭐야?"

그러자 최준 형이 툭 내뱉는 말.

"깡패인을 발휘하는 거지."

"……."

나는 그 자리에 또다시 굳어버렸다. 최준 형의 저 표정으로 보아 농담하는 건 아닌데, 그렇다면 진심? 아무리 깡폐인 말기라도 인간은 인간이렷다. 인간에겐 한계가 있는 것이거늘 내가 일본 유저들에게 얼마나 많은 비난과 욕설을 받는데 그게 될 것 같냐? 내가 말을 안 해서 그렇지, 사실 일본 유저들 사이에선 내 평판이 굉장히 좋지 못하다. 깡폐인1이다! 깡폐인2다! 깡폐인3에 퓨전이다! 한들, 욕설과 비난에 이 사나이의 마음은 갈기갈기 찢어지고 짓이겨질 것인가.

일본 유저들에게 뭔 대역무도한 PK를 저지른 것도 아닌데 왜들 그러는지 나도 이해를 못하겠다. 죄가 있다면 과거 일본 마스터 열댓 명 정도를 토막 내고, 듀라실리스 초원에서 알짱거리던 것들 몇백 명 정도를 아웃시키고, 기단에서 나에게 덤비던 열 명을 손봐준 죄밖에 없다.

과거 소더러 A와 PK 시절엔 내가 칼 한 번 뽑았다 하면 유저 수백 수천 명이 날아가 버리는 노루표 무협을 찍었었지만 지금은 많이 나아진 상태인 것이다. 그때에 비하면 이 정도는 약과지.

"그런다고 사람 열 명 죽인 거랑 백 명 죽인 거랑 다를 게 뭐 있어? 살인자는 살인자지."

"…형도 시린터를 따라 관심법을 쓰는 거야?"

"네 표정에 그렇게 쓰여 있다."

각설하고. 최준 형이 설명을 이었다.

"어쨌든 말 그대로 깡폐인 방법밖엔 없다. 하지만 깡폐인의 절정고수 경지에 이르면 JQ지수(잔머리 지수)가 급속도로 상승하여 초지능신공의 최고봉, 절대상승지공(絶代上昇智攻)을 마스터하게 되지. 이미 그 신공을 이용해 울트라캡숑그레이트하이퍼초메가톤 작전을 짜놓았다."

"헉! 그렇다면 최준 형, 벌써 깡폐인 절정고수의 경지에……?"

"수십 갑자의 내공을 쌓고 13가지의 극성 잔머리 신비술을 개발해 냈지. 회의 중에 땡땡이치기, 여직원 엉덩이 만지고 모른 체하기, 업무 중에 몰래 잠자기 등등."

헉! 사람이 이렇게 한심해 보일 수가 없다. 겨우 21세의 나이로 그 정도의 경지에 이르다니! 이제 현실에서나 가상에서나 형의 잔머리 신공을 이길 자는 손가락에 꼽을 것이다.

"나에게 그 여직원 엉덩이 만지고 모른 체하는 신공을 전수해 줘!"

"그건 네 실력으론 아직 무리야. 각설하고, 작전 설명을 하자면 우선 일본 유저들이 가지고 있는 6검 두 자루와 네가 가지고 있는 6검 네 자루를 마계 통로 제단에 꽂아 넣는다. 그전에 검 한 자루를 실리에게 주는 것을 잊지 말고. 그렇지 않으면 마계에 갈 수 없으니까. 그런 다음에 마계 진입로가 열리면 일본 유저들과 맞짱을 뜬다."

"뭐야? 그럼 전과 다를 바 없이 다구리를 맞아야 하잖아."

"아니, 제단에 6검을 꽂은 녀석만 아웃시키면 된다. 나머지는 어차피 마계로 진입할 수 없으니까 무시해도 상관없어."

"오~"

그렇구나. 제단에 검을 꽂은 사람만이 마계로 진입할 수 있으니까 검을 꽂아 넣은 두 명의 일본 녀석만 죽이면 나와 세희만 단둘이 마계로 진입할 수 있단 소리? 그렇지만 말이 안 되는데.

"걔네들이 뭐가 아쉽다고 나와 실리를 마계로 보내? 그냥 죽이고서 6검을 가로채면 되지."

"그럼 6검을 부수어 버린다고 협박하면 되지. 그런 상황까지 가게 되면 너와 세희는 도망쳐야겠고, 배 째라 이거야."

“…….”

최준 형, 전부터 느꼈던 거지만 엄청나게 치밀한 인간이야. 간혹 그 치밀함이 얍삽함으로 보여질 때가 있지만, 내가 이런 형을 만났다는 것은 정말 행운이 아닐 수 없다.

하지만 이런 최준 형의 방법에도 그 실패의 경우를 간과하지 않을 수 없다.

“그럼 만약에 그 두 명을 척살하지 못하면 어떻게 되는 거야? 나하고 세희는 역시 2백 명의 다구리를 맞아야 하나?”

“아니, 그런 일은 없을 거다. 순순히 맞아줄 네가 아니잖아?”

“그건 그렇지만…….”

“그리고 맞을 수도 없을 거고.”

“맞을 수도 없다니?”

“아무것도 아니다. 그럼 난 이만 자리에서 일어선다.”

최준 형이 흐린 뒷말은 무슨 뜻인지 알 수 없었으나 깊게 생각하진 않았다. 내가 누구한테 맞을 놈으로 보이진 않는가 보지 뭐.

최준 형이 자리에서 일어나 로그아웃을 하려던 때, 갑자기 뭔가가 생각난 듯 멈춰 서며,

“말해 둘 게 있는데, 지금 이 배는 그랜터 근처에 다 왔다. 어서 빨리 실리를 깨우고 준비하지 않으면 일본 유저들의 기습을 받을걸?”

“……?!”

“그럼 건투를 빈다.”

최준 형이 로그아웃하여 사라졌다. 그리고 나는 그 자리에 5초 정도 경직되어 있다가 곧장 막강이의 선실 밖으로 뛰어나갔다. 시야에 비춰지는 것은 어슴푸레 밝아오기 시작하는 검푸른색 새벽 하늘과 그 하늘

색과 비슷하게 보이는 바다. 그리고 저 멀리 보이는 검은색 섬, 그렌터!

　"이런! 거의 다 왔잖아!"

　망할 놈의 최준 형 같으니! 이런 건 진작진작 알려줘야 하는 거 아냐?! 하나도 준비 못했는데! 우선 배부터 멈추자.

　조종석으로 뛰어가는 그때 세희가 선실에서 나왔다. 졸린 눈을 비비며 나오는 세희의 모습에 나는 당장 소리쳤다.

　"실리! 어서 준비하자! 곧 전투다!"

　"에? 신성아, 그게 무슨 소리… 어라? 게임이었네?"

　이봐요, 세희 씨, 잠이 덜 깨셨네요. 현실과 게임도 분간을 못하면 어떡하니?

　"실리야, 정신 차려. 곧 전투라니까. 이제 마계가 얼마 남지 않았어."

　"마개? 병마개 말하는 거야? 그건 갑자기 왜?"

　"……."

　대략 정신이…….

　30분 후, 우여곡절 끝에 준비를 겨우 다 끝마칠 수 있었다.

　검은색 소매없는 셔츠와 긴 바지, 은제 부츠, 그와 같은 재질의 허리띠, 경량 상반신 보호대, 그 위에 흰색 코트를 걸치고 만반의 전투 준비를 갖추고 나자 세희는 잠이 다 깨어 있었다.

　하지만 계속해서 하품을 하는 게 아직도 피곤한가 보다.

　세희의 피곤한 모습을 보며 더 쉬었다 갈까 생각도 해보았지만 여기까지 왔는데 발을 멈추는 것은 오히려 사기를 떨어뜨리는 것 같아 곧장 그렌터로 향했다.

차갑겠지만 느껴지지 않는 새벽 바람이 귓가를 쌩쌩 스쳐 지나가는 새벽 6시.

그렌터에 진입하게 되었을 때 나는 세희에게 6검 한 자루를 내주었다.

"이거 받아, 실리."

"이걸 왜 나에게 주는 거야?"

"이게 없으면 마계로 진입할 수 없거든. 놈들에게 빼앗기지 않도록 조심해."

"알았어."

세희가 6검을 조심스레 받아 들어 자신의 아이템 창에 넣는 것을 보곤 나는 시선을 전방 그렌터로 향했다. 그렌터는 지금까지 돌아다녀 본 섬들하고는 분위기부터 달랐다. 센세처럼 유저들이 번창한 곳도 아니고, 그룬드처럼 빽빽한 숲이 있는 것도 아니며, 폴로처럼 돌과 바위로 이루어진 곳은 더 더욱 아니다.

바위도 숲도 아닌, 길이 30m에서 50m까지의 삐죽삐죽 솟아오른 직사각형 검은색 수정들이 듬성듬성 박혀 있는 곳이었다. 단순히 신비스런 배경을 연출하기 위해 만들었는지, 아니면 쓸 데가 있어서 그런 건진 잘 모르겠지만 땅에서 솟아 박혀 있는 그것들 때문에 막강이는 100m 상공에 떠서 날고 있다. 이대로 그렌터의 중앙으로 가면 마계 통로 제단이 나온댔는데…….

"의외로 섬이 작네?"

"그러게."

섬의 중앙까지 가는 데는 외곽에서부터 단 10분밖에 걸리지 않았다. 저 멀리 지름 100m쯤 되는 원형의 공터가 분명 마계 통로 제단이리라.

그 원형을 중심으로 수정의 높이가 낮고 간격도 좁아져 더 빽빽하게 되어 있었는데, 근처에 유저들이라곤 코빼기도 비추지 않았다. 최준 형이 이곳에 일본 유저가 있다고 했는데.

어쨌든 주위에 아무도 없음을 대충 파악한 나와 세희는 배에서 내려 그곳 공터 안으로 착지했다.

그 공터의 한가운데에는 3m 지름의 단조로운 원형 제단이 약 10㎝ 정도 높게 솟아 있었다. 그리고 그 안으로 희미한 문양이 그려져 있었는데 원 안에 그려져 있는 문양의 모양이 세모 두 개를 겹쳐 놓은 별이 틀림없었다. 척 보니 딱이네. 저 별 모서리에 작은 홈들이 파여져 있는 것으로 보아 그 모서리마다 6검을 꽂아 넣는 것 같다.

최준 형이 말한 '꽂아 넣는다' 라는 게 이거였군.

그럼 지금 여기서 6검을 꽂아야 하나?

나는 아이템 창에서 6검 한 자루를 꺼냈다. 길이 1m짜리의 녹슨 검. 날이 완전히 다 상해서 구멍에 들어가려나 몰라?

가장 가까이에 있는 구멍에 6검의 검신을 넣자 검은 2/3가량이나 쑥 들어갔다. 마치 케이크에 포크를 찍어 넣는 느낌같이.

"의외로 잘 들어가네?"

막 또 다른 6검을 꺼내려는데, 그때 귓가로 들려오는 자그마한 소리에 나는 움찔했다. 활시위 당기는… 소리?

숨어 있었나?!

"실리, 피해!"

세희를 밀치며 몸을 눕힌 내 머리 위로 날카로운 공기 꿰뚫는 음이 퍼졌다. 세희의 머리를 향했을 화살은 은빛의 선을 그리며 수정 사이를 지나쳤고 나는 재빨리 제단에 꽂았던 6검의 그립을 손에 쥐었다.

이것들이 기습을 해? 가만 안 놔둔다! 손에 쥐어진 6검의 그립을 쥐고 뽑으려는데 검이 빠지지 않았다. 녹이 슬어서 그런가? 넣을 땐 잘 들어가더니만. 이번엔 양손으로 그립을 쥐고 힘껏 검을 뽑아보는데 역시 검은 꿈쩍도 하지 않았다.

대체 왜 안 빠져?!

"거기 둘. 그 자리에 스톱."

"……!"

나와 세희는 들려오는 목소리에 행동을 멈췄다. 불길한 느낌에 고개를 돌려보자 주위는 이미 백 명도 넘는 일본 유저들이 우리를 포위하고 있었다. 아니, 계속해서 더 나타나고 있다. 아무것도 없던 공간에 사람이 나타나는 것으로 보아 마법으로 주위의 환경과 동화되어 몸을 숨기고 있었던 듯.

치밀한 놈들!

일본 유저들 사이에서 짜리몽땅한 키의 사내가 앞으로 나섰다. 키는 세희보다 작지만 그 다부진 체격에서 위압감이 흐르고 있다.

"나는 일본 베스트 23인에 소속되어 있는 볼이다. 우리의 용건이 뭔지 알고 있겠지?"

당연히 알고 있지.

"6검을 뺏으려는 거 아냐?"

"딩동! 그리고 너희 둘을 아웃시키라는 명령도 받았단다."

"하하! 이놈들이 살벌하게 나오네. 누굴 아웃시켜? 할 수 있으면 해보시지."

이번엔 볼이라 밝힌 짜리몽땅사내의 뒤로 연녹색 머리카락의 16세 정도의 소녀가 앞으로 걸어나왔다. 17대 길드 중 대장 격인 놈들인지 다른 놈들과는 분위기부터가 사뭇 다르다.

"역시 들은 바대로 고집이 세군요. 순순히 우리의 요구를 승낙하지 않겠죠? 그럼 무력 행사를 할 수밖에 없겠네요."

"무력 행사?"

그녀의 말은 일본 유저들 사이에서 행동으로 이어졌다. 나와 세희를 포위하고 있던 2백 명가량의 일본 유저들이 제각기 공격 자세를 취한 것이다. 최준 형이 말하길 이들 모두 일당백 마스터들이랬다. 개중엔 나보다 강한 자들도 있을 터.

내가 아무리 깡폐인이라도 몇 년 전처럼 유저들의 수준이 낮은 게 아니기에 유저 몇백 명을 혼자 대적할 순 없다. 하지만 옆에 세희를 둔다면… 그래도 조금 두렵구나.

"소환주의 명에 따라 나타나라, 마갑 안테멜도."

요란한 스파크를 일으키며 씌워진 검은색 건틀렛에, 전투 준비를 하던 일본 유저들의 표정에 살짝 긴장감이 서렸다. 내 압도적인 카리스마에 기가 눌렸군. 후후!

때맞춰 말 안 해도 알아서 척척 보조 스킬을 걸어주는 세희.

"스트랭스, 헤이스트, 아머, 샌추어리, 블레스!"

공격, 민첩, 방어, 데미지 저하, 능력치 증강 스킬까지 다섯 개의 스킬에 캐릭터가 불끈불끈! 발을 땅에 구르자 땅바닥에 가볍게 금이 갔다. 거미줄처럼 쩍쩍 갈려 나간 땅바닥에 나도 살짝 놀랐지만 일본 유저들의 표정은 '뭔가 이상한데?'로 변했다.

공포를 맛보여 드리리다! 지금의 나는 폭주 상태보다 더 강하단 말씀!

아차, 폭주란 말 나와서 말인데, 세희에게 주의를 주는 걸 깜박했다.

“실리, 앞으로 데미지를 대신 받아주는 그런 스킬 따윈 쓰지 마.”

“웅? 아… 전의 그 일 때문에 그래?”

“…….”

내가 아무 말도 않자 세희가 고개를 숙였다.

“미안해. 하지만 그땐 그렇게 하지 않으면 네가 무사치 못할 것 같아서.”

“그땐 네가 나 대신 아웃당할 수 있었단 말이야. 신력이 다 바닥나서 치료 스킬도 쓸 수 없으면 어떻게 하려고?”

“그건 그렇지만…….”

“됐어. 나중에 말하자. 그건 그렇고…….”

나는 주춤주춤 다가올 듯 말 듯 하는 일본 유저들에게 외쳤다.

“다 덤벼!!”

“죽여라!”

“아웃시켜라!”

“다구리다!”

“밟자!”

덤벼도 곱게 덤빌 것이지 시끄럽게 떠들긴.

나는 양손을 양 옆으로 펼친 뒤 검기를 뿜어냈⋯

“멈춰라.”

“…….”

검기를 뿜어내려는 순간 들려온 목소리에 움직임을 멈추는 일본 유저들. 엄청난 위압감이 서린 듯한 목소리. 부드러운 미성이었지만 그 압도적인 분위기에 방금까지 검기를 뿜어대던 나도 순간 쫄았다.

방금 전까지 아주 죽여 버린다면서 달려들던 일본 유저들은 감히 움

직일 생각도 못한 채 군은 상태다. 지들끼리 무궁화 꽃이 피었습니다,
놀이라도 하는 건 아닐 테고.

나나 세희나 어찌할 바를 모르며 주위 일본 유저들을 살피는데, 그
정적 사이에서 목소리가 퍼졌다.

"내 오랜 친구를 그렇게 막 대해서야 쓰나?"

터벅— 터벅—

멈추라고 말했던 전의 그 미성이다. 목소리가 들려오고 발걸음 소리
가 내 뒤에서부터 이어졌다. 하지만 나는 뒤를 돌아보지 못하고 가만
히 서 있을 수밖에 없었다. 저 목소리…

"듀라야."

들려오는 세희의 목소리에 나는 군어졌던 표정에서 애써 미소를 띠
었다.

익히 들어본 적 있던 귀에 익은 목소리가 다시 퍼졌다.

"거의 8, 9개월 만인가?"

"……."

"간만에 만난 친구 얼굴 좀 봐야지. 안 그래, 마듀라?"

"……."

휘이잉—

수정들 사이로 바람이 불어와 주위를 한차례 휩쓸고 지나간다. 휘날
리는 것은 코트 자락, 머리카락뿐만 아닌 나와 그 사이의 분위기도 포
함되어 있었다. 나는 몸을 돌려 상대와 마주했다. 그리고 포니테일로
묶은 머리카락과 예쁘장한 얼굴, 어울리지 않는 녹색 캐주얼 정장을 입
은 그의 모습에 나는 웃음이 나올 뻔한 걸 간신히 참아야 했다. 진지함
과는 약간 거리가 먼 모습이다.

소더러 A는 좀체 알 수 없는 얼굴로 피식 미소 지었다.

"마계에 가고 싶은가?"

"……."

나는 대답없이 고개만을 끄덕였다.

주위는 바람 소리와 그의 목소리뿐, 그 누구도 잡담을 하는 이는 없었다.

소더러 A가 턱으로 슬쩍 세희를 가리키며 다시 물었다.

"그 여자 친구하고?"

"그렇다."

"킥!"

원래 이랬던 녀석이 아니었는데 성격 자체도 많이 바뀐 것 같다. 9개월 전보다 더 더욱… 점점 미쳐 가고 있나?

"그럼 내가 너희 둘을 아웃시키고 마계로 가겠다면?"

그걸 말이라고 하니?

이번엔 대답 대신 검광진 한 구를 띄웠다. 이건 공격 차원이 아닌 무언의 경고였다.

"그렇군. 넌 우정보다는 사랑을 택하는 녀석이었지. 하긴 그게 정상이지만."

그렇게 말한 소더러 A가 아이템 창을 열곤 그곳에서 검 두 자루를 빼냈다. 양손에 하나씩 들려 나오는 1m의 녹슨 검. 그가 제단까지 걸어오자 나는 그것을 명확히 확인할 수 있었다. 분명한 6검이다. 녀석이 어떻게 6검을 두 자루나 가지고 있지? 폴로의 것은 카이데스가 일본 유저에게 뺏겼다고 들었고, 그렌터의 것은 메킨저 키스인지 뭔지가 공략했다고 들었는데.

설마…….

"일본 유저들의 앞잡이가 된 건가?"

"앞잡이? 웃기는군. 네가 나에게 그런 말 할 자격은 없는데? 그럼 내가 너에게 묻지. 넌 언제부터 운영자들의 앞잡이가 된 거냐?"

"……."

할 말 없다. 제길.

누가 앞잡이냐며 반문하고 싶었지만 그 어떤 것도, 녀석의 입장에서 볼 땐 핑곗거리에 지나지 않았다. 소더러 A가 오른손에 쥐고 있던 6검을 제단에 내리찍었다. 스릉— 하는 소리가 꽤 크게 들려왔고 6검은 홈 파여진 자리에 정확히 박혔다.

충분히 막을 수 있었음에도 그것을 막지 않았다. 그저 굳은 얼굴로 녀석과 마주할 수밖에.

"네가 운영자와 손을 잡았다는 것은 예전부터 짐작하고 있었다만 설마 운영자가 너와 나의 이벤트에까지 관여할 줄은 몰랐다. 결국 너와 운영자는 의미없는 정의 아래 규칙을 무시한 거야."

"난 너와 철학적인 대화 나누고 싶은 생각 없어."

"무엇을 기준으로 도덕과 비도덕을 잡으며, 무엇을 기준으로 옳고 그름을 판단하지? 이 게임은 유저들이 만들어가는 것이라면서 정작 그것을 움직이는 힘은 운영자에게 있다. 결국 자신들이 하는 일은 정의, 우리들이 하는 일은 불의인가?"

"이봐."

스릉—

내 말을 중간에 가로채듯이 소더러 A의 왼손에 들린 6검이 또다시 제단에 박혔다. 안 그래도 조용했던 주위는 더욱더 조용해지며, 주위가 마치 녀석의 몸짓 하나하나에 움직이듯 불안과 두려움으로 미동했다.

"범죄자가 하는 일은 불의, 범죄자를 잡는 일은 정의. 유저가 하는 일은 불의, 운영자가 하는 일은 정의. 정의란 이름 하에 불의를 심판한다. 마듀라, 네가 원하는 게 그거냐?"

"⋯⋯."

"대답 못하겠지. 찔려서라도 못하겠지. 킥! 운영자의 밑에서 개 놀음이나 떠는 놈이 정의가 뭔지 알 리가 있나."

파악!

"까악!"

들려오는 둔탁한 음과 외마디 비명에 나는 반사적으로 고개를 돌렸다. 세희가 허벅지에 화살이 박힌 채 쓰러져 있었다. 어떤 자식이 세희에게 화살을 겨눴어?!

막 세희 쪽으로 뛰려는데 바로 내 눈앞으로 불빛이 스쳐 지나갔다. 번개가 지나치듯 내 콧등을 스쳐 지나간 그것은 분명 화살. 한 발자국만 더 앞으로 나갔어도 관자놀이가 꿰뚫렸으리라. 나는 자리에 굳은 채 소더러 A 쪽을 돌아보았다.

팔짱을 끼고 피식피식 웃는 그의 모습에선 일말의 동정심이라곤 찾아볼 수 없는, 그저 나에 대한 분노만이 피어오르고 있었다.

"죽여 버려."

말이 끝나기 무섭게 일본 유저들 사이에서 화살이 겨눠졌다. 전부 세희를 향하는 그것들의 앞에 뛰어들어, 나는 스킬을 발동시켰다.

소광신화무!

펼쳐진 검기막에 날아오던 화살들은 그 위력을 잃으며 바닥에 떨어졌고 일본 유저들이 화살을 재장전하려는 사이 세희 쪽을 살폈다.

"실리, 괜찮아? 움직일 수 있겠어?"

"그, 그게 화살 맞은 다리가 움직이지 않아."

"……!"

이런! 어떡하지? 도망쳐야 하나? 고지가 눈앞인데! 이미 소더러 A가 제단에 검을 꽂은 이상 남은 건 내 6검 두 자루와 세희의 것 한 자루뿐이다.

일본 유저들이 활시위를 당기는 사이 아이템 창을 열어 그곳에서 6검 두 자루를 더 꺼냈다.

이어서 검기막을 펼침과 동시에 세희에게 외쳤다.

"실리! 검 꺼내!"

동시에 일본 유저들 사이에서 화살이 몇 발 더 날아와 검기막을 때렸다.

이때다!

검기막을 거둬들인 나는 세희를 옆구리에 끼고 제단으로 냅다 뛰었다. 제단까지는 불과 3m 거리. 몇 발자국도 안 되는 순간이다.

제단 앞에 다다르자마자 양손에 쥐고 있던 검 두 자루를 내리꽂았다.

"실리! 어서 꽂아!"

가벼운 마찰음과 함께 세희가 쥐고 있던 6검도 제단에 박혔다. 그리고 그것을 확인하는 순간, 픽— 하는 소름 끼치는 소리와 함께 시야가 휘청 떨렸고, 왼쪽 날개 뼈 부분이 심하게 저려왔다. 이어서 입에서 피를 토하는 나.

"쳇! 뒷북인가?"

어떤 자식이 뒷북쳐서 화살을 쐈어. 상반신 보호대를 착용하고 있었기에 뼈가 으스러진 정도였지 아니면…….

무사한 걸 확인하자마자 세희의 허벅지에 박힌 화살을 뽑았다. 화살이 박힌 상태에선 치료 스킬도 안 먹히니까.

세희도 내 등에 박힌 화살을 뽑곤 스킬을 발동시켰다.

"리스토어!"

순식간에 정상을 되찾은 신체 기능에 나는 다시 왼쪽 어깨를 움직일 수 있었다. 그런데 왜 나만 치료하는 거야?

"실리, 네 몸부터 걱정해."

"아니, 네가 더 중상이잖아. 난 천천히 치료하면 돼."

나는 소더러 A 쪽을 향했다.

"실리는 내버려 둬! 나에게 볼일있는 거 아니었나?"

"무슨 소리. 너와 네 연인도 함께 아웃되어 줘야지."

"그래도 아녀자를 공격하다니! 비겁하다고 생각 안 하나?!"

"남 말 하고 있네. 너와 내가 PK 시절 수많은 여성 유저들을 아웃시키지 않았나? 이제 와서 비겁하다고 하는 건 네가 타 여성 유저들을 건드린 건 정의, 네 여자가 당하는 것은 불의란 말이다."

"……."

말빨만 늘었군. 하지만 반박할 순 없었다. 말이 안 되면 행동으로 보여주지! 검광진을 띄우려는 순간, 곧 달려나와 공격을 가할 것 같은 일본 유저들에 앞서 갑자기 지축이 뒤흔들렸다.

구구궁—!

"으앗?!"

"뭐야?"

"지진이다!"

"엎드려!"

섬이 통째로 가라앉으려는지 위아래로 심하게 흔들리자 일본 유저들 대부분이 자리에서 넘어져 버렸다. 지진인 것 같다.

무릎을 꿇고 중심을 잡는 나와 세희의 앞으로 다가온 소더러 A가 주머니에 손을 넣은 채 검은 수정들을 올려다보았다.

"마계 진입로로군."

마계 진입로… 인가? 섬 전체를 가득 메우고 있던 검은색 수정들이 육중한 음과 함께 떠오르기 시작했다. 족히 수백 수천은 되는 데다 크기도 엄청난 것들이 공중에 떠오르자 햇빛까지 차단되는 듯했다.

그것들이 모두 뽑히고 나자 섬 바닥이 아래로 쿠궁— 떨어져 내렸고 그나마 서 있던 유저들은 모두 중심을 잃고 말았다. 수정들이 뽑혀 나온 자리엔 그것이 박혀 있었던 구덩이만 남았고 수정들은 계속해서 허공으로 떠올랐다.

몇몇 일본 유저들이 상황을 짐작하지 못하고 웅성이는 사이, 용케도 그 흔들림에서 중심을 잡은 소더러 A가 내 쪽을 돌아보았다.

"이제 곧 마계의 문은 열린다. 이제 어쩔 거지, 마듀라?"

어쩌긴 뭘 어째? 나는 두고 볼 필요 없이 양손을 뻗어 주위에 검기를 펼쳤다. 검기들은 내 몸짓에 가벼이 반응했고, 바닥에 150m가 넘는 크기의 별 문양 검광진이 뿌리내려 그어졌다. 날 중심점으로 삼아 압도적으로 뿜어져 나가는 검기들은 폭풍이 되어 주위의 일본 유저들을 밀어붙였다. 세희와 소더러 A만이 바리어를 펼쳐 무사할 수 있었지만 일본 유저들, 그것도 마스터라는 작자들은 단번에 나가떨어졌다.

순식간에 벌어진 이 어이없는 광경에 내가 더 어이가 없었다. 설마 이렇게 강해졌을 리 없을 텐데? 이 무시무시할 정도의 검기들이라니.

문득 목걸이를 찾아 만져 보자 목걸이의 수정은 잡히지 않았다. 이 건 언제 깨졌지?

"듀라야, 혼자 싸울 수 있겠어?"

"……."

아무래도 기딘과 마티리 공략 시에 깨진 것 같다. 그리고 그로 인해 파워도 몇 배나 상승했겠고. 지금에서 강해진 거 따질 상황은 못 되고, 문제는 내가 이 힘을 제대로 사용할 수 있느냐인데…

나는 오른손을 꾸욱 쥐며 세희의 물음에 답했다.

"응. 싸울 수 있을 것 같아. 나 혼자로 충분해."

2백 명의 마스터들을 전부 상대하지 못한다 해도 소더러 A쯤은 막 을 수 있겠지. 오른손을 들어 검광진을 띄우자 세기 힘들 정도로 무수 한 양의 검광진들이 떠올랐다. 내 주위를 빼곡히 메우는 그것에 마치 검광진의 벽에 차단된 느낌이다. 실로 경악을 금치 못할 정도였으나 적에게 놀란 모습을 보여주거나 하진 않았다.

대신 세희와 소더러 A만이 적잖이 놀랐다.

"운영자 밑에서 물 좀 먹었나 보군, 마듀라."

오호~ 알아맞히셨어? 내가 이 정도로 강해질 수 있었던 것은 최준 형이 준 목걸이 덕이 컸으니까.

하지만 누구의 도움을 받든 안 받든 결과는 내가 강해졌다는 것이 지.

"게임은 끝났네. 너는 마계로 갈 수 없다, 소더러 A."

이 자리에서 널 개박살 내주지!

"실리, 여기서 바리어를 펼치고 기다리고 있어."

“알았어.”

세희의 대답을 끝으로 나는 공중에 몸을 띄웠다. 마법으로 인해 떠오르는 내 몸과 150구의 검광진들. 내가 허공에 떠오르자 몇몇 일본 유저들도 뒤따라 허공으로 떠올랐다. 상공 80m 지점에서 멈추고 나자 아래의 일본 유저들과 실리스의 에르기아 범위가 한눈에 들어왔다. 이곳에서 보니 정말 에르기아의 범위가 넓기도 하다. 그 안에 일본 유저들이 전부 들어갈 정도니까.

검광진 80구를 단번에 겹친 뒤 그곳에 오른손 손바닥을 가져가며 스킬을 발동시켰다. 지금처럼 주위에 장애물이 많은 지형에서 가장 효과적인 공격을 할 수 있는 게 이거밖에 없다!

“신광격검— 극강!”

터져 나가는 검은빛 검기들이 허공, 지상 할 것 없이 일본 유저들에게 내리 꽂혔다. 발칸포를 쏘아내는 음향과 함께 검광진이 원형의 파동을 일으키며 울린다. 그 위력이 어찌나 강한지 내 몸까지 뒤로 밀릴 정도였다.

검기는 일본 유저들 개개인에게 떨어졌고 상당량의 폭발력을 일으키며 터졌다. 개중엔 바리어를 펼치는 유저들도 있었지만 그렇지 못한 유저들은 그것들을 하나하나씩 피해야 했다. 하지만 활동 범위가 150m라는 제약을 가진 이곳에서 ‘유도 미사일’을 잘도 피하겠다.

“하하핫! 내가 데미트하고 맞짱 떴을 때 사용했던 그 스킬이란다! 이거에 데미트도 꼬리를 감추고 도망쳤었지!”

결국엔 내가 당하고 말았지만. 뭐, 결과가 중요한가? 문제는 그 과정이지. 멀리뛰기 할 때도 중간 과정이 나쁘면 착지도 망친다.

내 공격에 아웃당한 유저는 극소수였지만 그들의 기세는 한풀 꺾였다.

이제 검기도 300% 모두 활용할 수 있겠다, 문제될 거라면 성공 확률인데…

"될 대로 되겠지."

일단 될 수 있는 한 모든 검기를 끌어올려 만들어진 검광진에 불어넣자 상당량의 검기들이 에르기아 안의 공기를 바싹 태웠다. 공기들이 푸슈퓨슈― 하는 소리를 연발하며 수증기를 만들어냈고, 일본 유저들은 나에게서 어느 정도 거리를 두고 떨어졌다.

이어 머리 속에 절정 스킬의 이미지를 떠올렸다. 지금 상황에서 가장 효과적으로 적들을 살상할 수 있는 대인 스킬.

그거다!

"무검초열신검!"

각각의 검광진에서 튀어나오는 검은색 검들. 그것들이 공간을 빼곡히 메우고 일본 유저들이 주춤하는 사이 손을 휘저어 검기들을 일본 유저들에게 겨냥했다. 150자루가량의 검에서 뿜어져 나오는 에너지는 일반 무형광검에 맞먹을 정도로 강력한 오라를 내뿜고 있었다. 검기를 다루는 소드 마스터 유저라면 각각의 검에 실린 검기의 양을 알 것이다.

자신을 향하는 검기들에 일본 유저들이 제각기 반응하며 대비했다.

나는 단순히 손가락의 엄지와 중지를 마찰시켜 소리를 일으킴으로써 주위의 검들에 명령을 내렸고 검들은 일본 유저들을 향해 날아갔다.

대처 못할 스피드로 날아가는 그것에 대부분의 유저들은 몸통을 꿰뚫리고 말았다.

제각기 검을 휘두르고, 마법을 난사하고, 바리어를 펼치는 아수라장 사이에서 그나마 무사한 것은 소더러 A와 세희뿐. 세희에겐 공격이 미치지 않도록 조종했고 소더러 A는 내 공격이 통하지 않는다는 걸 알기에 일부러 건들지 않았다.

비명과 폭음이 여기저기에서 들려오는 가운데 소더러 A가 입을 열었다. 하지만 주위의 소음과 그와의 거리 때문에 그것은 내 귀에까지 들리지 않았다.

무슨 꿍꿍이라도 있는 건가?

살의 가득한 눈으로 소더러 A를 바라보는 사이 뒤에서 기합 소리가 우렁차게 울려 퍼졌다.

"우라야압!"

가히 용태를 방불케 할 만한 120데시벨의 소음에 깜짝 놀라 뒤를 돌아보았을 때, 은빛의 무언가가 내 시야를 번쩍 스쳐 지나갔다. 어느새 내 뒤를 기습한 일본 유저였다.

"이게 어디서 철판을 가지고?!"

뒤를 기습한 일본 유저의 오른쪽 관자놀이를 향해 하이킥을 먹이려 들자 그는 들고 있던 은빛의 철판으로 내 킥을 방어했다. 그리고 도약하다 실패한 닭마냥 지상으로 떨어졌다.

뭐야, 이건?!

지상에 추락한 그가 땅을 박차고 다시 튀어 올랐다. 어느새 그의 양손에 쥐어진 철판 두 짝. 이제 보니 대검이다.

나는 앞에 검기막을 펼쳤고, 검기막에 그의 대검이 떨어졌다. 여느 상급 마법에 부딪쳐도 꿈쩍도 안 할 내 검기막은 그의 대검 후리기에 지이잉— 요동 쳤다.

우와! 이 자식 보게!

"워리어 클래스냐? 아니면……."

"차아앗!"

"파이터 클래스냐?!"

아무것도 없는 허공을 밟고 한 번 더 도약한 상대의 몸이 실리스의 에르기아, 거의 꼭대기까지 떠올랐다. 저기서 내리 박힐 생각인가?

나는 양손을 뻗어 하늘 위로 검기막을 펼쳤다. 그 위로 떨어지는 상대.

"아자자!"

파앙—!

기괴한 기합을 지르며 검기막을 내리찍은 상대의 검. 그것이 내 눈 사이, 바로 1㎝ 앞에서 멈췄다.

코앞에서 느껴지는 한기에 무의식 중에 마른침이 넘어간다. 사, 살 기가 장난이 아닌데?

"쳇! 좀 더 깊이 찌를 수 있었는데. 어쨌거나 대단하우? 카도라스 지 존인 카이데스도 내 앞에서 무릎을 꿇었었는데."

"……?"

아~ 그렇다면 이 녀석이 폴로의 6검을 스틸한 녀석이로구나! 지금 에서야 떠오른다, 유리의 그 얘기.

손을 휘저어 반달형의 검기를 만들어내 상대 유저에게 쏘아내자 상 대는 그 짧은 거리임에도 불구하고 공격을 피했다. 이에 그치지 않고 연이어 공격을 가했다. 절정 스킬을 만드는 데 검광진을 모두 써버린 지라 검광진을 이용한 공격은 더 이상 할 수 없다. 때문에 육탄전을 벌 일 수밖에 없다.

육탄전에 유리한 무기라면 여기 있지.

"소환주의 명에 따라 나타나라, 영검 베도밀!"

손에 쥐어진 워리어 마스터 아이템, 180㎝의 영검 베도밀 검신이 상대의 대검 두 자루와 맞부딪쳤다. 베도밀도 대검 축에선 대단히 큰 편에 속하지만 저 두 자루의 검을 보니 그저 부엌칼 정도로만 보인다.

그렇지만 가방 끈 길다고 공부 잘하는 건 아니듯 칼만 좀 크다고 싸움 잘하는 건 아니다. 상대는 대검을 능숙하게 활용할 정도는 되었으나 검술 자체가 능한 것은 아니었다.

가벼운 손목 찌르기를 막아내는 일본 유저, 이어진 나의 몸통 후리기 공격에 상대는 지상으로 쭈우욱 날아가 처박혔다.

이대로 확인 사살까지 할까 했지만, 일본 유저들 사이에서 날아오는 반격에 멈칫할 수밖에 없었다. 사방에서 압박하는 공격 마법들이 내 몸에 작렬하기 직전, 범위를 피해 지상으로 착지하자 뒤이어 마법들이 공중 폭발했다.

허공에 일어나는 연속적인 폭발과 함께 불꽃의 범위가 점점 커졌다. 후 폭풍이 섬 일대를 쓸어버리며 바람이 하늘 위로 솟아오른다. 불씨가 여기저기 퍼져 폐 속을 따끔거리게 했다. 이윽고 마법들이 모두 폭발을 일으키자 허공엔 미사일이 요격당한 광경마냥 검은 연기들이 뭉게뭉게 떠올라 있었다.

잠시의 정적. 곧 후 폭풍이 걷혔고 소더러 A가 입을 열었다.

나는 그의 발 아래 검광진을 떠올렸다.

"많이 강해졌군. 인정해 주지."

"……."

"하지만 나에겐 소용이 없다는 걸 알아야지."

"검구대진폭광!"

있는 힘껏 베도밀을 땅에 내리찍자 소더러 A의 발 아래 깔려 있던 지름 10m의 검광진에서 검은색 검기들이 뿜어져 올라왔다. 검은빛의 폭포수가 위로 올라온다는 표현이 적절할 것 같은 즉사형 절정 스킬!

전에 한번 사용했었다가 실패한 전적이 있던 것이었는데, 이번 것은 전 것보다 더욱 강력한 일격이었다. 일반 유저라면 몸이 타 들어가며 아웃당했을 위력일 텐데.

검은빛 에르기아에 휩싸여 소더러 A의 모습은 보이지 않았다. 이미 아웃된 건지 몸을 피한 건지 알 수 없었으나 그렇게 20초 정도 지나 검구대진폭광의 에르기아가 그쳤을 때 소더러 A는 이미 그 자리에 없었다.

어느새…

"……!"

내 앞까지 다가온 그.

소더러 A는 옷깃 하나 닳지 않은 채 멀쩡한 모습으로 내 옆을 터벅터벅 지나치고 있었다.

설마 내 필살의 절정 스킬까지 무효화할 줄이야.

"칫!"

대단하신 버그다.

소더러 A가 내 옆을 지나며 킥 웃었다.

"참고로 말하겠는데, 죽고 싶지 않으면 빨리 마계로 들어와야 할 거야. 위야, 위."

"……?"

위?

참 바보 같지만 그가 시키는 대로 나는 위를 올려보았다. 떠올랐던 수정들이 약 500m 지점에서 멈춘 것을 알 수 있었다. 중앙에 100m의 원형을 만든 채 떠올라 있는 수정들 사이사이에서 햇빛이 새어 나오고 있다.

"도대체 무슨……?"

다시 소더러 A 쪽을 돌아보았을 때, 그는 자리에서 떠올라 빠른 속도로 수정들에게로 날아가고 있었다. 먼저 마계로 진입할 생각인가? 하지만 세희의 마공왕 열쇠가 없으면 마계로 들어갈 수 없을 텐데? 녀석도 그건 모르는 모양이군.

세희 생각에 미치자 주위를 둘러보며 세희를 찾았다. 다행히도 세희는 그리 멀리 떨어지지 않은 지점에서 바리어에 몸을 보호하고 있어 무사했다.

내가 세희를 손짓으로 부르자 그녀는 바리어를 거두고 나에게 달려왔다.

"후유! 어디 다치지 않았어?"

"어. 난 무사해. 그보다 빨리 가지 않으면 소더러 A를 놓쳐 버리겠는데? 어서 들어가자."

"응!"

막강이를 내버려 두어도 괜찮나 모르겠지만 뭐, 부서지면 또 사면 되겠지.

그렇게 세희와 마계 진입로에 들어서려 할 때 갑자기 우리 앞으로 뭔가가 쾅— 내리 박혔다. 자리에서 멈추며 반사적으로 방어 자세를 취하자마자 그것의 정체를 확인할 수 있었다.

갈고리 모양의 대형 낫?

낫에 연결된 쇠사슬이 팽팽하게 당겨지더니 뭔가가 우리 앞에 또 떨어졌다. 펄럭이는 로브 자락과 도깨비… 얼굴, 그리고 그의 손에 쥐어지는 낫!

땅에 박힌 대형 갈고리를 뽑은 그가 그것을 횡으로 크게 휘둘렀다. 나는 세희를 껴안으며 뒤로 몸을 피했고 갈고리가 우리 둘을 또다시 덮쳤다.

세희와 함께 고개를 숙이자마자 날아오던 갈고리는 우리 뒤 일본 유저 서넛의 몸통을 그대로 가르고 지나갔다. 뭐 저딴 게 다 있어?

도깨비 얼굴… 아니, 도깨비가면사내에게서 목소리가 흘러나왔다. 흡사 도깨비 같은 으스스한 어투다.

"너의 강함을 보여봐라, 마듀라."

"우린 잔챙이들 상대할 시간 없다."

"마계에 들어서고 싶으면 날 쓰러뜨려라."

"조용히 꺼져, 임마!"

"날 쓰러뜨리면 꺼져 주지."

"……."

오냐~ 그렇게 죽고 싶다면 죽여주마!

나는 세희에게 잠시만 기다리라는 무언의 눈짓을 준 뒤 뒤를 지나친 갈고리의 쇠사슬을 잡았다. 이어서 쇠사슬의 위로 올라타 힘껏 도약해 내달렸다. 일반 유저의 눈엔 보이지 않을 초고속 스피드, 깡패인의 질주!

쇠사슬을 타고 도깨비가면사내의 앞까지 다가서자마자 무릎으로 상대의 얼굴을 정면으로 찍었다. 그가 몸을 젖혀 내 공격을 피하자마자 땅에 착지해 곧바로 돌려차기를 상대에게 먹였고, 상대는 내 공격을 피해 역습을 가했다. 가슴으로 날아오는 정권이야 우습지!

상대의 팔을 양손으로 붙잡은 뒤 몸을 한 바퀴 빙글 돌아 균형을 무너뜨린 후, 주먹 쥔 손등으로 상대의 가면을 가격했다. 가면에서 심하게 금이 가는 소리가 들렸고, 이어진 나의 정권 지르기에 인중을 가격당해 상대는 쭈우욱 날아가 넉다운되어 일어서지 못했다.

별것도 아닌 것이 누구 앞을 가로막아?

손을 탁탁 터는 도중 도깨비가면사내에 이어서 또 한 명이 가로막았다.

이번엔 일본 유저 간부, 연녹색 머리카락 여자다.

"이것들이 단체로 발악을 하나?"

소더러 A 녀석, 부하 훈련 한번 제대로 시켰구나.

"비켜라! 네 앞의 그 녀석과 똑같은 꼴 당하고 싶지 않으면! 난 싸움에 있어선 여자는 봐주지 않아."

"호호! 지금 제 앞에서 그런 소리 할 수 있나요? 위를 보시죠."

"……?"

위에 뭐가 있는데 자꾸 위만 보래? 그녀가 손가락으로 가리킨 대로 위를 바라보자 불덩이에 휩싸인 돌덩이, 그것도 1천 개는 훨씬 넘어 보일 듯한 불덩이들이 떨어져 내리는 것을 발견할 수 있었다. 파릇파릇한 하늘 아래 보이는 붉은색 불빛들은…

메테오잖아?

그런데 왜 나는 싸울 때마다 위에서 뭐가 떨어지는 걸까(대단한 미스터리다)?

"말씀드리겠는데, 저 위에 수정이 하나라도 박살난다면 마계로 통하는 문은 열 수 없답니다."

"뭐?!"

“호호! 이미 소더러 A는 마계 진입로에 진입했고, 나야 아쉬울 건 없으니 저것들을 부순다 한들 상관없지요. 그러니 조용히 로그아웃하여 옥체를 보존하심이……”

나는 지체없이 허공으로 양손을 뻗었다. 저 멀리 불덩어리들이 더욱 크게 보인다. 거의 섬 전체를 뒤덮는 걸 보니까 이 작은 섬을 통째로 날려 버리기엔 충분하겠다. 게임상이라 메테오의 위력이 현실에서처럼 강력한 게 아닌 걸 다행이라 생각해야겠군.

그런데 이런 무수한 숫자의 메테오를 누가 불러들인 거지? 아무리 마스터 레벨이라도 혼자서 저것들을 불러내긴 무리다.

“내가 불러낸 메테오를 막을 수 있다고 생각해요? 호호! 착각도 유분수지. 로그아웃이나 텔레포트가 아니면 살아남을 수 없답니다.”

그녀가 웃으며 한 말에 나는 고개를 갸웃할 수밖에 없었다.

“이게 너 혼자 한 짓이냐? 어떻게 혼자서 저 많은 수의 메테오를 부를 수 있지?”

“호호! 이건 절정 스킬이니까요. 들어는 보셨나? 파이어 샤워. 한 번 사용하고 나면 며칠간 마나 충전을 해야 하는 기술이지만 상관없죠 뭐. 오호호!”

“……”

저 계집애 웃는 꼴 보기 싫어 빨리 면상을 밟아버리고 싶다.

손을 뻗어 하늘, 구름 사이에 검광진 150구를 펼쳤다. 너무 멀어 잘 보이지 않지만 예상 짐작이었다. 그렇게 검광진을 펼친 뒤 절정 스킬 이미지를 또 하나 떠올렸다.

메테오를 막을 수 있는 스킬.

일단 메테오는 떨어지는 불덩이다. 지상에 떨어지기 전에 폭파시키

면 소용이 없다. 그리고 폭파시키는 것도 어렵지 않은데 문제는 저 숫
자다.

지금 상황으로선 무조건 막을 수밖에 없나?

"마천공광검파!"

구름 위에 떠오른 150개 구체의 검광진에서 검은빛 빛줄기가 뻗어
나와 지상으로 떨어졌다. 직접 눈으로 확인은 안 됐지만 대충 느낄 순
있었다. 구름 속을 뚫고 검은빛의 긴 꼬리를 물며 나타난 그것들이 엄
청난 속도로 메테오에 떨어졌다. 메테오는 수박 터지듯이 공중 폭파되
었고, 폭음과 함께한 돌 조각들이 비처럼 쏟아졌다. 그것은 시작에 불
과했다. 150개 검기의 뱀들은 계속해서 꼬리를 이으며 메테오에게 작
렬했다.

돌 깨지는 소리라곤 생각지 못할 무지막지한 폭음이 허공에 마른 벼
락 지나가듯 계속해서 울렸고, 섬광들이 연속적으로 번쩍이며 돌 가루
들이 비처럼 우수수 쏟아져 주위를 덮쳤다. 검기들은 메테오를 소멸시
켜 감에도 그 위력을 잃지 않고, 낙하하는 메테오들에게 계속해서 몸을
부딪쳤다.

메테오가 수정에 떨어지기까진 500m 남짓. 메테오들은 상당수가
소멸된 듯했지만 땅이 크게 울리는 것으로 보아 몇몇 메테오는 내 검
기를 뚫고, 수정 사이를 뚫고, 지상으로 떨어진 것 같다. 하지만 간접
적인 피해일 뿐. 고작 한두 개 떨어지는 것으론 섬이 가라앉진 않았다.

멍하니 하늘만 바라보는 연녹색 머리카락 소녀의 위로 목표물을 잃
고 허공을 이리저리 떠돌아다니는 마천공광검파 에너지 하나를 손가락
으로 까딱이자 그것은 이쪽을 향해 떨어졌다.

정확히는 저 계집에게.

"꺄아아악!"

대지를 뒤흔드는 폭발음과 함께 그 위력에 나와 세희까지 뒤로 크게 밀려났지만 피해는 없었다.

폭발이 걷히고 지나간 자리에 연녹색 머리카락 소녀는 먼젓번의 도깨비가면사내와 같은 꼴로 땅바닥에 엎어져 버렸다. 용케도 아웃은 면했군. 끝난 건가? 땅바닥에 널브러져 있는 유저들을 제외하면 멀쩡한 일본 유저들은 거의 보이지 않았다. 남은 숫자는 고작 오십 정도. 그 오십도 나와 싸울 상황은 되지 못했다.

나는 세희의 허리를 살짝 잡아 마법으로 몸을 띄웠다. 저 하늘 위, 마계 진입로가 그 파란 하늘을 열고 우리를 맞아주고 있다. 여러 우여곡절을 겪었지만 어찌 되었든 마계로 갈 수 있는 첫 관문은 통과한 셈이었다. 비록 최준 형의 작전에서 상당히 어긋났지만 뭐, 과정이 중요한가? 결과가 중요한 거지. 수학 문제를 풀어도 정답만 나오면 됐지, 그 과정은 안 보거든(말 바꾸기 천재).

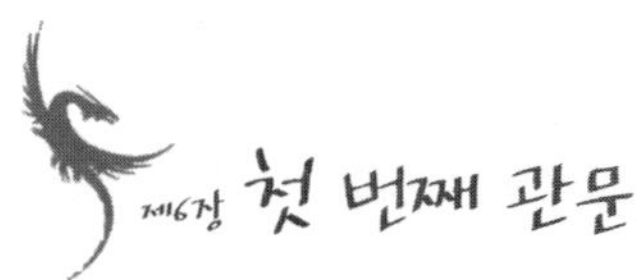

제6장 첫 번째 관문

신성과 세희가 마계 진입로에 들어서자마자 떠올랐던 수정들이 다시 자리에 내려앉았다. 신성의 공격에 살아남아 기절해 있던 일본 유저들은 수정에 깔려 2차 아웃을 당했고, 그나마 남아 있는 일본 유저는 20명이 고작이었다.

막강이의 갑판에서 섬 아래 광경을 지켜보던 최준의 뒤로 얼굴을 약간 뒤덮는 머리카락, 붉은색 경량 갑옷의 인영이 말했다.

"이제 우리 할 일만 남은 건가, 최씨?"

말투로 보아 최준과는 이미 전부터 알고 있었던 사이인 듯.

최준은 고개를 끄덕였고, 그런 그의 뒤로 두 인영이 더 나타났다.

셋 다 일 년 전과는 사뭇 다른 모습이었다. 외면으로나 내면으로나. 최준이 그 셋에게 신경을 쓰는 사이 다들 수배 이상 강해진 듯 보인다.

뒤늦게 나타난 하얀 코트의 인영이 시큰둥한 목소리로 입을 열었다.

"조금 섭섭하군. 시간만 된다면 그 계집과 다시 붙어보고 싶었는데. 먹다 버린 찌꺼기들이나 수거해야 하다니."

그가 말한 '그 계집'은 아무래도 실리를 말하는 것이리라. 과거의 패배가 아직까지 쓰린가 보다.

최준은 배 아래의 상황에 신경을 끄곤 양미간을 찌푸린 채 술타르 3인방을 돌아보았다.

"찌꺼기라도 방치해 둔다면 나중에 더 역한 냄새를 유발하지요. 이번 일은 상당히 중요합니다. 혹, 저들이 인터넷 마피아 집단으로 발전한다면 그땐 돌이킬 수 없어질 테니까요."

그러자 세 인물 중 유난히 노출이 심해 보이는 어쎄신 복장의 20대 중반의 사내 이프가 태연하게 대꾸했다.

"그땐 인터넷 마피아든 뭐든 다 아웃시키면 끝나는 거 아냐? 우리 셋이면 끝날 거야."

"글쎄요? 그렇게 속단할 순 없지요. 그들의 전력이 어느 정도인지 모르니까. 잡설은 이쯤 하고, 어서 내려가시죠. 말씀드리지만 일본의 마스터들은 누구 가릴 거 없이 모두 아웃시키십시오. 한 놈도 살려둬선 안 됩니다. 그리고 살아남은 인물들 중에 볼과 메킨저 키스란 사내와 카와이라는 소녀를 조심하시길. 메킨저 키스에게는 저희 운영자 중 한 명이 당했을 정도입니다. 비록 마듀라한테 깨졌지만."

술타르가 피식 웃었다.

"잔챙이가 거기서 거기지, 따질 게 뭐 있나? 그럼 가지."

그 대화를 끝으로 술타르, 이프, 타미야가 배 아래로 하강했다. 배에서 지상까진 거의 100m 높이. 일반 마스터 유저라면 요령껏 살아남을 수 있는 위치다. 가장 늦게 떨어졌던 타미야가 제일 먼저 지상에 착지했고 그 순간 타미야의 착지 지점 발끝에서부터 빛이 번쩍 하고 원형으로 퍼졌다. 그 빛에 닿은 일본 유저들은 그대로 가루가 되어 사라졌고 불길한 느낌에 눈을 뜬 메킨저 키스, 카와이, 볼은 간신히 타미야의 마법 범위에서 몸을 피할 수 있었다.

공중으로 몸을 피한 셋. 술타르와 이프가 지상에 착지하자마자 타미야의 반경 100m 안의 검은 수정들이 우르르— 무너졌다. 마계 진입로용으로 쓰여졌던 수정들이 모두 깨어지며 갈색 먼지가 주위를 덮쳤다. 타미야의 바람 마법으로 금세 정화되었지만.

잠깐의 소동이 있은 후 볼이 관자놀이를 타고 흐르는 땀을 닦았다.

"흐아! 이것들은 또 뭐야? 살벌한 것들이 왜 이리 많아?"

차릉—

메킨저 키스가 아코롬을 꺼내 들자 술타르가 곧장 마스터 무기를 불렀다. 그와 함께 타미야, 이프가 제각기 공격 자세를 취했고, 볼과 카와이도 마찬가지. 순식간에 전투 돌입 상태가 되자 주위는 마치 예고되었던 듯 적막감이 감돌았다.

그사이에서 조용히 입을 연 사람은 이프.

"아무래도 저 셋만 살아남은 것 같군요. 최씨가 말했던 실력이 가장 좋은 놈들인 듯?"

"그렇군요. 금방 해치워 버립시다."

이어서 술타르가 빠르게 작전 명령을 내렸다. 셋 중 나이가 가장 어리지만 리더십은 다른 이들도 인정할 정도이기 때문이다. 일개 마스터까지 한 전적이 있으니 책략 하나는 대단하리라.

"이프님은 작은 키의 사내를 맡아주십쇼. 타미야님은 연녹색 머리카락 여자를 부탁드립니다. 저는 저 반쪽짜리나 상대하지요."

그 반쪽짜리는 메킨저 키스를 말하는 것이리라. 전에 마듀라의 공격으로 메킨저 키스의 도깨비가면은 반쯤 부서져 있었다. 눈 부분은 가려진 것 같다만 콧등 밑으로 사내 특유의 각진 이목구비가 보였다.

술타르 일당은 지체없이 적들을 향해 달려갔다.

*　　　*　　　*

어두웠던 시야가 점차 밝아지며 주위가 분간되었다. 막상 마계 진입로에 들어서고 보니 시야가 어두워져서 불안했는데 멀쩡한 걸 보니 다행이다.

일단 주위를 보며 느낀 것은 몽환적인 분위기란 것이다. 백지 같은 하얀 공간에 나도 세희도 카메라 렌즈의 초점을 못 맞춘 듯 모두 흐릿하게 보였다.

이게 무슨 광경이지?

"실리, 어디 이상 있는 데는 없지?"

"응, 없어. 그런데 이곳이 대체 어디야?"

"글쎄……."

[이곳은 마계 진입로. 열쇠를 가진 자만이 마계로 통하는 공간이다.]

"깜짝이야!"

"뭐냐?"

갑작스레 들려온 제삼자의 목소리에 나와 세희는 주위를 경계했다. 귀에 익은 목소리가 들린 것이다. 그것도 부드러운 여성의 음성.

나는 최대한 침착한 어조로 허공에 대고 외쳤다.

"누구냐? 정체가 뭐야?"

[나는 마계 진입로. 이 공간 그 자체다.]

에이~ 거짓말. 카도라스 안내원의 목소리와 비슷한데. 그 '로그인 되었습니다' 하는 아줌마 목소리. 운영자들도 센스없게 새로운 성우도 못 구하나?

안내원의 목소리가 다시 흘러나왔다.

[마계에 진입하기 위해선 마공왕의 열쇠가 필요하다. 그대들은 그것을 가지고 있는가?]

"어, 당연히 가지고 있다. 나 말고 실리가."

그러자 세희의 발 앞에 뭔가가 솟아올라 왔다. 파란색 물방울인가? 구슬인가? 대략 사람 머리통만한 구슬 같은 것이 원형의 모양을 출렁이며 나타났다. 세희의 앞, 가슴 위치에서 그것이 멈추자 안내원의 목소리가 다시 들렸다.

[그곳에 마공왕의 열쇠를 넣으면 마계로 통하는 문이 열릴 것이다.]

"그럼 이게 마계로 통하는 문의 열쇠 구멍?"

[그렇다.]

세희는 속주머니에서 금줄로 이루어진 마공왕의 열쇠를 꺼냈다. 열쇠라기엔 모양이 뭣하고 단순한 금줄 목걸이였다. 아이템 창에 안 들어가서 속주머니에 고이 모셔놨던 건데, 드디어 쓸 기회가 왔다. 세희가 그것을 조심스레 손바닥에 올려놓곤 앞에 떠올라 있는 구슬에 가져갔다. 그 푸른색의 원형 구슬은 반원형으로 갈라지며 열렸다. 그곳에 열쇠를 놓으라는 것인 듯? 세희의 손이 원형 안으로 향하는데, 갑자기 반원형으로 갈라졌던 그 구슬이 턱— 하고 세희의 손과 함께 닫혀 버렸다! 어버버버!

"실리 손이 먹혔다!"

[먹힌 게 아니다.]

세희가 태연하게 구슬에게 먹힌 손을 빼내자 마치 물속에서 손을 빼낸 것마냥 쑥 빠져나왔다. 그녀의 손에 쥐어져 있던 마공왕의 열쇠는 빠져나간 듯? 괜히 쫄았네.

"후유~ 난 또 실리 손이 먹힌 줄 알았네."

"헤헤! 듀라는 내 일에는 너무 오버한다니까."

"오버라니~ 걱정하는 거지."

세희의 이마를 손끝으로 살짝 밀자 세희가 장난스럽게 웃으며 나에게 장난을 쳤다. 장난이 거의 애교 수준이지만. 이럴 때 보면 세희도 여느 고등학교 여학생이라는 걸 새삼 느끼게 된다. 앗! 그런데 지금 이럴 때가 아니다.

"이봐요, 안내원 아줌마. 마계의 문은 언제 열립니까?"

[나 아줌마 아니야!]

"헉!"

다음 순간 나는 깜짝 놀랐다! 갑자기 이게 무슨 소리람? 아줌마가 아니라니?

안내원의 헛기침 소리가 흘러나왔다.

[음음! 아, 죄, 죄송… 어쨌든 전 아줌마가 아니… 아니, 그게 아니고 마계의 문은 곧 열린다.]

지금에서 그런 말 한들 무슨 소용이겠니.

"저기요, 혹시 지금 생방송 중인가요? 라이브?"

[…….]

안내원이 아무 말도 안 하는 걸로 보아 생방송 중인 것 같다.

나는 세희와 멍하니 눈을 마주치다가 다시 허공에 대고 말했다.

“아~ 반갑습니다. 목소리로 볼 때 아줌마 같았는데 아니었나 보네요.”

[캬앗! 정말! 내 목소리가 뭐 어때서 그래요?!]

“고정하시고 제가 물어볼 게 몇 가지 있습니다만.”

[음음! 말해 보라.]

안내원의 목소리가 다시 공적으로 돌아왔다. 공과 사는 구분할 줄 아는 아줌마로군. 아줌마라는 소리에 흥분을 좀 하지만.

“혹시 누군가 먼저 이곳에 들어오지 않았습니까?”

소더러 A를 두고 한 말이었다.

안내원이 답해주었다.

[아직 너희들 외에는 유저들의 반응이 확인되지 않았다.]

“그럴 리가 없을 텐데?”

분명 우리보다 먼저 마계 진입로에 들어가는 걸 확인했는데 말이야. 설마 먼저 마계로 진입?

“혹시나 해서 말인데요, 마공왕의 열쇠가 없어도 마계로 진입할 수 있습니까?”

[그렇지 않다. 반드시 마공왕의 열쇠가 있어야 마계로 진입할 수 있다.]

그럼 소더러 A는 대체 어디 있단 말인가?

안내원의 목소리가 다시 흘러나왔다.

[또 한 가지, 마계로 진입할 수 있는 경우는 버그가 있다.]

“버그?!”

맞아. 소더러 A는 버그 플레이어였지. 이런 망할 놈! 노력없이 버그나 이용해 대는 주제에 내 앞에서 잘도 떠들어댔겠다? 뻔뻔스러운 놈!

더 이상 찔리지 않겠어. 과거의 일 따윈 다 청산하고 인정사정 안 봐주 겠어! 소더러 A, 걸리기만 해봐라!

[그럼 마계로의 이동을 시작한다.]

안내원의 목소리를 끝으로 나와 세희의 몸이 점점 흐릿해지기 시작 했다. 안 그래도 흐릿했던 시야는 더 더욱 흐려지며 주위를 구분할 수 도 없게 되었고, 나는 점점 암흑으로 변해가는 시야를 느끼며 눈을 감 았다.

다시 눈을 떴을 때 보이는 것은 여전히 흐릿한 시야였다. 눈을 비비 며 정신을 차리고 보자 시야가 명확해지며 상황을 파악할 수 있었다. 뒤쪽으로 쏠리는 몸의 느낌.

나는 지금 누워 있다.

몸을 반쯤 일으키고 나자 낯선 거리의 풍경이 보였다. 잠시 주위를 확인하던 나는 곧 세희를 찾아낼 수 있었다. 내 옆에서 째근째근 자고 있는 걸 보니 그 몇 분 새에 잠이 들었나 보다. 미인은 잠꾸러기라더 니.

이렇게 자는데 깨우기도 뭐해, 나는 조심스럽게 세희를 안고 근처 벤치에 눕혀주었다.

그리고 다시 주위를 살폈다.

짙은 어둠과 안개가 깔린 주위 분위기는 음산했고 아무 인기척도 없 으니, 거리는 괴기스럽게까지 느껴졌다. 지금 나와 세희가 있는 버스 정류장 비슷한 이곳은 큰길을 앞에 두고 있었는데, 그저 평범한 도시 거리일 뿐 아무것도 아니다.

정말 마계로 떨어진 게 맞나?

듬성듬성 떨어진 마계의 집채들을 보자 이라스의 거리와 별반 다를 게 없어 보인다.

그렇게 거리를 이리저리 둘러보던 사이, 갑자기 정체 불명의 소리가 희미하게 들려왔다.

부우우우— 부우웅—

멀리서부터 다가오는 자동차 소리? 어두운 거리에 자동차 소리가 울려 퍼지자 더할 나위 없이 괴기스럽다. 어두운 산속에서 여자의 흐느낌이 울려 퍼지는 것 같은 느낌.

그 자동차 소리에 귀를 기울이며 소리의 진원지를 파악하던 중, 저 멀리 거리에서부터 두 개의 불빛이 보였다. 그리고 좀 전에 들렸던 자동차 소리가 그 두 개의 불빛이 점점 다가오는 것과 함께 더욱 크게 들려왔다. 적인가? 아니면 단순한 불빛인가?

큰길을 따라 다가온 불빛이 내 앞에서 멈췄다. 그리고 그것의 형체를 확인할 수 있었는데 그것은 분명 버스의 헤드라이트였다! 웬 버스란 말인가?!

그것도 직행버스, 마을버스, 관광버스도 아닌 온 시민의 버스인 시내버스.

대략 정신이 멍~

푸슈우—

공기 빠지는 소리와 함께 버스의 앞문이 열렸다. 버스 운전사로 보이는 피에로가 날 돌아보며 고개를 꾸벅였다.

"안녕하십니까, 마왕성행 버스입니다. 우리 마왕성 버스는 승객 여러분들에게 최선의 친절을 약속드립니다."

"……"

저 빨간색 둥근 코와 하얀 얼굴 분장, 치켜 올라간 입술이 분명 피에로 맞았다.

마계에 피에로 운전사라…….

"두 분이십니까? 그 여성 분과 버스에 타십시오. 요금은 공짜이니 부담 갖지 않으셔도 됩니다."

"……."

나는 잠시 버스를 탈까 말까 망설였다. 이곳이 마계라면 저 피에로는 마계의 NPC, 마족일 것이다. 마족하고 한 버스를 탄다는 데 꺼릴 수밖에.

"이 버스를 타시면 30분 내로 마왕성에 갈 수 있습니다."

음~ 하지만 저 마족이 날 공격한다 해도 순순히 당할 내가 아니기에 싸워도 되겠고, 초특급 업그레이드된 날 그 누가 상대하리? 밑져야 본전이니 타보자. 나는 벤치 위에 눕혀져 있던 세희를 업고 버스에 올라탔다. 버스에 올라타자마자 버스 문이 달혔고, 버스는 내가 세희를 맨 뒷좌석에 눕히고 나자 출발했다. 매너있는 피에로군.

세희를 눕힌 뒤 피에로에게 물었다.

"정말 마왕성까지 가는 버스입니까? 마왕을 만날 수 있는 거예요?"

"물론입니다. 하지만 마왕님을 만날 수 있을지 없을지는 여러분에게 달렸습니다."

"그게 무슨 소리입니까?"

마왕을 만나는데 또 이것저것 찾으러 돌아다녀야 하는가 하는 생각이 들어 물었다.

피에로는 NPC 특유의 기계적인 미소를 짓곤 운전을 계속했다.

"마계에 대해 하나도 모르시는가 보군요. 우리 마계의 현 주인은 마은왕이라고 마계 중앙의 마왕성에 계십니다. 과거 마공왕님이 유저들의 대륙 정벌에 나섰다가 한 유저에게 죽임을 당하셨는데, 바로 그 마공왕님의 따님이지요.”

“……”

거기서 갑자기 마공왕이 왜 나오니? 마공왕 이벤트 당시에 세희한테 깨진 전적이 있던 비운의 캐릭터. 알고 보니 카마디의 사장이라더라.

어쨌든 마공왕의 딸이 마은왕이라고? 왠지 필이 팍팍 꽂히는 느낌이랄까? 최준 형이 말한 반가운 얼굴이 혹시 마은왕?

“어쨌든 마은왕님이 마계의 마왕으로 등극하심으로써 지금은 세상 살기 참 좋아졌습니다. 과거에 마공왕님은 툭 하면 NPC들을 강제 블록시키곤 하셨거든요. 여러분들이 세 번째 관문까지 통과하셔서 꼭 마은왕님을 뵈었으면 좋겠습니다.”

“아, 네… 그런데 관문을 통과한다는 게 무슨 말입니까? 마은왕을 만나는 자격 시험이라도 됩니까?”

“네, 그렇게 볼 수 있지요. 모두 세 가지의 관문이 있습니다. 각 관문의 시험마다 시험장이 따로 있습니다.”

“어떤 시험이길래?”

“음~ 그건 말씀드릴 수 없습니다. 직접 확인하십시오. 시험에 앞서 몇 가지 사항만을 말씀드리자면 첫 번째, 그 어떤 스킬도 불가능하단 것입니다. 이것은 모든 관문에 공통된 사항이지요.”

스킬이 불가능해? 그럼 나보고 맨주먹으로 싸우라는 소리?

“그런 게 어디 있습니까? 스킬을 사용할 수 없는 상태라면 드래곤 한 마리도 못 때려잡는데.”

“이미 마계에 들어올 당시부터 스킬 사용은 불가합니다. 이곳에서 스킬 사용이 가능한 것은 이곳의 생물들뿐. 그리고 드래곤 때려잡는 걸 뉘 집 개 때려잡듯이 말하시는군요. 하하하! 재밌어요. 하하!"

"웃을 때가 아니라구요, 저는! 맨주먹 일반인하고 무장한 군인하고 싸우는 꼴밖에 더 됩니까?"

"저에게 뭐라 하시면 안 되지요. 운영자하고 말씀하시길."

"……."

나는 아무 반박도 하지 못하고 속으로 궁시렁거릴 수밖에 없었다. 내가 NPC하고 싸워봤자 뭘 하겠니? 나중에 카마디에 취직하고 나면 이런 거 싸그리 고쳐 버릴 테다!

피에로가 말을 이었다.

"그리고 두 번째 사항은 그 어떤 목소리도 내선 안 됩니다. 이것은 첫 번째 관문에서만 통하는 사항이지요. 시험장 안에선 그 어떤 목소리로의 커뮤니케이션은 불가능합니다. 만약 목소리를 냈을 시에 그 즉시 게임 오버, 레벨은 1까지 다운됩니다. 후후! 무시무시하지요? 또 하나, 손바닥을 마주치거나 발을 굴러 소리를 일으키는 것은 소리가 나지 않습니다. 이 점 유의하세요."

"아, 네, 그렇군요."

그래도 첫 번째보단 낫군. 목소리를 못 낸다는 게 뭐 대수라고. 나하고 세희는 눈빛만으로도 서로의 뜻이 통할 수 있도록 훈련이 되어 있다. 어떻게? 현실에서 말을 못하는 세희는 나에게 눈빛으로 간단한 뜻을 전하곤 하는데, 세희의 눈빛이 아시다시피 너무도 투명해서 슬쩍만 봐도 '밥 먹어', '게임해' 라는 것을 알 수 있다. 그뿐인가? 가끔 세희에게 배우는 수화로도 의사 소통을 할 수 있다.

내 태연한 대답이 조금 의외였는지 피에로가 눈을 동그랗게 떴다.

"걱정되지 않으십니까? 위험 상황에 처했을 때 비명이라도 질렀다
간 당장에 게임 오버인데."

"후후! 사랑의 힘으로 충분히 극복할 수 있습니다."

"하하! 사랑의 힘이라고요? 그게 어둠 속에서 통할런지요?"

"뭐라고요?!"

나는 깜짝 놀라 외치고 말았다.

어둠 속이라면……?!

"어둠 속. 마치 다운 걸렸을 당시처럼 칠흑 같은 어둠입니다. 제가
이렇게 설명해도 모를 테니 직접 시험장에 들어가서서 확인하는 게 좋
을 듯합니다."

"……."

낭패다. 유일한 의사 소통인 눈빛과 수화가 소용이 없어지다니. 자
칫 어둠 속에서 세희하고 떨어졌다간 끝장. 이거 너무한 거 아냐?

"두 번째와 세 번째 관문은 뭐, 특별한 사항은 없습니다. 그럼 시험
장에 도착할 때까지 조금의 숙면이라도 취하시지요. 어둠 속에서 잠이
들어버렸다간 큰일이니까요."

"…네."

후우~ 마은왕인지 뭔지, 만날 수 있으려나?

그렇게 한숨을 연발하며 세희가 누워 있는 맨 뒷자리의 앞좌석에 앉
아 창밖을 바라보았다. 밖은 어둠이 짙게 깔려 있는 터라 창문에 비추
어 보이는 내 모습이 뚜렷이 보였다. 하아~ 배고프다. 뭐 좀 먹고 싶
어. 졸립기도 하고.

아, 맞다. 내가 지금 이렇게 태평히 있을 수 없는데? 여기에 왔을 소
더러 A보다 더 빨리 마은왕을 만나 마계의 석을 얻어야 하는 거 아닌

가? 설마 마계의 석이 두 개 있는 건 아닐 테고.

나는 혹시나 해서 피에로에게 물어보았다.

"아저씨, 혹시 마계의 석에 대해 아는 거 있으십니까?"

물음을 받은 피에로가 운전석의 룸미러를 통해 날 바라보며 답해주었다.

"관문을 통과한 뒤에 마은왕님이 주실 겁니다. 마계의 석은 단 하나의 유니크 아이템이며 그 능력은 초상급 마족 하나를 소환할 수 있습니다. 그 소환이 단 한 번뿐이긴 하지만."

"그럼 일회용이란 말씀이십니까?"

"네, 그렇습니다. 그 일회용을 잘만 활용한다면 카도라스는 정복하고도 남을 엄청난 전력을 지니게 됩니다. 하지만 잘못 활용한다면 자신에게 돌아오는 것은 파멸. 한 번의 결정으로 게임의 지존이 되느냐, 게임의 실패자가 되느냐이므로 신중에 신중을 기해야 할 것입니다."

"……."

무시무시하기도 하여라. 하지만 마계의 석 같은 아이템으로 게임의 지존이 될 생각은 없다. 지금의 힘만 가지고도 카도라스는 충분히 정복할 수 있기에.

그러고 보니 지금의 나, 지금 생각해도 이렇게 강해졌을 줄은 몰랐다. 일본 마스터들 2백 명이 나한테 꼼짝 못했을 정도이니까 말이야. 후후! 좋아. 이제 시린터, 그 싸가지 만빵 자식을 쓰러뜨릴 수 있게 되었군. 니가 감히 날 치고 올라와서 길드를 가로채려고 해? 나 못 본 새 많이 컸다 이거야? 그때 맛본 그 치욕감과 굴욕감을 이자 치고, 보너스 치고, 팁까지 얹어 돌려주지! 조금만 기다려라!

"…으음… 우웅……."

속으로 시린터에게 갖은 욕지거리와 저주를 날리며 주먹을 불끈 쥐
는 도중 세희가 깨어났다. 세희는 어쩜 눈 비비는 모습마저도 이렇게
귀여운지 모르겠다.

"잘 잤어, 실리? 아직 몇 분 정도 시간 남았는데, 더 자."

"아니, 잠은 다 깬 것 같아. 그런데 여긴 어디야? 버스 안?"

세희는 그제야 나와 자신이 있는 이곳에 대해 질문을 던졌다. 나는
이곳이 마계이며 저 피에로가 누구고 우리가 어디로 가는지까지 세희
에게 일러주었고, 세희는 고개를 크게 끄덕이며 양 손바닥을 마주쳤다.

"아! 그럼 좀 있으면 이벤트는 끝나겠구나!"

"그렇게 되는 거지. 그런데 문제가 있어."

"무슨 문제?"

"그게 말이야……."

내가 피에로 NPC에게 전해 들은 세 가지 관문에 대한 주의 사항까
지 말하고 나자 세희의 얼굴이 약간 걱정의 빛으로 물들었다. 아무래
도 걱정이 될 수밖에 없겠지.

무슨 방법이 없을까?

갑작스런 상황에 처하게 되었을 때 간혹 자신도 모르게 비명이 튀어
나올 수가 있다. 입을 테이프로 막고 가? 아! 그거 좋은 생각이다. 그런
데 테이프를 어디서 구해?

"그럼 목소리를 낼 수 없게 만드는 마법을 쓰면 되지 않을까? 사일
런스 마법 말이야."

"그건 안 돼. 이곳에선 그 어떤 스킬도 불가능하니까. 어쩔 수 없이
서로 입을 막아주는 수밖에 없나?"

"불편할 것 같은데?"

"역시 그렇겠지?"

알아서 조심해야지 별수없겠군.

몇 분 후,

버스가 멈추고 나와 세희, 피에로는 버스에서 내렸다.

우리가 내린 곳은 버스 정류장이 맞긴 맞았는데, 버스 정류장의 뒤편으로 보이는 곳엔 아주 큰 성이 하나 있었다. 성의 모양은 대충 고딕 건축물이다. 안개에 가려진 데다 어둠 때문에 그저 형상만이 보일 뿐이었다. 간간이 들려오는 까마귀 울음소리는 그 음침한 성 분위기를 더욱 을씨년스럽게 만들고 있다.

어우~ 소름 끼쳐. 무슨 놀이공원의 공포의 집도 아니고 말이야.

하지만 옆에 세희를 두고 내가 무서워할 순 없기에 나는 당당하게 피에로에게 말했다.

"여기가 첫 번째 관문 시험장인가요? 분위기 죽이는군요."

"후후! 따라오십시오. 시험장까지 안내해 드리겠습니다."

피에로가 우리들을 안내하며 성으로 다가갔다. 버스 정류장에서 성의 앞문까지는 그리 멀지 않았다. 육중하고 무거워 보이는 성문 앞에서 피에로가 멈추었고, 그가 양손으로 성문을 열었다. 성문은 미는 형식으로 쇠 긁는 음과 함께 열렸다.

"어둠 속에서 말을 못한단 공포감은 견뎌내기 어려울 터. 다시 한 번 말씀드리지만 그 어떤 일이 있어도 말을 해선 안 됩니다."

이 아저씨가… 우리가 애들이유?

"걱정 마십쇼. 실리, 명심해야 돼. 내가 설사 손을 놓는다 해도 절대 말을 해선 안 되는 거야. 알겠지?"

“응. 걱정 마. 자신있어.”

나와 세희는 손을 맞잡은 뒤 발걸음도 당당히 열린 성문으로 들어갔다. 성문은 우리가 성 내부에 들어서자마자 닫혔고, 성문을 통해 들어온 약간의 빛마저 성안의 칠흑 같은 어둠 속에 파묻혀 시야를 차단했다.

하지만 장애를 느낄 새 없이 발걸음만을 계속했다.

내게 들리는 것은 아무것도 없다. 내게 느껴지는 것은 세희와 맞잡은 손뿐. 촉감 정도는 아니고 손에 무엇인가 쥐어졌다는 느낌이다. 보이는 것이라곤 눈을 감았는지 떴는지 구분이 안 될 정도의 칠흑 같은 어둠.

10분 정도 어둠 속을 걷자 입이 근질거리기 시작했다. 세희와 쓸데없는 잡설이라도 나누고 싶었다. 이렇게 어둠 속에서 아무것도 안 들리니 너무나 말하고 싶다. 그렇지만 말해선 안 된다. 아~ 미치겠다. 왜 이런 어둠 속에선 더 말이 하고 싶은 걸까?

“…….”

“…….”

지루하다. 아무 말도 안 하고 길만 걷고 있으니 지루할 수밖에. 뭔 시험이 이래? 지루해 죽이려고 작정을 했나?

그런데 지금 나하고 세희가 어디 가는 거람?

“…….”

그러고 보니 길을 모르는구나. 원래부터 길이 없었던 건가? 뭐, 그 피에로가 길이 있다고 말도 안 했으니 나도 몰라. 게다가 앞으로 계속 직진만 했는데 뭔가 걸리는 것도 없었고.

그렇게 길을 걷던 도중이었다. 갑자기…

쿠쿠쿠쿵—!!

불빛이 번쩍임과 동시에 엄청난 천둥 소리가 울려 퍼졌다. 우아! 이게 무슨 날벼락? 모든 신경을 곤두세우고 있었기에 망정이지 안 그랬음 무의식 중에 비명을 질렀을 것이다. 놀란 가슴을 진정시키는데 어느새 눈앞에 배경이 펼쳐졌다.

보이는 배경은 곰팡이 슨 나무바닥과 그와 같은 재질의 나무 벽, 그리고 벽의 2m 간격으로 뚫려 있는 정사각형의 창문. 창문으로 붉은 불빛이 번쩍이며 먼 곳에서부터 천둥 소리가 울려 퍼지고 있었다.

이건 폐건물 복도인가? 복도는 매우 어두워 그 끝은 보이지 않는다. 나와 세희가 서 있는 자리만 어슴푸레 배경이 비춰지고 있었다. 하지만 나나 세희의 모습은 보이지 않았다. 마치 1인칭 호러 액션물 게임 같다. 복도에서부터 좀비들이 나타난다면 더 좋겠는데 말이야.

그 더없이 기분 나쁜 배경이 어느새 튀어나왔는지 모르겠지만, 정확한 것은 이곳을 빨리 벗어나야 한다는 것.

나와 세희는 발걸음을 재촉하며 한 발자국 내디뎠다. 그런데,

"끼야아아아악!"

찢어질 듯한 여성의 비명 소리가 복도 안을 메아리쳐 울렸다. 세희의 비명은 아니다. 이 공간에 누가 있는 건가? 잠깐 들어본 바에 따라 비명 소리의 근원지를 찾아보자면 저 복도 끝인 것 같다.

꿀꺽!

세희의 마른침 넘기는 소리가 들려온다. 그녀가 내 품에 바싹 다가와 붙는 것을 느끼며, 나와 세희는 몇 발자국 앞으로 걸었다. 세희는 무서운 걸 굉장히 싫어하는데, 혹시나 귀신이라도 튀어나오면 놀라 기절할지도?

좀 전의 비명을 끝으로 귓가에 여러 가지 소리가 뒤엉켜 들렸다. 비명 소리, 신음 소리, 울음소리, 그것도 남자, 여자, 어린아이 등등이 골고루 섞여 불협화음을 만들어내고 있다. 걸어갈수록 그 소리가 점차 크게 들려왔고 견디지 못한 세희가 발걸음을 멈추곤 날 꼭 끌어안았다. 이 상황에서 세희를 안심시켜 줄 말을 하고 싶은 마음이 간절했지만 그러지 못한다는 것에서 나는 그저 그녀의 등을 두드릴 수밖에 없었다.

세희 때문에 어둠 속에서 5분가량 그렇게 서 있었을 것이다. 빨리 돌아가는 게 더 낫겠지만, 아예 움직이질 못한다, 세희가. 계속 시간을 지체할 수도 없고, 이대로 돌아갈 길도 없고…

나중에서야 진정을 되찾은 세희가 다시 앞으로 발걸음을 재촉하는데…

"끄어어억!"

"끼야악!"

"크악! 커으커… 컥!"

요란한 비명 소리들이 이젠 귓가에 생동감있게 전해진다. 이게 관문 맞나?

사람이 어둠 속에서 가장 많은 공포를 느끼는 감각은 청각이다. 영화관에서 공포 영화를 보는 것하고 TV에서 공포 영화를 보는 것하고 공포감에 차이가 있는 이유가 바로 음향 때문이다. 지금은 무슨 일이 일어날지 모른다는 불안감과 본능적인 공포감이 가미되어 더 더욱 무섭다. 마치 뭔가가 튀어나올 것 같다.

침대 위에서 배가 갈린 채 비명을 지르는 저 여자 같은…

나는 멍~한 눈빛으로 상대를 향하다가 황급히 세희의 머리를 잡아 품속에 파묻었다. 다행히 세희는 비명을 잘 참은 것 같다. 이거야 원…

나중에 세희하고 호러 게임이나 해야지, 이렇게 겁이 많아서야 쓰나.

우리는 내장을 흘린 채 독기 어린 시선으로 날 쏘아보는 여인을 지나쳤다. 나는 그저 그녀에게 가운뎃손가락을 치켜들어 보이고 침을 퉤 뱉었을 뿐이다. 겉옷만 벗어도 상관없겠는데, 몸속까지 보여주는 올누드는 아니올시다.

하지만 복도를 몇 발자국 걷기도 전에 다른 이들이 눈앞에 보였다. 어둠 속에서 흉측한 시체들이 걸어나오는 것이다. 시체라고 하기엔 뭐하고 살아 있는 송장이랄까?

양 눈알이 빠져나온 사내부터 머리 속을 다 열고 꿈틀거리는 노인, 얼굴 살 껍질을 다 벗겨 드러난 얼굴 근육을 손톱으로 긁는 여성과 양 팔이 잘린 채 피를 뚝뚝 흘리며 걷고 있는 한 남자 아이… 이 정도는 약과다.

가장 그로테스크한 것은 온몸이 화상으로 반쯤 녹아내린 채 침상 위에서 배가 갈려, 구더기에게 살점을 뜯어 먹히는 여성이었다. 피를 토하며 악바리를 질러대는 그녀의 모습은 나도 조금 비위가 상한다. 인터넷에서 돌아다니다 본 스너프 필름하고 강도가 비슷한데?

"……."

역시나 가운뎃손가락을 치켜들어 '즐~' 이란 사인을 보내고, 나는 그곳에서 눈을 떼고 세희와 갈 길을 재촉했다. 그 살아 있는 시체들은 그리 넓지 않은 복도의 바로 왼편에 있었다. 나와 세희는 그 오른편을 지나치고 있었고. 다들 우리를 노려보는 것 같지만 나는 '뭘 봐? 즐~' 이라는 가벼운 눈사인을 주는 대담함을 보였다.

누가 이런 걸 만들어냈는지… 아~ 시시해. 내가 운영자가 되면 이런 엉터리 관문 따위는 없애 버릴 테다.

한 10분 정도 계속되던 복도가 끝이 나고 주위의 영상들과 비명 소리들은 점차 뒤로 사라졌다. 일단 세희가 무사하다는 것에 한숨을 놓게 되었지만, 아직 세희를 맘 편히 놓아주진 못했다. 갑자기 전의 영상들이 다시 튀어나오면 어떡해?

다행히 그런 영상은 다시 나오지 않았지만 이번엔 또 다른 괴기스런 음향이 들려왔다.

구워어어!

"……?!"

이 소리는 들어본 적 있다. 어디서 들어봤지? 뭔가 굉장히 기분 나쁜 느낌에 손발이 오그라드는 느낌. 얼마 지나지 않아 그 정체는 어둠 속에서 모습을 드러냈다.

회색 비늘의 몸체와 입을 뒤덮는 송곳니, 머리에 솟아난 여덟 개의 뿔과 몸체의 양 옆으로 길게 돋아난 팔 대신의 낫. 전체적으로 날카로워 보이는 데다 크기도 5m 이상은 되니 가히 그 위압감은 엄청났다.

하지만 위압감보다는 두려움이 앞서는 상대. 카도라스 역사상 날 유일하게 눕힌 전적이 있는 몬스터 데미트! 그것도 울트라다!

구워어어어!

녀석의 낫이 나와 세희에게 쇄도해 들었고 나는 세희를 안고 공중으로 점프해 공격을 피했다. 나는 내 모습조차 보이지 않지만 녀석은 내 모습이 보이는 것 같다. 이런 엉터리 경우가 어디 있어? 나는 싸울 수 있는 능력이 멀쩡한 몸뚱이밖에 없다. 스킬이 불가능하니까. 옆에 세희까지 끼고 있으니 그나마도 소용없겠군.

땅에 착지하자마자 세희를 품에서 놓은 뒤 그녀의 손을 잡고 무작정 뛰었다. 이건 도망이 아니라 후퇴야! 제길, 두고 보자!

뒤에 데미트가 쫓아오는 것 같지만 무작정 달렸다. 어디로 향하는 진 모르겠다. 벽이 있으면 부딪치겠지.

"……."

그렇게 얼마간 뛰는 도중에 세희의 걸음이 느려진 듯 점점 뒤처지기 시작했다. 벌써 지칠 리가 없을 텐데? 그러고 보니 나도 많이 지친 것을 느낄 수 있었다. 혹시 이거, 마계에선 체력이 빨리 저하된다거나 하는 엉터리 설정 아니야?

미치겠군.

구어어어!

뒤에는 괴물이 쫓아오지, 앞으로 가자니 힘들어 죽겠지, 진퇴양난의 상황이로다.

얼마 버티지 못하고 세희가 자리에 주저앉고 말았다. 숨을 고르는 중인 것 같다. 나는 그저 이쪽으로 달려오는 데미트를 바라볼 뿐 그 어떤 행동도 취하지 못하는 상태였다.

내가 저 울트라 데미트를 상대한다면 상대할 수 있을 터. 하지만 그러기 위해선 세희와 잡은 손을 놓아야 한다. 그렇게 되면 어둠 속에서 우리 둘 다 미아가 될 수 있다. 그렇다고 이대로 있는다면 우리 둘 다 데미트에게 죽는다.

결국엔…

"……."

세희와 손을 놓는 수밖에 없는 건가?

나는 세희와 잡았던 손을 놓고 달려오는 데미트에게 마주 달려갔다. 전에 한번 맞부딪쳤을 때 이 녀석의 패턴을 알아두었었다. 싸워갈수록 점점 진화하는 게 녀석의 특기!

"……!"

데미트의 목 아래 부분으로 파고들어 그대로 녀석의 턱주가리를 주먹으로 올려치자 데미트의 고개가 위로 꺾였다. 곧장 데미트의 왼쪽 안면에 하이킥을 먹이며 뛰어올라 드롭킥을 날리자 데미트의 머리가 순식간에 터지며 형체를 잃었다. 아무리 나라도 맨주먹 상태에서 5m나 되는 괴물을, 그것도 맷집있어 보이는 놈을 아무 데나 개 패듯 패서 죽일 수는 없다. 때문에 급소가 가장 밀집된 지역인 머리를 집중적으로 패는 것이다.

좀 더 까야겠지만.

픽— 픽— 픽!

그르르! 그르륵!

쿠궁!

주먹으로 얼굴을 몇 대 더 쥐어박자 데미트의 몸체가 내려앉았다. 이어서 진화할 시간도 주지 않은 채 발로 데미트의 머리를 마구 밟았다. 죽도록 밟았다. 마음껏, 있는 힘껏, 쎄빠지게(혀 빠지게). 머리에 올라타 콩콩 뛰기도 하고, 한 발로 짓이기기도 하고, 축구공 다루듯 차기도 하고. 그러고 나자 데미트의 이빨은 모두 깨지고, 눈은 뽑히고, 온통 피로 범벅져 머리의 형체가 완전히 일그러졌다.

더 이상의 미동조차 없었다. 그렇게 누워버린 채로 있던 데미트는 서서히 가루가 되어 사라지지 시작했다. 헉! 헉! 이겼다!

나는 긴장이 풀려 버려 땅바닥에 주저앉고 말았다. 역시 저번보다 많이 강해졌는지 이젠 데미트도 맨손으로 때려눕힐 정도가 되었다. 어서 이 힘을 가지고 시린터를 데미트 꼴 내고 싶지만… 지금은 그게 문제가 아니고 세희가 더 문제다.

세희는 어디 있지?

고개를 돌려 세희를 찾던 중 세희의 모습이 환하게 비추어 보였다.

＊　　　＊　　　＊

전의 전투로 상당량의 체력을 깎아먹은 셋인지라 전보다 더 강해진 술타르 일당들을 상대하기는 불가능했다. 하지만 그들이 정상의 몸이 었더라도 이들의 상대가 됐을지는 의문이었다.

확장팩이 나오고 서버가 통합되기 이전에 술타르 일당들은 계정 삭제형을 받았었다. 당연히 지금의 타국 유저들은 이들의 이름을 들어본 적이 없을 터.

그들로서는 알려지지 않은 숨은 실력자들이 나타난 것만 같았다.

채캉—!

"칫!"

아코롬을 가볍게 퉁겨내는 술타르를 바라보며 메킨저 키스가 인상을 찡그렸다. 도깨비가면에 가려져 언제나 표정이 없을 줄 알았던 그가 드러난 입 부분을 통해서 불만이 그대로 표출되고 있었다.

반면 술타르는 미소가 가득했다.

"왜? 벌써 지쳤나?"

"……."

벌써 지친 건 아니다. 다만 공격이 통하지 않는 걸 어쩌란 말인가? 자신의 절정 스킬인 조우키요우조차 상대에겐 통하지 않는다. 게다가 상대의 검에 피어오른 초신광검의 검기는 자신을 오히려 밀어붙이고 있다. 전의 선행자를 능가하는 저 엄청난 전투력.

소더러 A 다음으로 느껴보는 강함의 압박이 메킨저 키스의 어깨를 짓눌렀다. 역시 한국 유저의 실력은 카도라스 최강이라 불릴 만했다. 분하지만 이대로 물러설 수밖에 없는 상황.

이미 볼과 카와이는 이프와 타미야의 노리개감으로 전락 중이었다.

그야말로 전의 상실.

메킨저 키스가 몸을 피하기 전에 앞의 술타르에게 물었다.

"네놈들의 정체가 뭐냐?"

그의 말은 후일을 기약하기 위해서였다. 조금만 더 강해져서 이 패배감을 그대로 돌려주리라.

술타르는 앞머리를 뒤로 쓸어 넘기며 눈웃음과 함께 그의 질문을 얼버무렸다. 원한을 가진 상대에게 자신의 닉네임을 불 정도로 그는 우매하지 않았다.

"알려주고 싶은 맘이 없는데?"

메킨저 키스가 다시 약간의 빈정거림 섞인 투로 유도 질문을 했다.

"운영자의 개인가?"

운영자의 개?

술타르가 그 말뜻을 몰라 의아해하는데, 메킨저 키스가 친절히도 설명을 덧붙였다.

"선행자나 마듀라 같은 놈들과 한패거리 아니냔 소리다."

"아~ 그 질문이었어? 답은 아니다. 우린 운영자도 아니고 마듀라 패거리도 아니거든."

"그럼 우리에게 싸움을 건 목적이 뭐지?"

"알려줄 의무는 없다."

"……."

아무래도 쉽게 입을 열 것 같지 않다. 슬금 뒤로 물러서며 로그아웃을 하려는 메킨저 키스.

그때였다, 구원의 목소리가 들려온 것은.

"그만 해!"

굵직한 외침. 가뜩이나 좋지 않은 그의 인상이 쉰 음성과 어울려 더욱 구겨진다. 당연히 그의 인상이 구겨질 만했다. 아무 영양가 없는 싸움에 일본의 마스터들을 모두 아웃시켜 버렸으니 8개월의 노력이 다 허사가 된 것이 아닌가?

모두의 시선이 전방의 고스티스터, 야마모토 타케루에게 쏠린다. 또 다른 여성의 음성 둘이 끼어들었다.

하나는 흑발의 여성 고스티스터, 와타나베 미카.

"아~ 이거이거, A가 열 좀 받겠는걸? 깡도 크게 우리 마스터들을 모두 아웃시키다니."

그리고 또 하나는 붉은 머리의 여성 고스티스터 가베사와 하쯔미.

"그보다 타케루가 더 열받은 것 같은데? 어이~ 타케루?"

고스티스터들의 등장에 술타르 일당이 움직임을 멈추곤 그들에게로 적의를 돌렸다. 최준이 말하길 일본의 마스터들은 누구 가릴 거 없이 모두 쓸어버리라고 했다.

이미 메킨저 키스에게 흥미를 잃은 술타르가 고스티스터, 와타나베 미카에게 검을 겨누었다.

"방금 A 어쩌구 한 것 같은데 혹시 그 소더러 A의 부하인가?"

와타나베 미카가 기분 나쁜 고 옥타브로 웃었다.

"숙녀에게 검을 겨누며 그렇게 묻는 것은 예의가 아니지요. 어쨌든 부하 맞습니다. 소더러 A와는 거의 군신(君臣) 사이라고 할 수 있지요.

그런데 당신은 우리 소더러 A하고는 무슨 관계인지요?"

술타르는 그녀의 여유에 개의치 않고 선뜻 대답했다.

"뭐, 대충 원한 관계라고 할 수 있겠지. 내가 과거에 그 녀석을 5년 형 먹였거든."

"아! 그렇다면 당신이 연합 길드의 마스터였다는……."

"아는군."

와타나베 미카는 상대의 정체를 파악하곤 고개를 끄덕였다. 그녀는 연합 길드 마스터의 정보를 조금 들은 바가 있었다. 과거에 악명 높던 소더러 A를 처단하고 연합 길드를 세웠으며, 해킹 프로그램을 사용해 게임을 정복하려다 숙적 마듀라에게 패배하여 계정 삭제형을 받았다는.

전적을 살펴보자면 꽤 대단한 위인이다. 운영자의 프로그램을 해킹까지 한 전적이 있으니. 게다가 절정 스킬도 개발했었다. 그만큼 카도라스에서는 무시할 수 없는 위인인데, 그때 마듀라에게 패하고 어떻게 다시 게임에 컴백했는지 의문이었다.

"어떻게 게임에 다시 돌아온 거죠? 계정이 삭제되었다고 들었는데."

"계정이 삭제됐으면 다시 만들면 되지 않은가? 그리고……."

"뒤에 운영자가 눈감아준다면 문제는 없지."

술타르의 말을 최준의 목소리가 받았다. 목소리가 들린 쪽으로 고개를 돌리는 고스티스터 3인방. 언제부터 그곳에 있었는지 쓰러진 수정 위에 앉아 담배를 물고 있는 최준의 모습에 고스티스터 3인방이 흠칫 공격 자세를 취했다.

그 틈을 타서 볼과 카와이, 메킨저 키스가 뒤로 빠졌다. 그들은 이미 나설 자리가 없다. 기회만 된다면 바로 도망쳐야지라고 생각하는 셋이었다.

최준의 시선이 고스티스터들에게로 향했다.

"그래, 소더러 A 뒷바라지하면서 마피아질은 잘돼가나?"

마피아질?

그 뜻을 대충 파악한 야마모토 타케루가 태연하게 말을 받았다.

"우린 무슨 소린지 알아들을 수 없군. 아무 죄도 없는 우리를 마피아 집단으로 몰아도 되는 건가?"

최준의 눈빛이 날카롭게 빛났다. 감히 최준의 앞에서 발뺌을 하려하다니. 카도라스의 정세는 최준 손바닥 안이다.

"내가 이래 뵈도 운영잔데 내 능력을 무시하면 안 되지. 발뺌해도 소용없어, 이미 다 알고 있으니까. 소더러 A의 소속 단체부터 그 단체가 게임에 어느 정도까지 파고들었는지 말이야. 정확히 대답해라. 배후가 누구냐?"

"생사람 잡고 무슨 소릴 하는지 모르겠군."

타케루가 여전히 모르는 척 발뺌하고 나섰다.

옆에 가베사와 하쯔미까지 거들었다.

"우, 우린 그저 저 셋을 구하려고 왔을 뿐이에요! 인터넷 마피아라니, 가당치도……."

하쯔미는 말을 채 끝맺지 못하고 최준의 살기에 굳어버려야 했다. 금방이라도 자신을 찢어발길 것 같은 저 눈빛. 게임상에서 이런 공포를 느껴본 적이 있던가?

이번엔 와타나베 미카가 상황을 주시하곤 사이에 끼어들었다.

"저흰 아시다시피 소더러 A의 부하들입니다. 소더러 A의 명령만을 따를 뿐, 그가 하는 일에 관해서는 전혀 모릅니다."

그녀의 말에 최준이 살기를 한층 누그러뜨렸다.

"말해 두겠는데, 인터넷 마피아는 완전히 범죄 집단이다. 걸리면 계정 삭제 처분은 물론, 현실에서도 법적 제재를 받을 수 있어. 최소 징역 5년에서 최대 징역 10년까지. 너희들, 내 눈에 잘못 걸렸다간 콩밥 먹고 사회에서 매장당할 수 있다는 거 명심해. 내가 네놈들 개과천선시켜 보고자 소더러 A의 아래 있는 일본 유저들을 아웃시키려 하는 것이다. 알겠나? 현실에서의 법 제재는 꽤나 골치 아프거든."

"……."

자리에서 굳은 채 가만히 서 있는 고스티스터들을 바라보며 최준이 자리에서 일어섰다. 불붙인 담배를 한 모금밖에 빨지 못하고 모두 태워 버리고 말아 최준으로선 아깝지 아니 할 수 없었다.

주머니에서 다시 담배 한 개비를 꺼내며 그가 계속해서 말했다.

"너희들이 왜 소더러 A를 따르려는진 모르겠다만, 그 녀석 너무 믿지 않는 게 좋을 거다. 너희들이 과거 소더러 A 꼴 날 수도 있으니까 말이야."

"……."

최준은 고스티스터들에게 관심을 끄곤 그 뒤쪽에 두 명을 돌아보았다. 눈치만 살피고 있던 볼과 카와이가 보였다. 이미 메킨저 키스는 도망친 듯 보이지 않았다.

"이미 한 놈은 도망쳤군. 살아남은 일본의 마스터들은 이제 여섯 명뿐인가? 이보세요, 술타르 일당 분들, 처리해 주서야 하지 않겠습니까?"

'잘 나가던 중에 자기가 끼어들어 놓고선…….'

술타르가 목구멍까지 올라온 말을 꿀꺽 삼킨 뒤 일본 유저들에게 검을 겨누며 다시 달려들려는 때, 야마모토 타케루의 몸이 안개가 되어 사라졌고 그와 함께 자리에 있던 모든 이들 또한 사라져 버렸다.

공간 이동 마법, 텔레포트다. 이프는 달려나가려던 발걸음을 멈추며 쓸쓸히 입맛만 다셨다. 컴백 신고식과 함께한 몸풀기였는데 이렇게 싱겁게 끝난 게 아쉬웠다.

최준은 별로 아쉬운 감도 없는 듯, 그저 하늘을 향해 쓸쓸한 담배 연기를 내뱉었다.

"어서 끝내고 돌아와라. 마듀라, 실리."

*　　　*　　　*

어떻게 어둠 속에서 세희의 모습만 보일 수 있지?

의아해했지만 세희를 찾았단 생각이 더 앞섰다. 미아가 되는 줄 알았는데 이렇게 보니 안심이 된다. 나는 세희의 앞까지 한걸음에 달려가 제일 먼저 그녀의 안위를 살폈다. 특별한 외상은 없어 보였다. 다행이다.

그나저나 세희는 지금 내 모습이 보일까? 나는 내 모습도 보이지 않는데.

아무 표정 없이 서 있는 세희를 보며 나는 그녀의 얼굴에 손을 가져갔다. 내 손이 세희의 얼굴에 닿으려는 그때, 갑자기 세희의 표정이 구겨지며 내 손을 탁— 뿌리쳤다.

"……!"

이게 무슨……?!

세희가 앙칼지게 소리쳤다.

“이제 싫어, 신성이 따위는!”

“……?”

“내 몸에 손대지 마! 이제 신성이 따위하곤 같이 있기도 싫어!”

방금 세희가 한 말인가?

나는 순간적으로 터져 나온 그녀의 말에 그저 자리에 우뚝 서 있을 수밖에 없었다.

세희가 나보고 싫다고 했다.

왜? 왜 갑자기 내가 싫다는 거지?

나는 경고도 잊은 채 입을 열고 말았다.

“세희야, 그게 무슨 소리야?”

“싫어! 이제 신성이도, 누구도 다 싫어!”

“세희야!”

세희의 팔목을 붙잡자 그녀가 강한 힘으로 내 손을 뿌리쳤다. 세희가 대체 왜 이러는 거야?

“세희야, 왜 그래? 갑자기 내가 싫다니, 그게 무슨 소리야?”

“너도 이제 내가 귀찮아진 거잖아. 싫증난 거잖아! 내가 말을 못하니까! 처음엔 동정심으로 다가온 것뿐이잖아. 방금 전에 내 손을 놓았던 것처럼 나중에 날 차버릴 거잖아! 이제 신성이 따윈 싫어! 남자도 싫어! 왜 다들 내가 말을 못한다고 무시하는 거야? 왜? 도대체 왜!”

“……?!”

데미트와 마주쳤을 때 손을 놓았던 것 때문이었나? 겨우 그거 때문인가?

“그 일 때문이라면 미안해. 하지만 그땐 그렇게 하지 않았으면 우리 둘 다…….”

"이제 싫어! 나에게 동정심으로 다가왔던 친구들이나 신성이나! 모두 싫어! 꺼져 버려!"

세희가 독기 어린 시선으로 날 쏘아보았다. 평소 투명했던 눈과는 달리 더없이 탁하고 분노 어린 시선이었다. 나는 뒤로 물러서고 말았고, 세희가 주먹 쥔 손을 부들부들 떨며 날 바라보다 이내 뒤돌아섰다.

나는 뒤돌아서는 세희에게 달려가 그녀의 어깨를 잡고 돌렸다.

"내가 다 잘못했어. 정말 미안해. 다 내 잘못이야! 그러니까 부탁이야. 헤어지자는 소리는 하지 마. 내가 세희를 얼마나 생각했는지 알잖아! 동정심이 아니었다구! 무엇이든 다 해줄게. 세희가 원하는 것이라면 뭐든지 해줄게! 그러니까 세희야, 제발 헤어지자는 소리는 하지 마! 세희야!"

"시끄러! 이거 놔! 더 이상 하고 싶은 얘기, 듣고 싶은 얘기 없어! 추하게 변명하지 말고 그냥 내가 싫으면 싫다고 말해! 날 언제까지 더 괴롭힌 다음에 버릴 거니? 내가 말을 못한다고 무시하는 거야?"

"무시라니 당치도 않아!"

"그럼 뭔데! 내가 말을 못한단 이유로 날 노리개감으로 보는 걸 내가 모를 줄 알았어? 똑같아! 너도, 날 무시했던 사람들도 모두!"

"아니야! 아니야! 내가 널 그렇게 봤다면 어떻게 중국까지 날아가서 널 데려왔겠어? 너와 어떻게 1년 8개월을 지냈겠어? 세희가 중국에 있는 동안 내가 얼마나 힘겨웠는데. 겨우 널 책임지겠다고 다짐까지 했는데."

"몰라! 이제 너 따위와는 같이 있고 싶지도 않아! 이거 놔!"

어깨를 잡은 내 손을 뿌리치려 세희가 몸을 비틀었지만 나는 그녀의 어깨를 꽉 움켜잡은 채 놓지 않았다. 초조감보다 더한 무언가가 내 양

팔을 파르르 떨리게 만든다. 처음 느껴보는 기분. 누군가에게 버림받는다는 더러운 기분이… 이따위에게 버림받는 더러운 기분이… 제기랄! 정도가 있지!

"꺄아악! 싫어! 싫단 말이야! 이거 놔!"

세희의 손이 날 할퀴고, 구타하고, 자신의 몸에서 날 떼어내려 안간힘을 다 썼다. 어차피 고통도 느껴지지 않는 거.

"그만 해……."

내 목소리는 많이 떨리다 못해 격앙되고 있었다. 분노. 오로지 분노뿐. 죽여 버려… 날 이따위 장난감 취급하는 것 따윈… 부숴 버려! 지금이라도 늦지 않았다. 나에게 사과해! 죽고 싶지 않으면!

"꺼져! 재수없어! 죽어버려! 너 따윈……."

"그만 해!!"

'그'의 목을 콱 움켜잡고 힘을 가하자 상대는 숨이 턱 막혀, 더 이상 떠들지 못했다. 목을 붙잡은 내 팔을 붙들며 손을 떼어내려 애썼지만 그 정도의 완력 가지곤 소용없었다.

"감히 프로그램 주제에 실리 행세를 했단 말이지?"

"…커… 헉!"

내가 너 따위 하나 눈치 못 챌 줄 알았어? 단순히 세희의 겉모습만 베꼈다고 내가 넘어갈 줄 알았어? 세희는 그 어떤 때도 날 경멸의 눈으로 본 적이 없다고! 베낄 거면 똑바로나 베낄 것이지!

"게다가 날 능멸하기까지 해?"

잘못 걸렸어. 프로그램이 사람 마음을 가지고 노는 것도 정도가 있는 법이다. 또 어떤 놈에 운영자가 이따위 장난을 쳤는지, 사람 오게 만들어놓고 짜증나게!

"뒈져!"

퍼칵!

손에 악력을 가하자 상대의 목이 뒤틀리며 축 늘어졌다. 늘어져 움직이지 않는 세희 모습의 인형을 내려다보며 침을 퉤 내뱉은 나는 발걸음을 휙 돌렸다.

기분이 좋지 않았다. 어느새 이 게임은 사람의 마음을 유린할 정도의 심리전까지 내보였다. 그리고 그것이 내 마음을 침투한다는 것이 굉장히 기분 나쁘다. 정말 큰일이다. 하마터면 깜빡 속아넘어갈 뻔했는데. 세희는 무사할 수 있을까?

*   *   *

데미트가 나타나 신성이와 손을 놓은 후로 그 어떤 것도 눈에 보이지 않았다.

눈을 감았는지 떴는지 모를 칠흑 같은 어둠 속. 소리도, 그 무엇도, 아무것도 느껴지지 않는다. 신성과 손을 잡았을 때는 옆에 자신을 지켜줄 사람이 있다는 생각에 심리적으로 안정이 되었는데, 어둠 속에 자신만이 동떨어져 있다고 생각하니 공포심은 배가되었다.

도대체 신성이는 어디 있는 걸까?

소리쳐 불러보고 싶었지만 그럴 수는 없었다. 이곳에 들어오기 전 신성이의 충고 때문이었다.

"실리, 명심해야 돼. 내가 설사 손을 놓는다 해도 절대 말을 해선 안 되는 거야. 알겠지?"

하지만 둘 다 잘못 알고 있는 것이, 애초에 이곳은 말을 해도 상관없는 곳이다. 말을 하면 게임 오버라는 등의 소리는 거짓이란 말이다. 그래도 그것을 꿋꿋이 지킬 생각인 세희는 자리에 앉았다.

조용히 양 무릎에 얼굴을 파묻은 채.

이렇게 있으면 신성이가 금방 찾으러 올 것 같았다. 자신이 마지막으로 믿는 사람이자 마지막까지 의지해야 할 사람. 신성이가 중국에서 한국으로 자신을 데려온 후 그녀가 믿을 이는 이제 신성이밖에 없었다. 이제 신성이가 자신을 버린다는 생각은… 그건 상상하기도 끔찍했다. 만약 신성이가 세희를 버린다면 세희는 더 큰 충격을 받고 세상과 또 한 번 단절할 것이다. 영영 말을 못 틀 수도 있고, 혹은 더 큰 충격에 대인기피증에 걸릴지도. 그 정도로 지금의 세희는 신성이에 대한 의지도가 여느 연인들과는 달랐다. 그것은 부모님을 일찍 여윈 데 대한 애정 결핍이라고 생각할 정도로…….

사실대로 더듬어보자면, 세희는 신성이와 처음 만났을 당시엔 그저 그런 전학생인가 보다 생각했었다. 얼굴은 꽤 괜찮게 생긴 호남형이고, 키도 크고, 여느 여학생들이 좋아할 만한 외모. 하지만 그뿐, 세희는 당시 남자에 대한 생각이 좋지 않았기 때문에 신성이에게 특별히 끌리지 않았다.

그게 아마 중학교 때 부모님이 교통사고로 돌아가시고 실어증에 걸린 후로 자신을 괴롭히던 남자애들 때문이었을 것이다.

그때가 세희의 암흑기였다.

학교 책상엔 '벙어리 꺼져라!' 라는 등의 욕설이 칼로 흠집 내어져 있고, 책도 다 찢어놓아 중학교 공부는 거의 하지 못했었다. 그때마다 세희는 이를 악물며 버텨 중학교 졸업장을 겨우 받아낼 수 있었다.

부모님도 없고, 저 멀리 중국에 있는 친척들이 보내주는 돈으로 생활하기 뭐해서 그녀는 고등학교를 그만두고 직장을 구할까 생각도 했었다. 하지만 그것은 돌아가신 부모님이 원하지 않을 거란 생각에 고등학교에 입학하자는 생각으로 기울었다. 고등학교 생활은 그래도 중학교 때보다는 나았다. 다들 대학이란 목표와 게임으로 바빴기에 자신을 상대하는 이는 거의 없었기 때문이다.

편하긴 하지만 외로운 생활. 그녀는 그 시간을 공부로 채웠다.

고등학교 1학년을 그렇게 공부로 보내고, 2학년으로 올라왔다. 몇몇 빼고는 그녀에게 말을 거는 친구는 드물었다. 그나마도 자신이 공부를 좀 해서 그런 것이고, 간혹 자신에게 친절히 대하는 남자들은 그저 동정심이었다. 그리고 뭐, 넘버원 컨카? 그것 때문인지 자신에게 다가오는 남자들도 있었지만 그들은 며칠 무시하고 나면 소리없이 사라지곤 했다.

외톨이나 다름없는 나.

존재감이 없는 나.

바로 내일 죽어도 그저 여학생들 사이의 수다거리로 오다가다 사라질 나.

자신을 생각해 주는 친구는 없을 것이리라. 그렇게 생각하던 세희에게 어느 날 찾아온 전학생이 바로 신성이였다. 맨 처음 신성이가 '뭣?! 말을 못해?!' 라는 소리를 했을 때 세희는 보이지 않는 한숨을 포옥 내쉬었다. 저 애도 날 장애인으로 취급하겠지? 하며.

하지만 하교 길에 자신에게 다가와 진심으로 '미안' 을 말하는 그의 모습에 세희는 뭔지 모를 느낌으로 신성이에게 끌렸다. 그 미안이란 소리, 정말 오래간만에 듣는 것이기도 했지만 그 미안 속에 진심이 담겨져 있었기 때문이다.

그리고 신성이를 따라 접하게 된 게임, 카도라스. 그 카도라스에서 자신은 신성이와 가까이 지내며 서로 이끌려 갔다. 사냥 같은 위험 속에서 자신을 호위해 주고 길드 정팅에서도 선미가 세희를 운운할 때 그녀의 자존심을 지켜주려 선미와 싸움을 했다. 또 자신만이 알고 있던 비밀 장소(듀라실리스 초원)도 가르쳐 주었고, 자신의 과거도 선뜻 이야기해 주었다. 하지만 그녀가 가장 결정적으로 신성이에게 마음이 끌렸던 것은 천상의 목소리 이벤트 때였다. 그 후로 자신을 깔보던 친구들은 물론 자신의 존재감을 몰랐던 친구들까지 세희를 다시 보게 되었다.

점차 신성이와 함께 게임하면서 세희의 성격은 부모님의 살아생전 때처럼 밝은 성격으로 돌아갔다. 그것은 카도라스 덕이기도 했지만 무엇보다 신성이의 도움이 가장 컸다.

그리고 자신을 이렇게 만들어준 신성이가 세희는 무엇보다 고마웠다.

"……?"

세희는 느껴지는 인기척에 무릎에 파묻은 고개를 들었다. 바로 자신 앞에 신성이가 서 있었다. 그의 모습이 어둠 속에서 형광등처럼 빛나는 듯했다. 세희는 올 줄 알았다는 미소를 띠며 자리에서 일어났다.

'어디 갔다 왔어?' 라 하고 싶었지만 그럴 수는 없었다. 말을 하면 안 되니까.

그런데,

"세희야, 할 말이 있어."

세희는 신성이를 보며 깜짝 놀랐다. 이곳에서 말을 하면 게임 오버가 아닌가? 그런데 말을 해도 멀쩡하다니?

그것보다 신성이가 자신에게 말을 걸었으니 세희는 주의 깊게 그의 다음 말을 기다렸다.

다음 신성이의 입에서 나온 한마디.

"우리 헤어지자."

"……?!"

세희는 자신의 귀를 의심해야 했다. 난데없이 헤어지자니? 서, 설마 농담하는 거겠지? 그럴 리가 없잖아? 장난이겠지. 하지만 장난이 너무 심하잖아.

그렇게 신성이의 말을 부정하는데 신성이가 다시 입을 열었다.

"이젠 지겨워, 벙어리하고 대화하는 건."

그것은 청천병력 같은 한마디였다. 이제 와서 지겹다고 하면 어쩌란 말인가? 자신을 한국까지 데려와 놓고선?

급기야 세희가 입을 열었다.

"그게 무슨 소리야, 신성아? 이젠 지겹다니? 그런 게 어디 있어!"

하지만 신성이의 반응은 그의 표정과 같이 냉담했다.

"말하지 못하는 벙어리와 같이 놀아주느라 얼마나 짜증났는지 알아? 지금까지 놀아준 것만으로도 고맙게 생각해라. 응?"

"그, 그런… 신성아, 너 농담하는 거지? 그렇지? 그럴 리가 없어! 네가 나한테 얼마나 친절했는데."

"이젠 필요없어. 장애인 따위는 질려서 말이지. 역시 정상인과 장애인은 쉽게 이루어질 수 없는 건가 봐. 부디 너 같은 애 만나서 잘 먹고 짝짝꿍해 보시라구."

"신성아! 이러지 마! 날 중국에서 데려와 놓고 이러는 게 어디 있어! 난 언제나 너만 믿었는데… 장난이라도 너무 심하잖아."

"세희야, 확실히 해두자. 오늘부로 너와 나는 끝난 거야. 이제 너와 나는 남남이란 말이지. 알겠냐? 앙?!"

"이, 이러지 마, 신성아! 그, 그럼 내가 말을 할게. 이제 조금 있으면 난 말을 틀 수 있을 거야. 말을 할 테니까 부탁이야. 우리 이러지 말자, 응?"

이제 거의 애원 수준이다. 세희는 무조건적으로 신성이를 잡아야 했다. 그렇지 않으면 자신은 단 한 가지 선택밖에 없다. 중국으로 돌아갈 수밖에. 하지만 그건 죽는 것보다 더 싫었다.

신성이는 세희의 말에 비웃음을 담았다.

"하! 주제에 매달리다니. 이봐, 세희야, 내가 단순히 네가 말을 못한다고 차버리는 줄 알아? 아니야, 너 하는 짓도 참 뭐 같아서 말이다. 언제나 힘든 일이 있으면 나에게 의지하고 기대지. 정말 맘에 안 들어, 너 같은 계집."

"그, 그럼 다신 안 그럴게. 앞으로 신성이에게 안 매달릴게."

"그것뿐인 줄 알아? 넌 어느 남자한테나 꼬리나 살랑이고 미소를 팔잖아? 안 그래? 이미 나하고 사귀기 전에 다른 남자들하고……."

"아니야! 그런 거 절대 없었어! 맹세해!"

"가서 다른 남자들한테 꼬리나 쳐라. 알겠냐? 가서 너 매달리는 거 좋아하는 남자들한테 꼬리나 치란 말이다!"

"신성아!"

"저리 비켜!"

"아악!"

세희가 짧게 비명을 지르며 뒤로 넘어지고 말았다. 신성이에게 다가
가려다 따귀를 맞은 것이다. 세희는 아직도 이해가 되지 않은 이 상황
에 그저 허탈한 슬픔에 젖어들 뿐이었다. 난데없는 실연이라니. 그것
도 말을 못한다는 이유까지 대면서 자신을 철저히 무시하고 있다. 배
신감보단 슬픔이 더 앞섰다. 자신이 굳게 믿고 신뢰하던 사람에게 배
신당한 기분은 이루 말할 수 없이 슬프다.

신성이가 설마 자신을 그렇게 생각할 줄 몰랐는데… 너무하다. 게다
가 다른 남자까지 운운하다니. 보통 여자였으면 아마 치욕스러움에 신
성이를 증오하리라.

하지만 세희는 흘러내리는 눈물을 닦으며 돌아서는 신성이에게 다
시 한 번 매달렸다. 이건 어쩔 수 없는 선택이다. 놓칠 수 없다. 놓치고
싶어도 그럴 수 없다. 마지막으로 그를 믿어야 한다. 그렇지 않으면…

＊　　　＊　　　＊

(주)카마디.

프로그램 부.

"방금 마됴라 씨와 실리 씨가 첫 번째 관문을 통과했시라요."

성실의 보고에 최준과 시 부장을 포함한 자리의 운영진들이 그를 힐
끔 돌아보았다. 한순간에 쏠리는 피곤과 지침의 눈빛이 성실의 가슴을
푹푹 찌른다. 이미 3일째 밤샘 작업을 하고 있는 직원들이기에 그들의
시선은 인간이길 포기한 듯 퀭~한 개구리의 눈빛이었다. 최준은 성실
에게 다가갔고 다른 운영진들은 제각기 하던 일에 다시 몰두했다.

컴퓨터 자판을 그렇게 두드려서 무얼 하려는지 성실이 최준에게 물

었다.

"지금 무엇을 하는 겁네까?"

프로그램실을 쩌렁쩌렁 울리는 성실의 언성에 최준이 급히 검지손가락을 입가에 가져갔다. 깡페인 에너지를 상당량 소모한 듯 그도 약간은 피곤한 모습이다.

"쉬잇― 목소리 낮춰라. 신성이와 세희가 첫 번째 관문을 통과했다고 했지? 세 번째 관문에서 마은왕을 만날 거니까, 그 때문에 분주하다."

"아~ 그렇군뇨. 그런데 저~ 기 저 계집아이는 멉네까?"

계집아이?

저 의자에 앉아서 PX 헬멧을 쓰고 있는 여자 아이를 말하는 것 같다. 최준은 아직 희은이를 성실이에게 소개시키지 않았었나? 생각하며 그녀를 성실에게 소개시켰다.

"우리 사장님의 딸이다. 이름은 이희은. 귀엽지?"

"에엣?! 사장님의 딸이라고!! 읍?!"

성실의 언성이 높아질 줄 미리 예상하고 있던 최준은 황급히 성실의 입을 틀어막았다. 하지만 타이밍이 늦었는지 프로그램실의 운영진들이 성실을 찌릿 째려보았고, 최준과 성실은 죄송 가득한 표정으로 그들에게 고개를 꾸벅여야 했다.

업무 중에 떠들면 쓰나?

최준이 한숨을 내쉬곤 작은 언성으로 성실을 힐책했다.

"얌마! 여기서 그렇게 크게 떠들면 어떻게 해?!"

"아, 죄송함다. 그런데 조 계집아이가 사장님의 딸이라 캤습네까?"

"그래."

"히야아~ 사장님하곤 딴판 아닙네까?"

"후후! 우리 회사 미스터리지, 사장님과 희은이가 하나도 안 닮았다는 거. 희은이는 사실 사모님을 많이 닮았지. 사모님 뵈었었냐? 사모님이 무척이나 미인이셔. 사장님의 사모님하고 우리 시 부장님의 사모님하고 그렇게 미인일 수가 없지."

"최준아, 다 들린다."

최준의 말을 한 귀로 듣던 시 부장, 시성진이 최준에게 씨익 웃으며 힐책했다. 입이 귀에 걸렸군. 자기 마누라 자랑 듣는 게 기분 좋은지 괜히 끼어든 것이었다. 속 보이긴.

최준이 성실에게 말했다.

"음음! 각설하고, 지금 희은이가 6검 이벤트의 주연을 맡는 중이다. 게임 설정상 마공왕 배역은 사장님이 하셨으니 사장님의 딸, 희은이가 마은왕을 맡는 것이다."

"흐음? 잘할 수 있겠습네까, 저 계집아이? 어리지 않습네까?"

"걱정 마. 희은이는 그저 모습만 마은왕일 뿐이야. 실제 그녀를 움직이는 것은 NPC 프로그램이니까. 신성이와 세희가 마은왕을 공략하면 희은이는 본래 정신을 가지고 게임 플레이를 할 수 있게 된다."

"음~"

성실이 턱을 잡고 그렇구나~ 라는 표정을 지었다. 사실 북쪽은 이런 가상 게임 부류가 그리 발달되지 못했다. 때문에 성실은 이런 게임 운영 부류가 신기하게 보일 수밖에 없었다.

잠시 둘 모두 그렇게 희은이를 보며 말이 없다가 최준이 입가에 야릇한 미소를 걸쳤다.

"희은이 귀엽지 않냐? 보기만 하면 깨물어주고 싶어, 그냥. 으에헤헤!"

"에엑?!"

순간 성실의 얼굴에 '엑? 영계?'라는 빛이 떠올랐다. 성실한 사고방식을 가진 성실로서는 겨우 여섯 살박이 꼬맹이한테 그런 감정을 느끼는 최준을 이해할 수 없었다.

"오뜨케 저런 계집아이한테 홍분을 느끼실 수 있슴까? 족오도 뇨자라면 실리 씨 정돈 되야 하는 거 아님까?"

"야야~ 남이 무슨 취향이든 뭘 따지냐? 그런데 넌 실리한테 관심있냐?"

"하하! 딱 제 취향이라요."

"아니, 얘가 정신이 있어 없어? 실리한텐 관심 끄는 게 좋을 거다. 아예 입 밖에도 내지 말고. 신성이 앞에서 그런 소리 꺼냈다간 바로 작살이라고."

"아~ 마됴라 씨 말씀임네까?"

성실의 말에 최준은 시 부장 쪽을 힐끔 돌아보았다. 자신과 눈이 마주치자마자 본래 작업에 들어가는 시 부장을 보며 최준이 프로그램실을 나섰다.

그는 자신의 뒤를 쫓아오는 성실에게 조심히 이어서 말했다. 누가 들을까 봐 조심하는 눈치로.

"시 부장님의 아들이자 내 학교 후배이기도 한 녀석이지. 어쩌다 세희와 이어졌는지 모르겠지만, 녀석, 세희 생각 하는 거 하나는 알아줘야 한다니까? 옆에 누가 집적거리는 걸 못 보지."

"아~ 기리쿤뇨."

"게다가 둘은 이미 장래를 약속한 사이야. 지금은 동거 중이고."

"에에엑?! 그게 참말임네까?!"

“그래.”

“정말요? 한 지붕에서 산다꼬요?”

“그렇다.”

“……”

성실이 엄청난 충격에 휩싸인 듯 말을 잇지 못했다. 피부는 하얗게 탈색되고 입은 쩍 벌려진 형상이 넋이라도 나간 듯.

하여간 얼굴 좀 된다 하는 것들은 이미 임자가 있다니까. 골키퍼 있다고 골 안 들어가냐라고는 설명할 수 없다. 전 후반전 다 끝인데 공 차서 뭘 해?

성실은 이 상황에 빠르게 대처하지 못하고 잠시 넋이 나가 있다가 이내 정신을 차리고 본래대로 되돌아왔다. 세상에 여자가 어디 세희 하나뿐이더냐? 라고 자기 자신을 위로한 채.

그치만 역시 아깝긴 아깝다.

“으흐흑! 내가 대전에만 살았도라도.”

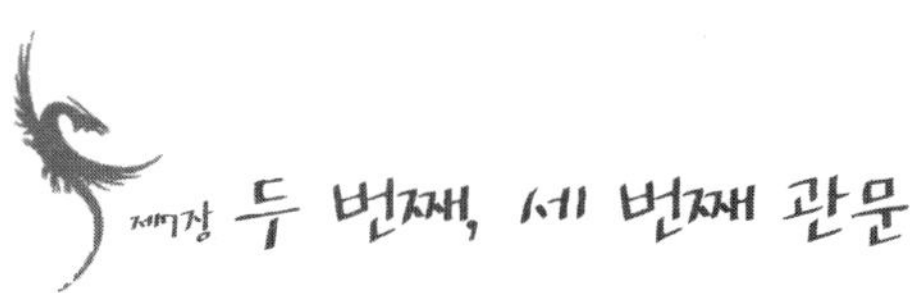

제7장 두 번째, 세 번째 관문

어둠이 사라지고 밝은 빛이 시야를 하얗게 지배하다가 이내 정상을 되찾았다. 보이는 것은 회색의 구름과 갈색의 메마른 땅. 그리고 내 몸을 으스러지도록 껴안은 세희였다. 세희도 첫 번째 관문을 통과한 건가? 과연 그 통과 기준이 뭔지 잘은 모르겠다만, 세희가 무사해서 다행이다. 무사해서 다행인 건 다행인데… 내 기분이 뭐 같은 거하고 세희가 무사한 것은 별개의 문제다.

짝짝짝—

"통과하실 줄 알았습니다."

박수 소리가 들려온 쪽으로 고개를 돌리자 전에 보았던 피에로가 보였다. 마침 잘 만났다. 나와 세희는 그쪽을 돌아보게 되었고, 주체할 수 없는 나의 감정은 저 피에로의 기분 나쁜 얼굴을 향해 용솟음치기 시작했다. 으아악! 이것을 죽여 말어!

나는 그에게 천천히 다가가며 주먹을 쥐었다.

"이제 첫 번째 관문을 통과하셨군요. 즐거우셨습니……."

퍼억—!!

광대뼈가 으스러지도록 피에로의 면상에 주먹을 처박자 피에로는 뒤로 날아가 땅바닥에 대자로 뻗어버렸다. 감히 나와 세희를 우롱해?!

"너, 오늘 죽어봐라!"

피에로를 잡아죽이려 듯이 달려들자, 피에로는 전혀 데미지가 없었다는 듯 멀쩡하게 자리에서 일어났다.

그리곤 천연덕스럽게 웃음 띤 얼굴을 지었다.

"즐겁진 않으셨던 모양이군요?"

"그럼 넌 그 상황에서 즐겁겠냐?!"

나는 피에로의 멱살을 쥐고 주먹을 치켜들었다. 세희의 꼴을 보아하니 세희도 그리 즐겁진 않았던 모양이다. 세희도 나만큼 기분이 뭐 같았겠지. 내 모습을 한 인형에게 속아넘어 가 실연이라도 당했다거나! 세희 몫까지 신나게 패주리라!

그때 세희가 날 말렸다.

"듀라야, 그만 해."

"이런 건 좀 맞아야……."

"그만 하라니까."

"……."

세희가 날 말리자마자 나는 마지못해 쥐었던 멱살과 들었던 주먹을 내렸고, 대신 살기 어린 시선으로 피에로를 째렸다. 세희가 날 말리지 않았으면 넌 전치 16주다! 아으~ 주먹이 우는구나.

피에로가 흐트러진 옷깃을 추슬렀다.

"진정하십시오. 여기서 절 아웃시킨다면 다음 관문으로 넘어갈 수 없습니다. 모든 관문을 통과하신 후 절 아웃시키겠다면 기꺼이 아웃당해 드리겠습니다."

나는 위협적인 어투로 내뱉었다.

"방금 우리가 통과했던 그 관문, 운영자 중 누가 만들었는지 불어."

"죄송합니다만 그들의 일은 저도 알 수 없습니다."

"최준 형이지?"

"…모릅니다."

"……."

"그럼 따라오시지요."

피에로가 내 말을 회피하며 뒤돌아 앞서 걸었다. 진짜 모르는 건가? 아니면 알면서 안 가르쳐 주는 건가? 하여간 NPC들의 인공 지능은 알 수가 없어.

나와 세희는 앞서 가는 피에로의 뒤만을 따라야 했다.

"……."

이곳이 어딘지는 잘 모르겠지만 마계의 대로가 같은 곳은 아니었다. 양 옆에 5m는 될 만한 커다란 기둥이 세워져 있으며, 그를 따라 하얀 대리석의 길이 펼쳐져 있다. 길을 제외한 곳은 모두 마른풀과 메마른 땅이 펼쳐져 있고, 하늘은 금방이라도 폭우를 쏟아 부을 듯 우중충했다.

길게 이어진 길을 따라 걷던 중 피에로가 말했다.

"두 번째 관문은 절벽 오르기입니다. 높이 100m의 절벽 둘레로 나선형의 길이 나 있습니다. 열 바퀴의 나선이며 한 바퀴당 그것을 30초 내로 주파해야 합니다. 만약 30초 내로 한 바퀴를 돌지 못하면 몬스터가 튀어나옵니다."

"그럼 무조건 달려서 꼭대기까지 올라가면 되는 건가?"

"그렇지요."

달리는 거라면 자신있다. 깡패인의 질주 하나면 끝나는 거 아닌가? 오르막길에 커브를 끼고 세희까지 업는다면 조금 지체되겠지만 30초는 넘지 않겠지.

그런데 30초를 넘기면 무슨 몬스터가 나오지? 뭐, 드래곤이 나오겠느냐마는…….

이런저런 예측을 하며 피에로의 뒤를 따르던 중 시야 앞으로 짙은 안개가 끼기 시작했다. 갑자기 웬 안개? 나는 세희의 손을 꼬옥 끌어잡으며 피에로의 뒤에 바짝 달라붙었다. 또 세희하고 떨어지면 안 되지~

안개는 점점 더 짙게 꼈다. 한 치 앞도 분간할 수 없을 정도로. 약간의 불안감이 생긴 난 피에로에게 물었다.

"웬 안개입니까? 두 번째 관문 시험장엔 가고 있는 중입니까?"

"물론이지요. 바로 앞에 관문이 있습니다."

"……?"

그의 말이 끝남과 동시에 안개가 급속도로 걷히기 시작했고 주위는 금세 분간되었다. 이런 어이없는 변종 안개가 다 있나? 제일 먼저 세희가 무사한 걸 확인하며 주위를 살펴보았다. 어느새 우리 앞을 떡 버티고 선 절벽이 보였다.

그 절벽의 높이에 고개를 쭈욱 쳐들어야 했고, 절벽의 높이가 거의 30층 아파트 높이에 육박한다는 걸 알 수 있었다. 그리고 그 위로 거대한 성이 자리 잡고 있었다. 성이라……?

“이 절벽이 아까 말씀드린 두 번째 관문입니다. 세 번째 관문은 저 성에 도달하고 나면 가르쳐 드리겠습니다. 아, 저기가 바로 절벽 길의 시작점입니다.”

피에로의 시선이 향하는 데로 고개를 돌리자 절벽에 붙은 길을 발견할 수 있었다. 폭 2m 정도의 길. 좋아!

“실리, 업혀!”

나는 세희 앞에 무릎을 꿇고 등을 내밀었다. 업고 뛸 생각이었다. 세희는 아직 깡폐인의 질주를 못 익혔기 때문에 내 속도를 따라오지 못할 터였다.

그런데 세희가 잠시 망설였다.

“괜… 찮을까, 듀라?”

“그럼! 괜찮고말고.”

“하, 하지만 너한테 기대기만 하는 건… 네가 싫어하잖…….”

“싫어하다니?”

“…아니야…….”

세희는 조심히 내 등에 몸을 기댔다. 게임인지라 등에서 뭉클한 것이 느껴진다는 건 없었다. 단지 기분만 좋았다. 내 목을 꼬옥 끌어안는 세희를 느끼며 나는 세희의 허벅지를 꽈악 잡으며 밀착시켰다. 아~ 기분 좋다.

“그럼 시작하시죠.”

피에로가 어느새 절벽 나선형 길의 시작점에 서서 화약 총을 꺼냈다. 나는 세희를 업은 그 자리에서부터 달렸고, 힘껏 가속도를 붙였다.

타앙—!

그리고 시작점에 들어서자마자 피에로가 화약 총의 방아쇠를 당겼다. 30초 카운트의 시작이다.

길은 흙 밭이었지만 꽤 다져져 있었기에 달리는 데 문제가 되진 않았다. 게다가 폭도 넓어서 커브 길에 옆으로 굴러 떨어지지도 않았다.

내 등에 업혀 있는 세희가 나의 속도가 너무 빠른지 날 꼭 껴안는 걸 느낄 수 있었다.

그렇게 10초 후,

첫 바퀴 지점에서 표지판을 지나쳤다. 저 표지판이 첫 번째 바퀴의 도착지인가?

세희가 멀어져 가는 표지판을 보며 말했다.

"10초 33이야. 힘내, 듀라야."

"후우! 후우!"

세희의 목소리가 정확히 들렸지만 대답은 하지 못했다. 숨고르기에 바빴으니까. 왠지 더 빨리 지치는 느낌인데? 속도를 늦추지 않으며 계속해서 달리자 두 바퀴 지점에 또 표지판이 나타났다. 저 표지판이 그 한 바퀴의 기록을 재는 것 같다.

이번에도 표지판을 지나치며 세희가 기록을 말해 주었다.

"11초 25. 힘내!"

1초 늦었군. 이 페이스로 얼마나 더 갈 수 있으려나?

타타타타탓—

발을 타고 다리로부터 전해지는 지면의 충격이 시야를 떨려온다. 세희가 멀미하는 거 아냐? 세희가 걱정되어 속도를 조금 늦추자 세 번째 바퀴는 20초대에 육박하게 되었다.

자신을 염려해 주고 있는 걸 느꼈는지 세희가 말했다.

"난 괜찮아. 맘껏 달려, 듀라야."

뭔가 밤거리 야타족 같은 대사를 읊는구나, 세희. 다시 있는 힘껏 속도를 높였다. 심장 박동 수가 빨라지고 몸에서 열이 나는 것 같다. 몸은 계속해서 산소를 요구하고 있었고, 그에따라 내 숨은 점점 가빠졌다. 으으! 이거 몸이 이렇게 금방 지치다니. 한 바퀴만 더 돌자! 이제 네 번째 바퀴 표지판이다!

"17초 63이야. 더 달릴 수 있겠어?"

"하, 한 바퀴만 더 돌고 쉬자. 헉헉!"

천하무적이라고 자부했던 깡패인 파워가 마계에선 통하지 않다니……. 아직 수행이 부족했던 건가?

"허억! 허억!"

입에서 단내가 난다.

타타타타타탓—!

점차 속도가 느려지기 시작했다. 좀만 더 가면 다섯 번째 표지판에 도착인데.

"으아아아압!"

기합까지 내지르며 필사적으로 발을 놀렸다. 다섯 번째 지점까진 이제 20m… 10m… 5m… 1m…….

털썩—

다섯 번째 지점에 골인하고 나자마자 나는 자리에 주저앉고 말았다. 우욱! 머리가 어지러워. 빙빙 돈다. 다리도 저리고.

"듀라야, 괜찮아?!"

"하아! 하악! 하악!"

나는 엎드린 채로 숨을 고르며 세희의 대답에 고개를 끄덕였다. 벌써 지치면 안 되는데. 세희까지 엎고 초반에 있는 힘껏 뛰는 바람에 페이스를 잃었다. 마치 현실에서 10㎞를 달리고 지친 것 같다.

세희가 걱정스런 얼굴로 말했다.

"19초 12야. 아무래도 더 이상은 무리 같아. 그냥 몬스터들 하고 싸우면서 가면 안 될까?"

"그건, 허억! 헉! 안 될 것 같아. 지금 우리는 스킬을 사용할 수가… 허억! 없잖아."

"그렇지만 듀라가 이렇게 힘든데……."

"괜찮아, 나는. 하아! 하악! 그보다 나 포션 좀 꺼내줄래?"

"어? 응!"

세희가 아이템 창에서 포션을 꺼내 그것의 뚜껑을 딴 뒤 내 입으로 가져왔다. 그것을 몇 모금 들이킨 나는 호흡이 진정되고 체력이 약간이나마 회복되는 걸 느낄 수 있었다. 포션은 상처 치료뿐 아니라 약간의 체력도 상승시켜 준다.

그나저나 더 이상 지체할 시간이 없군.

"실리, 업혀!"

"벌써? 더 쉬다 가지."

"시간없어. 더 지체했다간 여섯 번째 지점에 제시간에 도착 못해."

세희가 내 등에 업히자마자 나는 길을 따라 다시 달렸다. 다섯 번째 지점에서 13초 쉬었다. 여섯 번째 지점까진 17초 남았다.

"힘내, 듀라야. 그치만 너무 무리는 하지 마."

힘내라면서 무리하지 말라니. 무리를 안 하면 힘을 낼 수 없단다, 세희야.

날 걱정해 주는 세희의 맘은 알지만 지금은 고개 끄덕일 여력을 달리기로 다 쏟아 부어야 할 때였다. 이번 관문만 통과하면 캐릭터 체력이 몇 배나 상승하겠군. 젠장!

여섯 번째 바퀴 표지판을 지나치며 세희가 말했다.

"28초 94!"

흐아! 아슬아슬했다. 거의 1초 차이로 골인했군.

이제 남은 바퀴는 네 바퀴다. 그전에 캐릭터가 먼저 지쳐 버리지만 않으면 좋겠는데.

일곱 바퀴 지점을 지날 때의 기록은.

"26초 59!"

여덟 바퀴…

"27초 00!"

점점 속도가 느려지는 걸 확연히 느낄 수 있었다. 체력도 체력이지만 어느새인가 길이 좁아졌다. 길의 폭이 1m로 줄어버린 것이다. 자칫 잘못하면 낭떠러지에서 떨어질 수도 있다.

이제 달리는 데는 상당한 정신력이 필요했다.

"하악! 하아……."

아홉 바퀴째다. 아홉 바퀴 지점이 얼마 남지 않았어! 3m…

"으윽! 콜록! 컥!"

바로 코앞에 아홉 바퀴 지점이 있는데 산소 공급이 제대로 이루어지지 못한 폐가 발작을 일으켰다. 몸이 앞으로 기운다. 얼마 남지 않았는데!

"크으윽!"

"앗!"

쿵—

쓰러질 뻔했던 몸을 다리로 지탱하며 업고 있던 세희를 꽈악 움켜쥐었다. 그리고 마지막으로 점프!

자리에서 도약한 나는 3m 지점을 훌쩍 뛰어 땅바닥에 볼품없이 착지했다. 착지 순간에 세희에게로 갈 충격을 줄이려 엎어진 게 다행이었다. 비록 안면이 다 까지긴 했지만.

아홉 바퀴 지점을 통과했다.

"허억! 허억! 쿨럭! 콜록! 우욱!"

캐릭터가 기침을 토하며 발작 증세를 일으키기 시작했다. 몸속까지 저려오는 느낌이… 토할 것 같아. 게임상에서 누군가에게 죽도록 얻어터지고도 이 정도는 아니었는데. 캐릭터의 고통이 현실에서의 신체처럼 세세하게 알 수 있다면 이렇게 죽어라 뛰지도 못했을 것이다.

"콜록! 콜록!"

"듀라야! 괘, 괜찮아? 얼굴이 다 까졌어."

지금 얼굴에서 까져서 저리다고 신호를 주고 있으니까, 그렇겠지. 게다가 발도 무지 저리다. 쥐났다.

"하악! 허윽! 쿨럭! 콜록!"

"자, 잠시만 기다려. 포션을 꺼내줄게."

세희가 아이템 창을 열어 포션을 꺼내곤 내 입에 그것을 들이부어 주었다. 하지만 기침은 쉽게 가라앉지 않았다. 통증도 가라앉지 않는다. 캐릭터가 완전히 망가진 모양이다. 제길! 아마 현실상의 내 실제 몸이 이 꼴이 났다면 지쳐 죽어도 백 번은 더 지쳐 죽었으리라.

말도 제대로 나오지 않는 상황. 연신 기침을 토하던 나는 세희가 입 안에 부어주었던 포션을 다시 토해냈다. 토하는 포션에서 피가 섞여 나온다.

낭패다.

이 상태에서 몬스터가 나타난다면 끝장이다.

"이젠 틀렸어, 몬스터와 싸우는 수밖엔."

세희 혼자? 그치만 어떤 몬스터가 나올 줄 알고?

"상대가 무엇이든 내가 듀라를 지켜줄게. 이젠 기대지 않아."

슈와아아아악—!!

순간, 우리들의 위로 날아오른 검은색의 괴물체. 이미 30초가 지난 지 오래였다. 무슨 몬스터지? 몬스터의 모습은 검은 그림자로 보일 뿐이었다. 모양만 보자면 그것이 굉장히 큰 거란 걸 알 수 있었다. 설마 드래곤?! 아니, 네크로 피닉슨가?

끼이이이익!!

아니다! 저건…

블랙 와이번!

"실리… 피해!"

있는 힘껏 목소리를 쥐어짜 외치는 순간, 블랙 와이번이 하늘에서 크게 원형으로 돌더니 바로 우리의 코앞까지 날아왔다.

크기가 10m나 되는 상급 몬스터와 이런 불리한 지형에서 싸우는 건 불가능하다구! 그것도 세희 혼자!

"이제 난 듀라의 앞에서 도망치지 않아!"

세희가 아이템 창에서 연습용 롱 소드를 꺼내 그것을 블랙 와이번에게 던졌다. 그것은 블랙 와이번의 눈을 정확히 찔렀고, 블랙 와이번이 고통에 겨워 몸부림을 치는 사이 세희가 날 부축해 세웠다.

내 겨드랑이를 자신의 목 뒤에 걸치고… 이대로 꼭대기까지 갈 생각인가? 세희가 거의 달리다시피 걸음을 빨리했다.

"조금만 참아. 금방 쉬게 해줄게. 같이 마은왕을 만나는 거야. 얼마 남지 않았어."

끼이에에엑!

블랙 와이번의 울음소리가 길게 울려 퍼지며 녀석의 몸체가 하늘을 가리듯 높이 날아올랐고, 익룡 특유의 날카로운 이빨을 들이대며 나와 세희에게로 날아들었다. 세희가 타이밍을 맞춰 앞으로 도약했다.

나와 세희가 좀 전까지 있던 자리에 와이번의 머리가 떨어졌고 우리는 다시 일어나 갈 길을 재촉했다. 하지만 와이번의 엄청난 육탄 방해전이 기다리고 있었다. 날개로 길을 쓸어버리는 것이다. 세희는 거의 죽을 맛 같았다. 실제 표정이 그러하니까.

"엎드려, 듀라!"

나와 세희가 다시 앞으로 넘어졌고, 그 위로 블랙 와이번의 날개가 지나갔다. 흐아! 종이 한 장 차이였다. 블랙 와이번의 날개가 등을 스쳐 지나가자마자 나와 세희는 다시 일어서서 길을 달렸다. 나는 세희가 부축하는 대로 쓰러지고, 자빠지고, 일어서고를 연속하느라 더 죽을 맛이었다.

이제 육탄전이 통하지 않는다는 걸 깨달은 블랙 와이번이 우리의 앞으로 날아가 길목에 뭔가를 내뱉었다. 하얀색의 용액인가?!

"우윽!"

제기랄! 이 역한 냄새로 보아 부식성 브레스다!

그 브레스에 우리의 앞길이 5m 정도 완전히 녹아내렸다. 길이 끊겼으니 우리는 멈출 수밖에 없었고, 세희가 낭패감 어린 표정으로 블랙 와이번과 대치했다. 금방이라도 잡아먹을 듯한 눈빛으로 우리를 바라보며 입맛을 다시고 있는 블랙 와이번.

최악이군.

“소환주의 명에 따라 나타나라, 성검…….”

“실리, 그만둬.”

나는 마스터 무기를 불러들이려는 세희를 막으며 몸을 추슬렀다. 아직 체력이 회복 안 되었지만 어쩔 수 없지. 겨우 와이번한테 아웃당할 순 없잖아?

“실리, 잘 들어. 와이번이 공격해 올 때 저 낭떠러지를 뛰어넘는 거야. 정확히 셋을 세면 뛰어넘는다.”

“뛸 수 있겠어, 듀라?”

“해봐야지.”

나는 세희의 어깨에 어깨동무를, 세희는 나보다 키가 작으니 내 허리를 한 손으로 꼬옥 잡았다. 바로 몇 미터 앞에 길이 끊겨 있었다. 그리고 그곳에서 얼마 떨어지지 않은 곳에 꼭대기의 도착지가 있다.

만약 끊긴 길을 뛰어넘지 못한다면 우린 100m 아래로 추락할 수도 있다. 나나 세희나 긴장되는 순간, 독 안에 쥐를 몰아넣은 고양이마냥 하늘을 이리저리 배회하던 블랙 와이번이 표독스런 눈동자를 빛내며 이쪽으로 날아왔다.

블랙 와이번과의 거리는 20m… 10m… 5m…

“뛰어!”

외침과 동시에 우리는 앞으로 첫 발을 굴렀다. 정확히 지면에 착지하는 우리 둘의 발걸음.

나는 카운트를 외쳤다.

“하나!”

쿠구구궁—!!

날아오던 와이번이 우리가 좀 전까지 멈춰 있던 자리에 머리를 박아

버렸고 뒤에서 돌 파편이 날아와 우리의 등을 때렸지만 개의치 않았다.

바로 몇 미터 앞이다!

세 걸음 더 내디디며 외쳤다.

"둘!"

키이이이엑!

블랙 와이번이 긴 포효를 내질렀다.

시간이 없어!

마지막 한 걸음!

세희를 꼬옥 끌어안았다.

"셋!"

누가 먼저랄 것도 없이, 우리는 동시에 발걸음을 떼었다. 길이 끊긴 지점 바로 5㎝ 앞에서 도약한 우리들.

평소에 마법으로 날아다니던 우리들이었지만 이 느낌은 달랐다. 현실에서 느껴봤던 멀리뛰기 느낌 비슷했으나 그것과도 또 달랐다. 옆에 세희가 같이 뛰고 있단 것 때문인가?

세희는 눈을 질끈 감은 채로 내 허리를 놓지 않았다.

상황은 약 2.5m 정도 지점에서였다. 절정이 최고조에 이르렀을 때 나는 느낄 수 있었다.

점프는 성공적이다!

쿠당탕탕!

단지 착지가 조금 불안정했지만 말이다.

길의 폭이 1m 정도라 그곳에 안전하게 착지하기 위해선 최대한 길 안쪽으로 붙어야 했고, 세희는 길 안쪽에 무사히 착지. 나는 세희의 위에 포개지고 말았다. 미안스러워 죽겠다.

“실리, 괜찮아?”

“으응. 그보다 어서… 꼭대기가 머지않았어!”

그래, 이제 꼭대기가 머지않았다!

우린 뒤에서 지랄 발광하는 블랙 와이번을 무시한 채 길을 따라 달렸다. 거리는 불과 20m.

블랙 와이번이 날개를 펼쳐 날아올랐다. 다시 산성 브레스를 내뿜는다거나 하면 낭패다. 혹, 뒤에서 기습할지 모르는 블랙 와이번을 대비해 세희의 뒤로 붙어 달렸다. 몸 상태가 몸 상태인지라 속도를 내지 못했기 때문에 뒤처질 수밖에 없었지만.

잘 가던 세희가 날 돌아보곤 이쪽으로 달려왔다.

“듀라야! 어서!”

“헉헉!”

세희가 내 팔목을 잡곤 다시 뛰었다. 세, 세희야, 이러면 캐릭터가 진짜 맛이 갈 수 있는데…

삐걱―

“어억!”

발목이 꺾였다. 나는 발목에서 느껴지는 저림에 어찌할 사이도 없이 세희에게 계속 끌려 뛰었고, 그렇게 어찌어찌 꼭대기에 도착했을 때 다리는 움직일 수 없을 지경에 이르고야 말았다.

아직 블랙 와이번은 우리 뒤를 졸졸 쫓으며 방해 공작을 펼칠 기회를 노리고 있었다. 지금 상황에서 블랙 와이번과 맞짱 뜨는 건 무리. 숨기밖에 없다. 그런데 숨을 데가……

“앗! 저 성문! 저기!”

세희가 가리킨 방향엔 3m 크기의 성문이 활짝 열려 있었다. 저곳에 들어가면 살 수 있다! 세희는 날 필사적으로 끌고 그곳까지 달려갔다. 와이번이 때를 놓칠세라 마지막 일격으로 달려들었다. 하지만 와이번은 우리가 성문에 들어서자마자 멈출 수밖에 없었다. 성문이 와이번의 몸집에 비해 작았던 것이다.

와이번의 울음소리가 들려오지 않을 때까지 성안으로 깊숙이 들어간 세희는 성안의 넓은 터에서 달리기를 멈췄다.

그와 함께 나도 누워서 쉴 수 있었다.

세희가 포션을 꺼냈다.

"듀라야, 이거 마셔."

"괜찮… 허억! 괜찮아."

"그치만 엄청나게 뛰어서 지쳤잖아."

"금방… 나을 수 있어."

"금방 낫기는요, 다리까지 못 쓸 정도면서."

"……?!"

이 목소린… 피에로 녀석이다!

나와 세희의 시선이 자연스레 피에로 쪽으로 돌아갔다. 동에 번쩍 서에 번쩍 나타나는 게 녀석의 특기인가? 아무 인기척도 느낄 수 없었는데.

갑자기 저것을 죽도록 패버리고 싶은 충동이 이는 것은 왜일까?

피에로가 다가와 내 앞에 무릎을 꿇곤 정중히 손을 내밀었다. 나는 침을 한 번 퉤 뱉곤 그의 손을 잡았다. 몸을 일으키려는 생각으로 그의 손을 잡는 순간,

"……?"

호흡이 진정되며 저렸던 다리와 가슴이 멀쩡해지는 것이 아닌가? 마

치 새로운 몸을 얻은 듯 상처도 깨끗이 치유되었고 모든 신체 기능이 정상을 되찾았다. 세희에게서 최고급 치료 스킬을 받은 느낌이다. 오오! 이건 마법이야! 설마 마족한테 이런 도움을 받을 줄이야.

내가 그의 부축을 받으며 몸을 일으키자마자 피에로는 곧 이어 세희에게도 손을 내밀었다. 세희도 그의 손을 잡고 놀란 표정을 짓는 것을 보니 효과 하나는 직빵인가 보다.

"가이드보다는 의사로 전직하는 게 더 나을 듯한데?"

"후후! 과찬이십니다."

"빈말이었는데."

"빈말이라도 감사합니다."

"……."

역시 NPC라 그런지 내가 철없이 대꾸해도 여유있게 대응하는군.

세희가 잠시 주위를 살펴보던 중 피에로에게 물었다.

"이곳은 어디인가요?"

내가 묻고 싶었던 말이다. 분명 성 내부가 맞긴 맞는데 이곳이 무엇을 하는 곳인지는 모르겠다.

피에로가 금방 대답했다.

"이곳은 마왕님의 성입니다. 동시에 세 번째 관문이 있는 곳이기도 하지요. 그럼 세 번째 관문을 말씀드리겠습니다. 아, 쉬고 싶으시면 조금 이따가 봐도 상관은 없습니다. 다만 또 다른 손님이 지금 첫 번째 관문을 지나는 중이니 마계의 석이 목적이라면 어서 시험을 보는 게 이로울 줄 압니다."

"또 다른 손님?"

"그렇습니다. 그런데 그분은 일반 유저가 아닌 게임 규칙에 위반되는 자입니다. 곧 조치가 취해질 것입니다."

그 위반자라는 게 버그 플레이어를 말하는 거라면 소더러 A인가? 우리보다 더 일찍 마계로 진입한 놈이 우리보다 늦어졌다니. 좋아. 녀석보다 먼저 세 번째 관문을 통과해 마계의 석을 획득하자!

"그럼 세 번째 관문을 말씀드려도 되겠습니까?"

피에로가 묻는 질문에 고개를 끄덕인 나는 그가 말하는 세 번째 관문의 사항을 주의 깊게 들었다.

"세 번째 관문은 마은왕님을 공략하는 것입니다. 하지만 막무가내로 때려잡는 것이 아닌, 마은왕님의 약점을 찾아내어 공략하는 것이지요. 마은왕님을 공략하는 도중에도 스킬은 여전히 사용 불가능하며, 마은왕님도 스킬 사용은 불가능합니다. 여러분들이 이 대 일로 마은왕님을 공략해도 상관은 없고 공략 시간도 무제한입니다."

나는 손을 들어 올리며 질문했다.

"약점이 뭔지 힌트를 줘라."

"후후! 힌트라? 뭐, 신체 부위의 콤플렉스일 수도 있고 싫어하는 별명도 있겠고… 뭐, 그렇습니다. 자세한 사항은 말씀드릴 수가 없군요."

"……."

나와 세희는 서로를 바라보다가 피에로가 손짓하며 안내하는 곳으로 따라갔다. 이제 마지막 관문만을 앞둔 시점에 나는 그동안의 일들을 한번 떠올려 보았다. 생각해 보니 6검 이벤트 하나를 하는 데 꽤 많은 일들이 있었다.

시린터와 맞짱 떠서 센세의 검을 얻고, 선행자와 만나면서 그룬드의 검을 얻고, 그때 지지리도 싸워서 듀라실리스 초원도 말아먹었다. 이어 폴로에서 하빈 누나의 일도 해결했었고, 마티리에서 알케 씨를 만나 퀘스트도 하고, 그곳에서 리로디, 이브디 남매와 카이드, 아래쥬 씨, 래퍼도 만났다. 래퍼는 아직도 그런 악행을 벌이고 다니는지 모르겠다.

어쨌든 알케 씨와 헤어진 후 기딘에서 6검 둘과 결투를 벌였다. 결투를 벌이는 도중에 필름이 끊겨 있다가 깨어나 보니 최준 형이 6검 두 자루를 나한테 주더라. 얼떨결에 검 네 개를 얻고 그렌터에서 일본 마스터들과 소더러 A를 만났다.

언제 일본 유저들의 앞잡이가 되었는지 모르겠지만, 아무튼 나하고 세희한테 몹쓸 짓을 한 놈임엔 틀림없다. 다음에 다시 나타난다면 반드시 쓰러뜨리고 말리라!

여기까지 생각이 미쳤을 때, 길을 가던 피에로가 멈춰 섰다. 벌써 도착인가?

바로 앞에 거대한 문이 버티고 서 있었다.

"다 왔습니다. 마은왕님이 계신 세 번째 관문입니다. 전 길을 안내해 드렸으니 이만 물러가겠습니다. 아무래도 또 다른 유저가 첫 번째 관문에서 말썽을 일으키는 것 같습니다."

"말썽?"

"별거 아닙니다. 그럼 세 번째 관문을 클리어한 후에 뵙지요. 문을 열고 들어가시면 마은왕님을 뵐 수 있습니다. 그럼 이만."

피에로의 발 아래부터 솟아오르는 나선형의 회오리가 그를 감싸자 모습은 온데간데없이 사라져 버렸다. 소더러 A와 마주칠 거라면 좀 더 오래 끌어달라고 부탁하는 건데.

나는 망설일 것 없이 세 번째 관문의 문을 열었다.

한 손으로 그것을 가볍게 밀자 문은 활짝 열렸고, 문 너머로 넓은… 아주 넓고 밝은 공터가 나타났다. 푸른 하늘엔 뭉게구름이 피어 있고 땅바닥은 온통 풀밭이며, 풀밭을 스쳐 지나가는 바람만이 스르륵— 하는 소리를 일으킬 뿐 주위는 너무도 조용했다. 몬스터가 없는 듀라실리스 초원 같은 느낌이랄까?

나와 세희가 그곳으로 한 발자국 들어서자마자 우리가 들어왔던 문은 완전히 사라져 버렸고, 이제 풀밭만이 존재했다.

이제 여기서 뭘 하란 말인가? 마은왕은 어디 있지?

"듀라야, 저기……."

세희의 손가락이 내 뒤를 가리켰다. 세희가 가리킨 방향으로 고개를 돌린 나는 이곳에서 얼마 떨어지지 않은 곳에 쪼그려 앉아 있는 한 사람의 형체를 발견할 수 있었다. 뒤돌아 쪼그려 앉아 있어 잘 보이진 않지만 자그마한 체구와 긴 머리카락으로 보아 여자 아이 같았다.

여자 아이란 말이지? 후후! 딱 보니 척이네. 마은왕이 틀림없다.

나는 손가락을 꺾어 관절을 푼 뒤 세희와 함께 그녀에게 다가갔다. 조그만 꼬맹이라 어디를 패야 할지 모르겠군. 순순히 약점을 불 것 같진 않고… 음~ 엉덩이를 때려야 하나?

마은왕에게서 세희를 3m 거리에 떨어뜨려 놓고 나는 마은왕과 손을 뻗으면 닿을 위치까지 다가가 그녀의 어깨를 잡았다. 동시에 휙— 돌아가는 그녀의 목.

그녀가 날 휙— 째렸다. 그리고 나는 놀라 졸도 직전까지 갈 뻔했다!

우아! 저 커다란 눈망울에서 쏘아져 나오는 독기 어린 시선을 보라! 저 젖살 안 빠진 볼에서 풍기는 위엄을 보라! 저 5살짜리 꼬맹이의 오목조목한 얼굴……!

더욱 놀라운 것은 그녀의 살기 어린 시선이 아닌 그녀의 생김새였다.

어째 희은이랑 99.99%가 닮은 것 같다?

"세 번째 관문에 들어온 걸 축하한다, 인간."

희은이를 닮은 마은왕이 그렇게 중얼거리더니 공중으로 뛰어올라 나의 얼굴을 그 고사리 같은 손으로 후려쳤다!

짜악—!!

…하는 듣기 경쾌한 음이 내 얼굴로부터 터져 나옴과 동시에 나는 쭈우욱— 몇십 미터를 날아가 땅바닥을 뒹굴었다. 얼마나 볼품없이 날아갔느냐 하면, 내가 구른 자리의 풀밭이 흙 밭이 되고 입고 있던 코트가 흙투성이가 될 정도였다. 이 코트 비싼 건데… 가 아니고, 이 어이없는 상황을 누가 설명 좀 해줘!

왼쪽 볼에서 느껴지는 저림에 턱을 몇 번 움직이며 나는 비틀비틀 자리에서 일어섰다.

"크으! 야, 이 계집애야! 갑자기 기습을 해? 네가 오라버니도 못 알아본단 말이지?!"

감히 이 오빠의 잘난 얼굴에 손을 대? 네가 드디어 전국 유치원 일인자가 되었구나. 축하한다… 라고 말해 줄 줄 알았니?

"가정교육을 심히 못 받은 듯 보이는구나. 내가 있을 땐 그래도 약간의 인간 형상을 띠고 있었는데, 역시 아이는 가정교육이 중요해. 내가 널 일 년 동안 맡아 기를 걸 후회한다. 넌 죽었어!"

일 년 전에 네가 당했던 그것들을 다시 똑같이 이행해 주마!

깡폐인의 질주를 가동시키며 희은이의 바로 앞까지 달려가자마자 곧장 희은이의 뒤를 엄습해 갔다. 그리고 손바닥을 펴 희은이의 엉덩이를 세차게 내려쳤다!

슈웅—!

하지만 바람만을 가르는 나의 손.

희은이는 공중으로 180도를 회전해 오히려 역습을 가했다. 이런, 위가 비었다!

짜악!

손바닥을 휘둘러 내 귀싸대기를 갈겨 버리는 희은이. 나는 땅바닥에 얼굴을 박아버린 충격에 한동안 정신을 차리지 못했다. 쓰러진 내 몸 위에 착지한 희은이 날 밟았다.

콰악! 우드득—

허리를 밟혔다. 이 계집애가! 나 첫날밤 어찌 보내라고!

픽! 두드득!

이어 옆구리를 발로 채인 나는 허리와 옆구리에서 느껴지는 저림과 함께 축구공처럼 나뒹굴고 말았다.

체력 수치 10%. 넉다운.

쓰리 쿠션 만에 끝나 버리다니. 내가 용태가 된 이 기분. 게다가 희은이한테 맞은 이 기분은 더 더욱 배신감이 느껴졌다.

상황이 이때까지 오자 세희가 나에게 달려와 부축했다.

희은이가 기분 나쁘게 미소 지었다.

"후후! 형편없이 약한 놈이로군. 인간은 한심해."

"……."

나와 세희는 어이없음의 패닉에 빠졌다.

생각해 보라. 5살… 아니, 일 년 지났으니까 6살짜리 꼬맹이가, 그것도 여자 아이가… 후후! 웃음 지으면서 자신에게 반말을 틱틱 내뱉는데 당연히 황당할 수밖에. 더 더욱 황당한 것은 내가 그런 희은이한테 맞아서 넉다운되었다는 것이다.

자존심에 금이 쩍쩍 가는 소리가 들린다. 저런 유딩(버릇없는 유치원 생을 지칭하는 말) 따위가……!!

나는 세희의 어깨를 붙잡고 일어나 희은이와 마주 섰다.

저 붉은 눈동자와 눈매, 분명 희은이가 아니다. 아무래도 희은이가 운영자의 농간에 빠진 게 분명하다.

전에 피에로가 말하길 저 마은왕의 약점을 잡으랬다.

그런데 마은왕의 약점이 뭔지 어떻게 안단 말인가?

"후후! 그럼 간다!"

슈웅—!

눈 깜짝할 새에 희은이의 모습이 내 앞에 나타났다. 텔레포트라 생각할 정도로 빠른 움직임이다.

희은이의 손바닥이 내 오른쪽 안면을 때렸다. 고개를 왼쪽으로 돌리며 충격을 완화시켰지만 입술이 터져 피가 나왔다. 비릿한 피 냄새가 입을 통해 코로 느껴진다.

일 년 전의 복수를 하는 것마냥 아주 날 잡는구나. 내가 널 잡았으면 얼마나 잡았다고.

불만을 터뜨릴 사이 없이 눈앞에 희은이의 발이 나타났다. 으흑! 분해!

"이 꼬맹이 녀석아아아!!"

"……!"

눈을 질끈 감고 충격에 대비했다. 그런데 예상했던 경쾌한 타격음은 들리지 않았고, 눈을 살며시 떠보자 바로 내 눈앞 3㎝ 앞에 희은이의 발이 멈춰 있는 게 아닌가?

기회는 이때다 싶어 자리를 벗어나 세희의 옆으로 피했다.

"실리, 무슨 일이 있었던 거야? 희은이가 왜 저러지?"

"나도 몰라. 듀라가 '꼬맹이 녀석아!' 라고 소리칠 때 멈췄어."

'꼬맹이 녀석아' 할 때 멈췄다고?

희은이를 유심히 관찰하자 그녀는 떨리는 얼굴을 하곤 쉽사리 몸을 움직이지 못했다. 그렇게 잠시 자리에 서 있던 희은이가 나에게 다시 살기를 뿌렸다. 희은이의 몸에서 뿜어져 나오는 붉은색 오라가 가히 공포스럽게 느껴졌지만… 후후! 이 천재적인 눈치를 넘어갈 순 없지!

약점을 알아냈다!

지금 프로그램에 지배되고 있지만 희은이의 약점은 실제 희은과 같은 것이다. 단지 싸움을 못하는 희은이를 대신해서 전투만 프로그램에 의존할 뿐이었던 것이다… 라고 생각하고 싶다.

게임은 끝났네.

"꼬마야, 조용히 오빠 앞에서 사죄를 하여라. 응? 착하지?"

"누, 누가 꼬마고 누가 오빠야!"

"이 꼬맹이 녀석! 감히 이 오빠를 몰라봐? 게다가 날 능멸하다니! 네 정녕 나에게 죽고 싶은 게로구나! 일 년 전에 네가 나한테 얼마나 당했는지 벌써 잊어버렸나 보군! 너, 나중에 걸리면 죽어! 일 년 전의 그때 기억을 다시 생생히 살려주겠어!"

"그, 그만 해!"

희은이가 머리를 부여잡으며 표정을 구겼다. 후후! 고통스럽겠지, 지난날의 암흑기를 다시 떠올리려니.

"이 버릇없는 꼬맹이 녀석! 평생 땅꼬마야!"

"그만! 그만!"

"실리, 너도 거들어. 그냥 꼬마와 꼬맹이를 오 대 오 비율로 섞어서 마구 외치면 돼."

세희는 잠시 망설였다.

"그치만 그 소리는 희은이가 싫어하는 소리잖아."

"사실이 꼬맹인 걸 뭐."

"…희은이는 꼬맹이."

나이스 세희.

"꺄아아아! 그만 해! 제발 부탁이야!"

희은이의 표정 속에 고통이라고 쓰여 있었다. 그렇게 꼬맹이란 말에 콤플렉스를 가졌었나? 전엔 내가 꼬맹이라고 한 번 부르면 '나 꼬맹이 아니야!' 라고 반발했었는데. 그러면 내가 '꼬맹이가 아니면 땅꼬마냐?' 라고 하면서 놀렸고.

하지만 심하다고 생각진 않았다.

그땐 겨우 5살짜리 꼬맹이가 '난 요조숙녀야' 라고 하는 게 너무나 어이가 없어서 내가 현실을 직시하라고 몇 번 놀린 거니까. 세상에 5살짜리 꼬맹이가 요조숙녀면 이 세상 꼬맹이들이 다 요조숙녀고, 김선미도 요조숙녀냐?

게다가 내 말은 지지리도 안 들으면서 간혹 맞을 짓거리를 하는 게 너무나 괘씸스러웠다. 아~ 생각해 보니 정말 맞을 짓거리 많이 했다. 게임기 코드를 뽑아버리지 않나, 게임기를 망치로 부숴 버리지 않나, 매일 반찬 투정하고, 내가 학교에서 돌아오면 언제나 밥해 달라는 바가지나 긁고. 얼굴이 좀 귀여우면 다야?

"이 버릇없는 꼬맹이 녀석! 잠잘 때마다 내 방에 찾아와서는 아침에 오줌 싸놓고 나한테 덤터기 씌우던 악독한 계집! 니가 얼어죽어도 요조숙녀 못 된다! 아냐?! 요조숙녀라면 세희 정도는 돼야……."

"그만 하란 말이다아아!!"

희은이의 비명이 터짐과 동시에 그의 손이 내 앞까지 날아와 헛스윙질을 했다. 후후! 패턴은 이미 파악했지. 나는 고개를 숙여 그것을 피해 버림과 동시에 희은이의 팔목을 붙잡아 뒤로 꺾어 포박했다. 내 손에서 몸부림치는 그녀에게 나는 마지막 일격을 떠올렸다. 아무래도 꼬맹이, 꼬마 정도론 이것의 정신을 제대로 돌려놓을 수 없을 것 같다.

내가 희은이 가슴에 큰 충격을 줬을 사건이… 있다!

"입에 당근 넣고 싶지 않으면 조용히 하는 게 좋아."

"……."

푸슈우우우—

희은이의 몸에서 공기 빠지는 소리와 함께 연기가 모락모락 피어올랐다. 뭐야, 이건? 희은이가 너무 충격을 받은 나머지 혹, 유체 이탈?! 아니, 충격을 얼마나 받았으면 당근이란 소리에 유체 이탈을 한단 말인가?

세희가 다가왔다.

"희은이를 공략한 거야? 그런데 방금 당근 어쩌구 하던데 그게 뭐야?"

"……."

세희가 들어버렸군. 적당히 넘어가는 게 상책.

"아무것도 아니야. 그보다 희은이는 왜 이런다니?"

"글쎄?"

"우웅……."

"앗! 희은이가 깨어났다!"

세희의 말대로 희은이가 깨어났다. 일어나자마자 고개를 이리저리 돌리는 것으로 보아 뭔 일 있냐는 표정이다. 포박을 풀자 희은이가 날 돌아보곤 알아봤다.

"앗! 신성이 오빠!"

"그래, 이 꼬맹아. 이제야 정신이 든 모양이구나."

"정신? 으응… 최준 오빠 얘기를 듣고서 게임하고 있었는데……."

"으이구!"

또 최준 형이야. 게임상에선 이 형과 떨어질래야 떨어질 수 없는 사이인가? 정말 겹치고 겹친다. 뭐, 최준 형과의 일은 나중에 천천히 계산하면 되겠고, 그전에 희은이와 계산할 건 계산해야겠지?

"너, 이 땅꼬맹이! 죽었어! 네가 감히 날 능멸해? 유치원 일인자가 됐으면 다야?"

"오빠, 왜 그래?! 나, 나는 잘못없어!"

"니가 잘못이 있든 없든, 니가 최준 형한테 이용당했든 안 당했든, 내가 너한테 원한이 있든 없든 넌 나한테 맞아야 하는 거야!"

"꺄아아아아!"

간만에 들어보는 희은이의 5옥타브가 귓가를 찢어발기듯이 울려 퍼졌다.

기분 나쁘다. 그리고 짜증난다. 언제까지 이런 시체 따위와 상대해야 하는가?

소더러 A는 짜증 가득한 표정으로 손을 그어가며 다가오는 시체들을 도륙했다.

그는 버그 플레이어다. NPC들 사이에선 게임의 위반자라고 불리우기도 한다. 그는 게임상에서의 법칙을 위반하고 불가능한 일을 거의 90% 이상 할 수 있었다. 스킬 사용이 불가능한 곳에서 스킬을 사용하는 것쯤은 일도 아니다.

자신의 검기에 잘려 나가는 끔찍한 시체들. 검은색, 초록색, 붉은색 피가 자신의 옷과 얼굴에 튀는 줄도 모르고 계속해서 그것들을 찢어발기던 소더러 A는 발 아래 수북이 쌓인 시체들을 밟고 복도를 계속해서 걸었다.

그러던 중 복도의 끝이 보였다. 다시 어둠의 공간.

'이제 첫 번째 관문은 통과한 셈인가?'

라고 생각하던 소더러 A는 바로 앞에 나타난 데미트를 보며 다시 전투에 돌입해야 했다. 무슨 놀이공원의 괴물의 집도 아니고 쓸데없는 것만 나타나다니⋯⋯. 소더러 A는 이런 가상의 괴물은 두렵지 않았다.

어둠 속 공간 안에서 소더러 A의 손날에 만들어진 푸른 검기가 공간을 찢고 지나가, 달려오던 데미트의 몸통을 그대로 갈랐다. 위와 아래 턱의 사이 아가리가 갈라지며 그대로 몸통을 지나 꼬리 끝에서 검기는 사라졌다.

데미트가 사라지자 다시 어둠이 잠식했다. 아무리 버그 플레이어지만 그도 이 어둠은 걷히게 할 수 없었다. 진짜 서버에 이상이 생겨 보이는 락다운 같은 느낌이다.

소더러 A는 어둠 속을 몇 분가량 걷다가 문득 생각했다.

'설마 운영자들이 내가 마계에 진입했단 걸 알고 날 여기에 묶어두는 것인가?'

피식—

웃음이 지어진다.

운영진한테 완전히 찍힌 게 아닌가? 전부터 찍힌 걸 알고 있었다만, 설마 운영진이 이렇게 나올 줄은 몰랐다. 도대체 어디서부터 잘못된 것일까? 언제부터 자기가 운영진에게 이렇게 미움을 받으며 쫓기는 상태가 되고, 17대 길드 마스터가 되어 버그 플레이어가 되었는지⋯⋯.

생각해 보면 원인은 단 하나였다.

홀연히 찾아와 자신과 손을 잡자던 그. 그리고 대량의 PK를 저지르며 지금의 자신을 이렇게 만든 사람.

마듀라.

그가 자신을 이렇게 만들었다. 마듀라만 아니었으면 자신은 지금 이렇게 되지 않았다. 아마 마듀라를 넘어서는 소더러 마스터가 되었으리라. 마듀라 때문에…….

"칫!"

소더러 A는 더 이상 과거의 일은 떠올리기 싫다는 듯 내뱉다가 어느 순간 뚝 발걸음을 멈춰 섰다. 바로 자신의 앞에 생각하기도 싫은, 하지만 무시할 수 없는, 자신을 이렇게 만든 이가 서 있었기 때문이다.

"마듀라?"

제 발로 나타날 줄이야?!

소더러 A는 금방이라도 마듀라의 목을 베어낼 준비를 했다. 마듀라가 먼저 공격할지 모른다. 하지만 그는 자신에게 생채기 하나 낼 수 없다. 자신은 버그 플레이어니까.

그렇게 서로 대치 상태 도중 마듀라가 소더러 A의 앞에 무릎을 꿇었다.

이게 무슨 짓?

"이게 무슨 짓이냐, 마듀라!"

갑자기 무릎을 꿇어? 이건 무슨 뜻이지? 용서를 구하는 건가?

소더러 A의 눈빛이 잠시 흔들렸다가 이내 살기로 넘쳐흘렀다.

마듀라가 말했다.

"미안하다. 내가 잘못했어. 그러니 날 용서해."

마듀라는 말을 채 잇지 못하고 심장에 검기가 박혀야 했다. 그의 가슴에 검기를 찔러 넣은 소더러 A의 눈은 더없이 차가웠다.

'감히 내 앞에서 이따위 말을 내뱉다니!'

"운영자 놈들, 날 너무 얕보는군."

이딴 인형을 만들 줄 누가 알았겠는가?

자신이 알고 있는 마듀라는 아무 때나 무릎을 꿇지 않는다. 연장자와 마주했을 때, 패배를 인정할 때, 상대에게 매너있게 대할 때뿐. 적에게 무릎을 꿇을 정도로 그는 우매하지 않다. 칼을 들이댄다면 모를까.

그리고 진짜 마듀라가 무릎을 꿇고 자신에게 용서를 구한다 해도 자신은 용서를 받아주지 않을 것이다.

"치잇!"

쓰러진 마듀라의 몸에 올라가 검기로 마구 난도질을 가했다. 머리를 찍고, 가슴을 찍고, 복부를 찍고, 팔다리… 이 정도론 성이 차지 않는다. 자신이 마듀라를 얼마나 증오하는데.

괜히 마듀라에 대한 복수심만 더 들끓었다.

'쳇! 이럴 때일수록 냉정해져야 하는데, 운영자의 손에 놀아나는 꼴이 되었군. 제길!'

마듀라의 몸을 난자하던 검기를 소멸시키며 그는 일어섰다. 그러자 눈앞의 광경이 뒤바뀌었다. 난자된 마듀라와 주위의 암흑이 걷히며, 대신 길이 나타났다. 길을 따라 서 있는 5m 길이의 기둥과 먹구름 낀 하늘. 그리 좋은 곳이라곤 할 수 없다.

그는 무작정 길을 따라 걸었다. 이 길은 두 번째 관문으로 통하는 길이란 걸 소더러 A는 어림짐작으로 알 수 있었다. 길을 따라 걷던 중 갑자기 짙은 안개가 끼기 시작했다. 보통 유저들이라면 안개 속에서 누가 기습해 올까 전투 자세를 취하겠지만 소더러 A는 태연히 길을 걸을 뿐이었다. 고스티스터 중 안개의 능력을 사용하는 야마모토 타케루도 자신에겐 조금도 해를 입힐 순 없다.

안개 속에서 누군가 공격해 오진 않았지만, 곧 안개가 걷히며 뭔가가 자신의 앞에 나타났다. 그것은 원형으로 솟아오른 절벽이었다. 절벽의 위에 지어져 있는 저 음침한 분위기의 성은 분명 마왕성. 마왕성까지는 충분히 날아오를 수 있는 위치다.

소더러 A가 버그를 사용해 날아오르려던 때, 어떤 목소리가 그의 움직임을 가로막았다.

"거기 위반자, 멈춰 서시지요."

소더러 A는 고개를 돌려 자신을 위반자라 부른 상대를 쳐다봤다. 상대는 절벽에 기대어 서 있는 피에로였다. 입은 웃고 있지만 눈은 자신을 꿰뚫어 버릴 듯, 공포의 사신처럼 쏘아보고 있다.

이중(二中)의 악마.

피에로는 웃고 있지만 사람들은 그에게 왠지 모를 공포감을 느낀다.

"첫 번째 관문을 통과한 건 축하드리나 위반되는 능력으로 마계에 진입하여 관문을 통과하다니, 마계의 질서를 담당하는 저로서는 묵과할 수 없는 일. 이렇게 프로그램된 절 원망하지 마시길."

피에로의 엄지와 중지가 딱— 하고 마찰음을 일으키는 순간, 손에 3m가 넘는 대형 낫이 쥐어졌다. 은빛을 내는 그것은 피에로의 손에서 풍차처럼 회전하더니, 순간 멈춰 서서 소더러 A에게로 향했다.

소더러 A가 입을 열었다.

"운영자가 만든 레어 NPC인가?"

"……."

피에로는 침묵을 지켰다. 잠시 소더러 A와 대치 상태에 있던 그는 잠시 자세를 풀곤 하늘에서 시끄럽게 울어대는 블랙 와이번에게로 시선을 돌렸다. 전에 마듀라와 에실리스를 공격했던 그것이다.

공격 타깃을 바꾼 듯 소더러 A와 피에로의 머리 위를 빙빙 날고 있는 블랙 와이번. 먹이를 노리는 한 마리의 매처럼 한동안 하늘을 유유히 날며 공격 기회를 노리던 블랙 와이번이 피에로와 소더러 A에게로 전광석화처럼 떨어져 내렸다.

블랙 와이번에게 시선을 주던 피에로가 다시 소더러 A 쪽을 돌아보며 고개를 살짝 꾸벅였다.

"잠시 실례하겠습니다."

츄화악—!

뻗어 나가는 피에로의 왼손. 그것은 수십 미터 길이로 늘어나 블랙 와이번의 목을 순식간에 붙잡아 버렸다. 블랙 와이번은 그 대형 천막 같은 날개를 펄럭이며 저항했지만 피에로의 손은 목에 달라붙은 듯 떨어지지 않았다. 블랙 와이번에게 끌려가지도 않았다.

블랙 와이번이 피에로의 왼손에 목을 잡혀 바동대다 이내 오그라들었다. 마치 약봉지의 약을 모두 빨아먹고 빈 껍데기만이 오그라든 것 같이.

소더러 A는 그 광경에 굳은 얼굴만을 보였고, 피에로는 잡았던 블랙 와이번의 목을 놓았다. 추락한 블랙 와이번은 땅바닥에 떨어지자마자 몇 배나 커진 피에로의 주먹에 압사당해야 했다.

눈 깜짝할 사이 상급 몬스터 한 마리를 아웃시키다니. 그것도 한 손만으로.

"제 오른손은 상대에게 힘을 나눠주어 체력을 회복시키는 능력을 가지고 있습니다. 그리고 제 왼손은 상대의 힘을 빨아들여 체력을 빼앗는 능력을 지녔지요. 상대의 힘을 빼앗으면 제 능력은 향상됩니다. 공격력, 방어력, 체력, 그 모든 것을 포함한 전투력까지."

우그극—

피에로의 가슴 근육이 꿈틀하더니 이내 단단하게 부풀어 올랐다. 원래 왜소한 체격은 아니었지만, 갑자기 갑빠가 부풀자 덩치가 산만해졌다. 이어 팔, 다리, 하체까지 피에로의 몸 근육이 두 배 이상 울룩불룩 튀어나왔다. 피에로의 복장도 마찬가지로.

설마 레어 NPC에게 저런 능력이 있었다니. 소더러 A가 놀람을 감추지 못하고 눈을 크게 떴다.

피에로가 상대적으로 작아진 3m의 낫을 다시 세웠다.

"방해꾼도 사라졌으니 이제 그만 응징하겠습니다."

말이 끝나기 무섭게 피에로의 몸체가 소더러 A의 앞까지 날아와 낫을 내려쳤다. 낫의 그립이 소더러 A의 왼쪽 어깨에 정확히 떨어졌고, 소더러 A는 어깨에서 느껴지는 충격에 작게 신음하며 곧장 고개를 숙였다.

피에로의 낫이 자신의 목 뒷덜미에서부터 날아들 것이니까!

예상대로 뒤에서 날아오는 낫을 피한 소더러 A가 피에로와의 거리를 떨어뜨리곤 전열을 가다듬었다.

'졸지에 목이 달아날 뻔했군.'

어깨의 충격이 뼛속까지 저려오는 듯하다. 아무래도 저 피에로는 버그를 간파할 수 있는 능력이 있는 것 같다. 몇 년 전에 보았던 레어 NPC처럼.

사실 소더러 A 같은 버그에도 유일한 약점이 있었으니, 바로 레어 NPC다. 어째서인지 레어 NPC에게만은 버그가 통하지 않는다. 시성진과 최준이 심혈을 기울여 만든 것이니 그렇겠지만, 소더러 A로서는 짜증나는 상대가 아닐 수 없다.

'하지만 레어 NPC에도 한계가 있는 법이지.'

레어 NPC라면 최근에 알려진 게 6검의 레어 NPC다. 지금의 저 피에로는 6검의 레어 NPC 둘과 비등한 실력을 지닌 NPC로서 소더러 A에겐 과분한 상대였다. 아무래도 운영자가 단단히 벼른 모양이다.

소더러 A는 검광진 한 구를 띄워 무형광검을 만들었다.

소더러 A가 피할 줄 알았던 피에로는 약간 놀란 빛을 띠었다.

"싸울 생각인가요?"

"안 그럼 뭐 하러 검을 꺼냈겠나?"

"당신은 저의 상대가 될 수 없는 걸 알 텐데요?"

"물론. 상대가 될 수 없지."

"……."

피에로가 소더러 A의 앞까지 튀어나와 다시 낫을 뻗었다. 공격을 피한 소더러 A지만 이어진 피에로의 발차기에 당해 나가떨어지고 말았다. 스프링처럼 뛰어올라 자리에서 일어서자마자 또다시 피에로의 발차기에 턱을 가격당하고, 이어서 그의 얼굴을 향해 낫이 떨어졌다.

그 낫을 양 손바닥으로 맞잡은 소더러 A의 표정엔 여유가 가득했다.

"뭐가 그리 즐거우신지요?"

소더러 A가 피식 웃음을 날렸다.

"이 싸움은 내가 이겼다."

"어째서?"

슈웅!

소더러 A의 몸이 자리에서 사라져 피에로의 뒤에서 나타났다. 그대로 피에로의 뒤통수를 가격한 발차기! 피에로가 뒤를 향해 낫을 저었지만 그저 공기를 가를 뿐이었다. 이미 소더러 A의 몸은 피에로에게서 3m 이상 떨어져 있었으니까.

방금 전과는 달리 엄청난 살기를 내뿜는 소더러 A의 모습에 피에로가 살짝 당황한 빛을 내보였다. 하지만 왼쪽으로 검을 찌르는 소더러 A와 검을 마주치느라 당황은 짧게 끝났다.

'파워와 스피드가 상승했다!'

소더러 A가 레어 NPC 상대용으로 개발해 낸 버그. 마듀라 런치 당시에 끼어든 실피에게서 뼈아픈 패배를 당한 그때 만들어낸 것이다. 자신이 플레이하는 것이 아닌 버그로써 레어 NPC를 제압하는 그것.

채캉! 캉!

아직은 대등하게 싸우는 피에로지만 상대가 더 이상 몰아붙인다면 막아낼 수 없다. 블랙 와이번까지 빨아들인 자신이 밀리다니… 운영자들도 계산에 넣지 못했다.

"어디 그 잘난 레어 NPC 힘 자랑 한번 해보시지?"

퍼억!

소더러 A의 발차기에 턱을 가격당한 피에로가 가까스로 몸의 중심을 잡았다. 하지만 이어진 뒷발차기에 명치를 얻어맞고 절벽까지 날아가 처박혔다. 자신의 체술이 아닌 버그의 움직임. 레어 NPC도 당해내지 못할 그것은 고작 2할 정도의 힘에 지나지 않았다.

벽에 박혀 움직일 생각을 안 하는 피에로에게 소더러 A가 비웃음을 내뱉었다.

"레어 NPC의 한계다. 아무리 인공 지능을 가진 레어 NPC라지만 한계가 있는 법이지. 프로그램은 프로그램일 뿐이니까. 상대가 강해지면 강해진 대로 대처를 해봤자 인간의 지혜는 따라오지 못한다."

"……."

피에로는 기절한 듯 움직이지 않았다. 죽은 듯이 벽에 처박혀 있는 모습을 보며 소더러 A가 몇 번 더 중얼거리더니 하늘로 날아올랐다.

이제 마지막 관문만이 남아 있다.

*   *   *

"그래서! 마계의 석이 지금 없단 말이냐?!"

나는 희은이의 말을 듣고 기절초풍할 뻔했다. 어째서 그게 없을 수 있지?!

"훌쩍! 몰라요. 잊어버렸어요. 성안에 있는 건 맞는데. 훌쩍!"

"으아아악!"

그거 하나 때문에 나하고 세희가 얼마나 고생했는데! 이 계집애가 누굴 놀려?

"너 좀 다시 맞자."

"으아앙!"

희은이는 황급히 세희 뒤로 숨었다. 저것이 어디로 숨어? 세희 뒤에 숨으면 내가 못 때릴 것 같아?

보다 못한 세희가 날 말렸다.

"듀라야, 그만 해. 마계의 석이 성안에 있다니 찾아보면 되잖아."

나는 세희의 말에 반박할 수밖에 없었다. 애들을 그렇게 감싸주면 버릇만 더 나빠지는 거 몰라서 하는 소린가?

"이제 곧 소더러 A 녀석이 들이닥칠 텐데 태평스럽게 그거 찾을 시간이 어디 있어?!"

"희은이 때릴 시간은 있어?"

"……."

할 말 없다.

나는 희은이를 때려야 한다는 생각을 접곤 잠시 침착을 되찾으려 숨을 골랐다. 후유! 후우! 그래, 한 번만 참자. 그리고 나중에 실컷 패줄 테다, 희은이!

그런데 마계의 석을 어디서 찾는담? 성안에 있는 건 알지만 성안 어디에 있는지 알아야지. 최준 형한테 물어보면 알려주려나?

그 순간, 갑자기 폭음 같은 것이 울렸다.

쿠구궁!

"이게 무슨 소리지?"

"무슨 건물 무너지는 소리 같은데?"

"건물?"

헉! 설마 마왕성이 무너지는 거 아냐? 소더러 A가 성을 무너뜨리는 건가? 맞아! 지금 상황에서 성이 무너진다는 것은 성을 만들 때 부실 공사를 했든지, 누군가 성을 부수든지 이 둘 중 하나이다. 후자 쪽이 더 유력하니 용의자는 소더러 A가 틀림없으리라.

빨리도 왔군!

"듀라야, 마계의 석이란 거 그 소더러 A란 사람이 먼저 찾으면 안 되는 거 아냐?"

"그렇… 지?"

"그럼 우리가 먼저 찾아야 하는 거 아닐까?"

"맞아. 먼저 찾아야지! 이게 다 희은이 때문이야! 이 계집애가! 네가 간수를 잘했으면 굳이 찾으러 가지 않아도 됐잖아! 혹시 너, 나한테 맞

은 거 때문에 일부러 안 가르쳐 주는 거 아냐? 맞아, 넌 충분히 그럴 만
해!"

"희은이는 거짓말 안 해!"

"이게 어디서 눈에 쌍심지를 켜고 대들어! 너, 진짜 맞을래!"

"…흑! 훌쩍!"

좀만 무섭게 굴면 눈에 눈물이 고이는구나. 유치원 일인자답지 않은
모습이다. 세희가 희은이를 토닥이는 사이 몇 번의 폭음이 더 들려왔
다. 꽤 멀리서부터 들리는 폭음이다. 아직 이곳까진 당도하지 못한 듯?

나는 주위를 둘러보다 희은이에게 타이르듯이 말했다.

"희은아, 울지 말고 대답해. 이곳에서 어떻게 빠져나가지?"

"시동어를 외면 돼."

"그럼 어서 해."

"열려라, 성문."

희은이의 간단명료한 시동어가 끝나기 무섭게 우리 앞에 커다란 문
이 나타났다. 운영자들이 희은이의 정신 연령을 고려하여 시동어를
짧게 만든 것이 분명했다. 무슨 동화책에 나오는 '열려라, 참깨' 와 비
슷하구만. 나는 문에 다가가 그것을 힘껏 밀었지만 문은 열리지 않았
다.

이거 왜 안 열려? 들어올 땐 잘만 열리더니?

"들어올 땐 문을 밀었으니까 나갈 땐 당겨야 하는 거 아냐?"

"……."

세희의 말엔 일리가 있었다. 문을 당기자마자 문은 활짝 열렸다. 성
의 복도가 무사한 걸 보니 성이 완전히 파괴되진 않은 모양이다. 나는
희은이를 옆구리에 끼고 세희와 함께 복도를 달렸다. 복도는 약간 어

두웠지만 주위를 분간할 정도는 되어 달리는 데 어려움은 없었다.

다만 달리다 보니 알 수 있었는데 복도가 미로다.

"희은아, 길이 어디야?"

"몰라."

"뭣이?!"

몰라? 니가 모르면 누가 알아?

내가 손바닥을 펼치자 희은이가 재빨리 대답했다.

"빠, 빨간 문! 빨간 문이 있는 곳에 마계의 석이 있어!"

"빨간 문이라고라?"

복도엔 수많은 문들이 있었다. 대부분 검은색 문이었고 빨간 문은 보이지 않았다. 빨간 문을 지나쳤다는 기억도 없었고. 그럼 복도를 이리저리 돌아다니면서 찾는 수밖에 없겠군. 제길! 이때 최준 형이라도 있으면 좀 좋아?

꺾어지고 꺾어지고 이어지는 길을 따라 달리던 중, 갑자기 제삼자의 발자국 소리가 꺾어지는 길목에서부터 들려왔다.

또박— 또박—

나는 달리던 발걸음을 멈추며 희은이의 입을 틀어막고 세희에게 검지를 입에 가져가 보였다. 일제히 숨을 죽이는 우리들.

저 반대 편 복도에 누군가 분명히 있다. 소더러 A인가? 잘은 모르겠지만 피하는 게 좋을 것 같다.

우리는 왔던 길을 다시 되돌아 새로운 복도로 향했다. 설마 벌써 이곳에 도착한 줄 몰랐는데. 그 피에로는 소더러 A 만나러 간다고 하지 않았었나? 길이 엇갈린 건가, 아니면 녀석한테 당한 건가?

쿠구구구궁—!

우리가 전에 있던 곳에서 폭발음이 흘러나왔다. 이어서 어렴풋이 들려오는 소더러 A의 목소리.

"어서 나오지 못하겠나, 마듀라! 도망치는 건가?"

이건 도망이 아니라는 걸 알아주기 바란다. 후퇴다.

"네가 도망칠 때도 다 있군. 겁쟁이 녀석!"

누가 겁쟁이라는 거야! 내가 싫어하는 말만 골라서 하는군!

"듀라야, 전에 만났던 그 소더러 A 목소리지?"

"어. 그리고 목소리 줄여, 실리. 자칫하면 들킬지도 모르니까."

"알았어."

"그런데 희은아, 빨간 문이 어디 있는지 몰라?"

"응. 몰라."

칫! 자랑스럽게도 말한다.

계속해서 길을 가던 중 세 갈래 길이 나왔다. 바로 앞의 쭉 뻗은 길은 어둠에 가려 잘 보이지 않는다. 왼쪽 길은 지금까지 우리가 지나왔던 평범한 복도의 모습이고 오른쪽 길도 마찬가지인데… 헉! 소더러 A다!

나는 황급히 그늘 속으로 고개를 숨기며 가슴을 진정시켰다. 이쪽으로 오는 거 아냐? 주위를 둘러보자 숨을 곳은 많았다. 일단 어느 방에라도 들어가서 숨어야겠다.

제일 가까이 있는 곳의 방문을 열고 그곳으로 들어간 우리는 숨을 죽이며 문밖의 상황에 집중했다. 발걸음 소리가 점점 다가오는 것이 들린다. 이곳을 지나는 중인가?

으으! 제발 빨리 지나가 줘!

또박— 또박— 또박—

점차 발걸음 소리가 멀어졌다. 살며시 문을 열어 양 옆을 확인해 보자 아무도 없었다. 지나갔나 보군. 휴우~ 한숨을 내쉬며 세희를 손짓으로 부른 뒤 전의 그 세 갈래 갈림길에서 왼쪽 복도로 돌았다.

제발 이 복도에는 빨간 문이 있기를!

복도를 가다 보니 또다시 갈림길이 나타났다. 오른쪽 복도는 아무것도 보이지 않는다. 왼쪽 복도에는 소더러 A가 가고 있다. 이쪽에서 반대 반향으로 걷는 것으로 보아 안심이 되었다. 그럼 정면은?

"앗! 빨간 문… 읍?!"

빨간 문이라 외친 희은이의 입을 황급히 틀어막았다. 이 계집애가 누구 죽이고 싶어서 환장했나! 소더러 A한테 걸리면 어쩌려구?!

"거기, 누구냐? 마듀라인가?"

걸렸다!

나는 세희에게 오른손 손가락 세 개를 펴고 왼손 검지로 중앙 복도를 가리켰다. 셋을 세면 중앙 복도의 빨간 문을 향해 뛰자는 신호였다.

하나… 둘… 셋!

"마듀라!"

소더러 A를 무시하며 복도를 내달렸다. 빨간 문까지의 거리는 얼마 되지 않는다. 빨간 문 앞에 다다르자마자 문고리를 잡고 휙 열어젖힌 나는 황급히 방 안으로 들어갔다. 세희까지 무사히 방 안으로 들어오자마자 쾅! 하고 문을 닫아버린 나는 쿵쾅거리는 가슴을 진정시켜야 했다.

흐으! 완전 스릴 게임이구만.

희은이가 손가락으로 방 안을 가리켰다.

"앗! 마계의 석! 저기 있어!"

희은이가 가리킨 대로 방의 한쪽 끝에는 작은 단상 위에 마계의 석이 올려져 있었다. 드디어 찾았다! 그곳까지 달려가 마계의 석을 재빨리 움켜쥐었다. 마계의 석이라고 특별한 건 아니고 주먹만한 크기의 검은색 돌이다. 무슨 신비한 느낌이 있는 것도 아니다. 길거리를 지나다니다 보면 쉽게 발견할 수 있는 그런 돌.

"이게 마계의 석 맞아?"

"응! 최준 오빠가 그랬어."

"듀라야, 그보다 밖에 그 사람이 있어!"

"일단 피⋯⋯."

피해야 하는데⋯ 말이 채 끝나기도 전에 폭음이 벽면을 휩쓸었다.

쿠콰카캉!

"꺄악!"

"끼아아!"

"실리!"

폭발과 함께 문과 벽면이 무너졌다. 그 자리에 서 있던 세희와 희은이는 폭발에 날아가 버렸고, 나는 세희를 부르며 달려가 그녀를 부축했다. 다행히도 세희는 약간의 타박상과 찰과상을 입은 정도였다.

"괜찮겠어? 움직일 수 있겠어?"

"괘, 괜찮아. 그보다 희은이가⋯⋯."

희은이는 그래도 명색이 마은왕인데 죽기야 하겠어?

세희를 품에 안으며 포션을 꺼내는데 녀석의 목소리가 끼어들었다.

"이제 삼류 멜로 영화 좀 그만 찍어라, 마듀라. 안 지겹나?"

"⋯⋯."

무너진 벽면의 먼지 사이를 뚫고 소더러 A가 걸어나왔다. 결국엔 들켜 버렸군. 하지만 이 이벤트의 승자는 나다.

"한발 늦었군, 소더러 A. 이미 내가 마계의 석을 가지고 있거든."

녀석에게 마계의 석을 보여주자 그가 피식 웃었다.

"그래, 내가 한발 늦었군. 축하한다."

"……?"

그런데 저 녀석, 왜 저리 태평한 거야? 나한테 덤벼야 정상 아닌가?

"크큭! 하지만 마듀라. 내가 마계의 석을 얻으려 이 이벤트에 참가한 이유는 50%에 지나지 않아. 나머지 50% 이유는 따로 있지."

"50%? 괜히 이벤트를 클리어 못해서 나에게 질투난 모양이군."

"과연 그럴까? 내가 널 위해 선물을 만든 게 그 이윤데, 그렇게 단정지어 버리면 섭하지. 너무 위험성이 높아 마계 통로 제단에서는 그것을 사용하지 못했지만 네 여자 친구만이 있는 상황이라면 너무도 재미있는 상황이 연출될 것 같은데 말이야."

선물이라고? 선물도 선물 나름이지, 난 버그덩어리 따위는 영~ 취향에 안 맞아서.

"그 선물, 버그 맞지? 너, 운영자들이 가만 놔둘 줄 알아?"

"물론 가만 안 놔두겠지. 하지만 너에게 복수를 못하는 것보단 더 낫다고 생각한다."

"이제 그만 좀 하시지. 나는 너에게 충분히 복수받았다. 잘못도 뉘우치고 있고."

나는 세희에게 고개를 돌렸다.

"실리, 로그아웃하자."

"아아~ 소용없어. 이미 이 성 전체에 버그를 깔아놨으니 로그아웃은 불가능하다."

"······?!"

소더러 A의 말대로 로그아웃이 시동되지 않았다. 이런! 전에 린치당했을 때와 같은 상황이다!

"그럼 천천히 시작하지."

그의 손이 천천히 들어 올려지더니 검은색의 원형 구체가 우리 앞에 떨어졌다. 폭음이 주위를 뒤흔들었고, 폭발의 영향으로 나는 세희를 놓쳐 버리고 말았다.

으윽! 스킬을 사용할 수 있다니, 우리가 불리하잖아!

가까스로 중심을 잡고 선 나는 아이템 창에서 검을 꺼냈다. 어디 있어, 소더러 A! 가만 안 둔다! 비록 아무 스킬도 사용할 수 없는 상태지만 죽여 버리겠어!

나는 검의 그립을 불끈 쥐었다. 뒤에서 녀석의 목소리가 들렸다.

"대단한 살기다, 마듀라. 그 정도라면 '녀석들과 대적' 하는 데 문제는 없겠어. 내 버그를 합체시킨다면 말이다."

"닥쳐!"

움찔.

뒤를 향할 때 소더러 A와 눈을 마주친 순간이었다. 갑자기 몸이 움찔 떨렸다. 뭐야?

움찔움찔!

"으읏!"

모, 몸이 갑자기 발작을 일으킨다. 왜 이러지?

"크크큭! 그럼 내가 준 선물 잘 받으렴."

조소 섞인 말과 함께 소더러 A는 자리에서 사라져 버렸다. 날 이대로 놔두고 도망치면 어쩌자는 거야! 나는 점점 발작이 심해지는 몸을 어쩌지 못하고 주저앉았다. 팔도 몸도… 핏줄이 튀어나온다. 심장 박동 수는 점점 빨라지며 심하게 요동 친다. 숨은 더없이 차 오른다.

"아아악! 하악! 하악!"

몸이… 저려! 마치 구타를 당하는 것처럼! 몸에서 피어나는 연기… 점점 심해지는 발작 중세. 소더러 A! 나에게 무슨 짓을 한 거야?!

"듀라야!"

"다가오지 마, 실리!"

"어, 어떻게 되는 거야? 왜 그래?"

"다가오지 말고 피해!"

나는 위험을 감지하곤 세희에게 경고를 보냈다. 시야가 떨린다. 세희가 둘… 넷… 여섯 개로 보인다. 몸에서 피어오르는 기체가 숨을 막아버리는 것 같다.

"허억! 허으으극!"

파각—! 퍼컥!

들려오는 쇠 긁는 소리와 함께 내 양팔이 본래의 모습을 잃어가면서 회색의 쇳덩이가 튀어나왔다. 이게 뭐야?!

"듀라야! 그 팔……!"

"실리! 난 괜찮아. 제발 피해! 무슨 일을 당할지 몰라!"

"그럴 순 없어! 듀라가 이런데!"

마지막까지 날 걱정해 주는 세희에게 나는 어렵게 미소 지어줬다.

"괜찮… 아……. 그러니까 다가오지 마. 로그아웃하고 기다려……."

파악— 푸컥!

옷을 뚫고 쇳덩이들이 튀어나왔다. 다리, 가슴 부분은 완전히 철갑을 두른 듯 끔찍한 괴물의 몸체로 변해갔고 머리도 점차 일그러지기 시작했다. 각진 철갑이 내 살을 뚫고 올라오는 것이 느껴진다.

막을 수 없어!

퓨수우우우!

머리카락은 붉게 변하며 길어졌다. 시야도 붉게 변했고 몸의 저린 감각은 점차 느껴지지 않았다. 비명 소리조차…

"쿠워어어어!"

끔찍한 음성으로 터져 나왔다. 몸에서 뿌연 수증기가 한 번 크게 뿜어져 나왔고, 그로 인해 시야가 잠시 보이지 않았지만, 곧 명확히 주변이 구분되었다.

3m의 각진 쇳덩이의 괴물체는 분명 내가 맞았으나 내 몸은 뜻대로 움직여지지 않았다. 내가… 괴물이 된 건가?

"듀라… 야?"

"쿠우워어어어!"

나는 세희의 앞까지 달려가 그 날카로운 철갑으로 변한 손을 들어 올렸다. 내려치는 건가?!

안 돼!

채캉—!

가로막히는 나의 팔. 어느새 나타난 피에로가 내 앞을 가로막고 있었다. 그래, 네가 차라리 날 죽여라! 날 좀 어떻게든 죽여!

피에로와 함께 최준 형도 보였다. 이제야 나타나다니.

"쳇! 완벽하게 버그에 당했군!"

"쿠우워어어어!"

픽!

내 몸은 피에로의 얼굴을 후려치곤 쓰러진 그의 위에 올라가 양손을 깍지 껴 머리를 내려쳤다. 한 방에 깨져 나가는 피에로의 머리. 피에로는 내 한 방에 동작을 상실해 버렸다.

정말 내가 생각해도 엄청난 파워다. 내 힘은 분명 아니다. 버그의 힘이다.

버그가 고개를 돌려 최준 형과 세희 쪽을 향했다.

어서 가라니까!

최준 형이 세희를 부축했다.

"마듀라, 지금 넌 버그에 지배당해 있다. 너무 갑작스런 녀석의 기습이라 미처 대처하지 못했다."

"구워어어어!"

내 몸은 최준 형에게로 튀어 나갔고, 최준 형이 세희를 안으며 자리를 피했다.

"지금 이 상황에선 로그아웃할 수 없어. 일단 이 성을 빠져나가야⋯⋯."

내 오른손이 손날을 만들어 허공에 그었다. 손날이 지나간 자리에 광풍이 몰아쳤고, 최준 형과 세희가 뒤로 나가떨어졌다. 그리고 내 손이 지나간 자리를 보았을 때 그곳은 공간 왜곡이라도 일어난 듯 기다란 선이 패어져 있었다.

버그가 되어버린 내 손은 나의 의지를 거부한 채 그 홈 사이에 손가락을 끼워 넣어 양쪽으로 벌려 원형을 만들었고, 그 원형 밖의 공간이 모습을 드러냈다. 원형의 공간밖에는⋯

휘이잉—

상공 몇 킬로미터 위에서 내려다본 묘리코가 있었다. 하! 하! 말도 안 돼!

　최준 형이 다급하게 외쳤다.

　"마, 마듀라! 신성아! 정신 차려봐! 버그를 묘리코로 보내선 안 돼!"

　날 좀 막아달란 말이야, 최준 형!

〈4권 끝〉

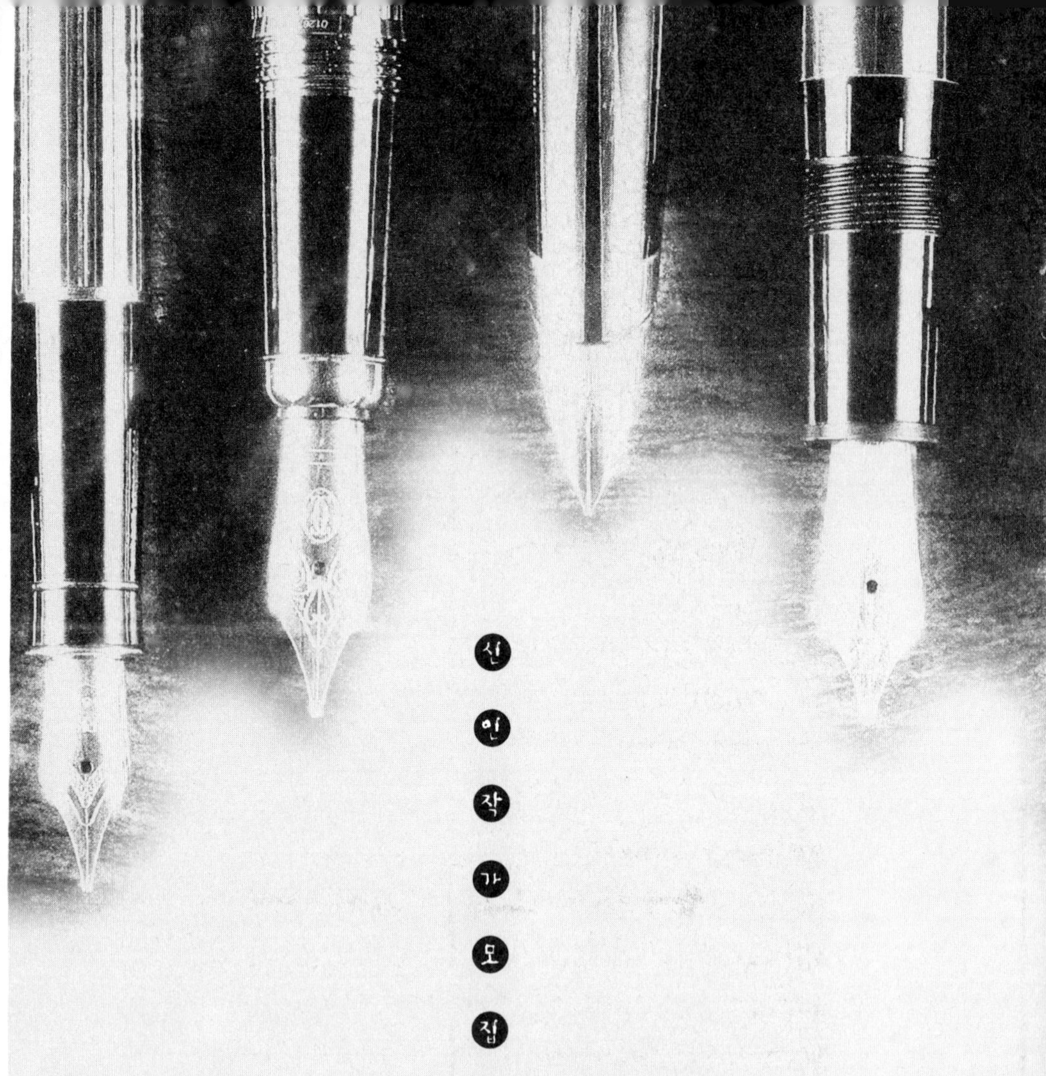

신
인
작
가
모
집